KB262475

TIME SLICE
타임 슬라이스

미르영 퓨전 판타지 소설
FUSION FANTASTIC STORY

타임 슬라이스 1

미르영 퓨전 판타지 소설

초판 1쇄 찍은 날 § 2009년 11월 17일
초판 1쇄 펴낸 날 § 2009년 11월 26일

지은이 § 미르영
펴낸이 § 서경석

편집장 § 문혜영
편집책임 § 서지현
편집 § 정서진

펴낸곳 § 도서출판 청어람
등록번호 § 제1081-1-89호
등록일자 § 1999. 5. 31
어람번호 § 제1-1092호

주소 § 경기도 부천시 원미구 심곡2동 163-2 서경B/D 3F (우) 420-822
전화 § 032-656-4452 팩스 § 032-656-4453
http://www.chungeoram.com
E-mail § eoram99@chollian.net

ⓒ 미르영, 2009

ISBN 978-89-251-1999-1 04810
ISBN 978-89-251-1998-4 (세트)

삼묘유진(三猫遺塵)

TIME SLICE

타임 슬라이스

미르영 퓨전 판타지 소설

FUSION FANTASTIC STORY

청어람

CONTENTS

타임 슬라이스에 들어가기 앞서……

전 작인 디멘션 워를 쓰면서 아쉬움이 많이 남았습니다.

지인과 독자 분들에게 '2부가 있는 것이 아니냐?', '결말이 시원치 않다' 라는 질책도 많이 들었습니다.

큭!!

스스로 많이 반성을 하고 있는 중입니다.

디멘션 워는 원래 현실 세계편이 끝나면 주인공이 겐트리온 우주로 가서 새로운 모험을 겪을 예정이었는데, 제 직장과 개인 사정으로 인하여 아쉽게 1부에서 마무리를 지을 수밖에 없었습니다.

죄송합니다.

사실 타임 슬라이스는 원래 디멘션 워의 2부로 기획되어 2권까지 썼다가 디멘션 워가 1부로 끝나는 바람에 자칫 잘못했으면 사장되었을 뻔한 이야기입니다.

이 이야기는 현실의 지구가 아니라 평행우주를 달리는 또 다른 지구에서 펼쳐지는 이야기입니다.

지구 탄생의 비밀과 평행우주를 달리고 있는 또 다른 지구

에 얽힌 비밀을 찾아나가는 과정에서 벌어지는 주인공의 모험
담이 주를 이루지요.

　제가 처음 대학교를 다닐 때 중도에 그만두기는 했지만 전공
한 것이 물리학이었고, 전문대를 다니며 사무자동화를 전공하고,
다시 대학에서 경영학을 공부하면서도 늘 머릿속에서 놓지 않았
던 화두가 하나 있었는데 바로 차원과 시간에 관한 것입니다.

　제 글을 읽어보신 독자들은 제가 공직에 있다는 것을 아실
겁니다. 공직에 있는 18년 동안에도 늘 이 두 가지는 관심의
대상이었습니다.

　불경에 이르기를 광대한 우주가 좁쌀만 한 알 속에 있다는
말이 있습니다.

　옛날에는 그저 좁쌀 하나일 뿐이라고 생각했겠지만, 지금은
원자와 전자가 발견되고 난 뒤라 우리는 좁쌀 한 알 속에도 무
수한 개체가 있다는 것을 알고 있습니다.

　그럼 원자와 전자 속에는 무엇이 있을까?

　고체물리를 전공하며 제가 처음 가진 의문이 그것이었고,
시간 속에서는 어떻게 변화하는지가 지금도 의문 속에 있는

화두입니다.

그래서 차원에 관한 여러 가지 책들을 보게 되고, 무한과 극(極), 시간에 대한 여러 가지 글과 논문도 살펴보게 됐습니다.

그러던 중에 중도에 우리 고대 역사에 대해서도 관심을 가지게 되어 글을 쓰다 보니 이렇게 책까지 출판하게 되더군요.

디멘션 워 이전에 지금까지 제가 쓴 글 대부분이 우리 고대 역사를 주제로 썼습니다만, 그 이후로는 차원을 주제로 쓰게 되었습니다.

이번에는 시간입니다.

타임 슬라이스는 시간의 변화가 역사에 미치는 영향을 모티브로 미래의 결과물이 현실 세계에 나타나 벌어지는 일들을 쓴 글입니다.

미래와 현재, 그리고 과거가 같이 공존하는 세계가 타임 슬라이스 안에 있습니다.

아름답고 깐깐하지만 부드러운 목소리로 원고를 재촉하시며 청어람에서 편집을 맡아주신 서지현님께도 감사드리며, 이 글이 여러분의 노곤한 한때를 즐겁게 해줄 수 있으면 좋겠습니다.

2009. 11. 17.

─널다리에서 몽촌(夢村) 미르영 배상.

　책상 위에 놓여 있는 물건들을 바라보고 있자니 고민이 되지 않을 수 없다.

　흰색의 연한 광택이 나는 한 벌의 파워슈트!
하늘을 날아오르는 듯한 비천문(飛天紋)이 선명한 팔찌 하나!

　목숨을 건 도전이냐?
아니면 다음 기회를 기다릴 것인가?
오늘 결정을 봐야 하는 것이다.

　바로 지금!

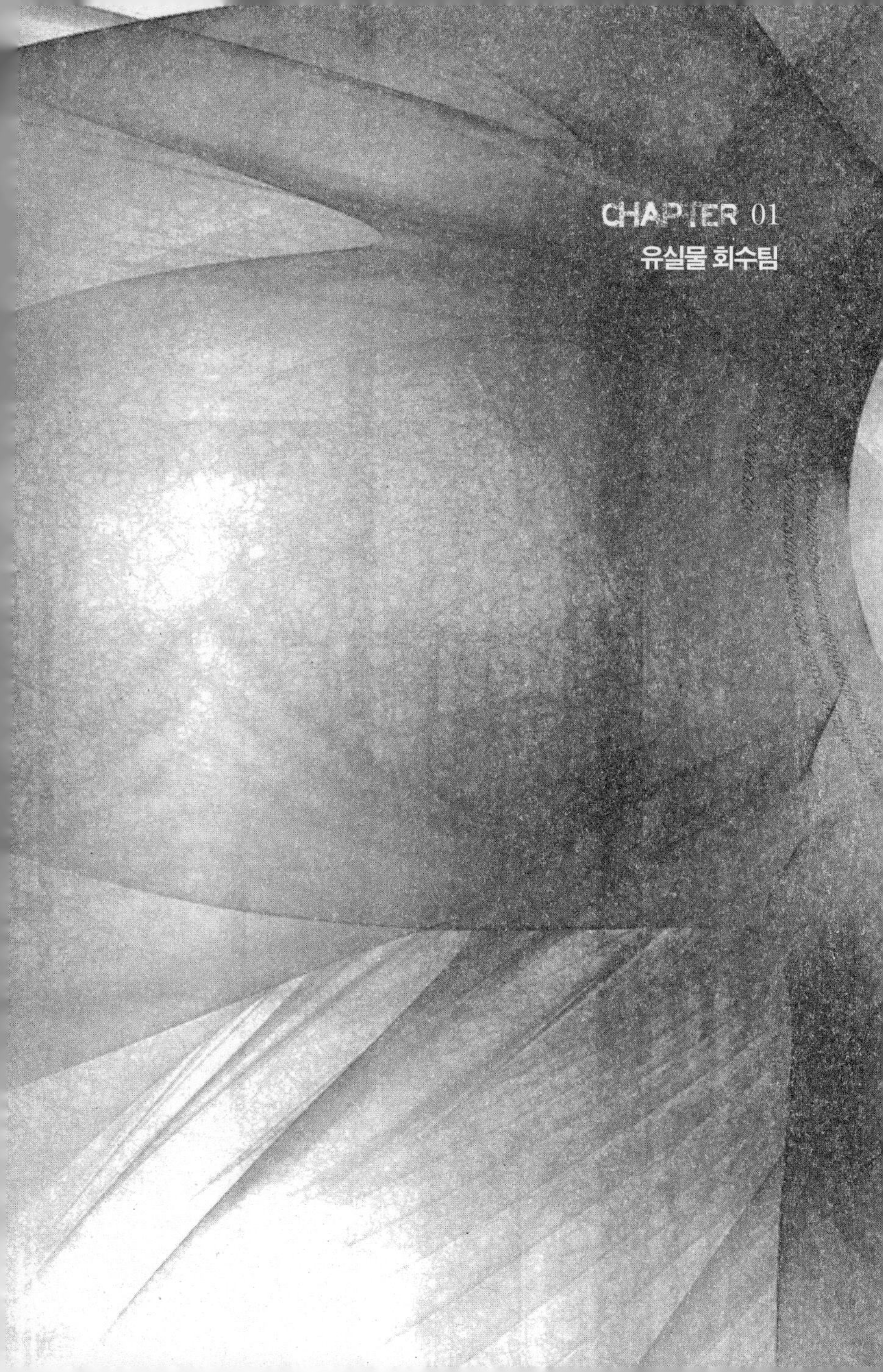
CHAPTER 01
유실물 회수팀

TIME
SLICE
타임 슬라이스

이번에도 아르바이트에 나섰다.

미팅 장소가 정해졌기에 우주 공항으로 향하는 중이다. 우주선에서 이번 아르바이트에 함께 나서게 될 팀원들을 만나게 될 것이다.

공항에 도착한 후 여객 전용 터미널을 지나 화물 터미널로 향했다.

"어서 오시오."

검은 선글라스에 윤기가 흐르는 검은 양복을 입은 자가 화물선 옆에 있다가 다가오며 입을 연다.

이번 아르바이트를 맡긴 물주의 하수인이 분명했다.

"계약금은?"

"이미 계좌로 입금시켰소. 특별 수당은 아시다시피 계약 조건대로 지급될 것이오."

"일도 끝나지 않았으니 그런 것은 바라지도 않는다. 대신, 처리가 끝나면 바로 입금하도록!"

"알았소."

"다른 자들은?"

"이미 승선해 있으니 타시면 될 거요. 바라는 대로 선택한 전문가 중에 라쿤을 선임자로 해서 팀을 꾸렸소."

"다행이군. 그럼!"

이번 일을 맡기 전에 이 계통에서 이름이 난 몇몇을 골라 그들을 중심으로 별도의 팀을 꾸려줄 것을 조건으로 걸었었다.

라쿤 정도면 그리 나쁘지 않았다.

그리 싼 가격은 아니지만 한 번도 실패한 적이 없는 경력을 가진 라쿤이라면 이번 임무는 그리 큰 위험 없이 성공할 것이기 때문이다.

물주가 계약 조건을 지킨 모양이기에 화물선에 올라탔다.

이번 건만 성공하면 원하는 것을 가질 수 있을 것이고, 내 꿈을 실현시켜 줄 첫 번째 단추가 제대로 꿰어질 것이다.

학비를 마련하는 것이야 예전에 끝내놓았다.

이번 일에 구태여 나설 필요는 없었지만 한 가지 원하는 것이 있어 계약을 했다.

내가 가지고 싶은 것은 몇 년을 모아야 할 만큼 상당히 고가
였다. 계약액 이외에도 성공할 경우 지급해 준다는 특별 수당
이 만만치 않았기에 특별히 이번 일에 끼어든 것이다.

마침 여름방학이라 시간도 남았기에 계약을 하고 가벼운 마
음으로 항성 간 우주화물선에 오른 것이다.

화물이 선적된 자리 구석 쪽에 사람들이 보였다. 화물을 치
우고 일정 구역을 개조해 사람이 탈 수 있도록 해놓은 곳이
다.

천천히 걸어 빈자리에 앉았다. 이번 일에 고용된 자들은 나
까지 모두 여덟으로 모두들 이 계통에서 한가락 하는 자들이
다.

잠시 후, 출입문이 닫히고 화물선이 이륙하기 시작했다. 창
같은 것도 없이 시야가 완전히 차단된 곳이라 잘 느껴지지 않
았지만 상당히 빠른 속도로 공항을 벗어나는 것 같았다.

번쩍!

화물칸 상단에 마련된 등 하나가 푸른빛을 발했다. 어느새
게이트에 도착한 모양이다.

―충격에 대비하도록!

선내에 흘러나오는 조종사의 목소리가 상당히 사무적이
다.

조금 있으면 발생할 강력한 충격파로 인해 행여 선체에 부
딪칠까 봐 조종사가 경고 방송을 한 것이다.

안전벨트를 확인하고, 워프에 대비했다.

　게이트를 통해 워프가 되고 난 후 세 시간 정도 더 가야 한다고 했으니 잠이나 한숨 자야겠다.

　행성 간 우주선은 세 종류다.
　우선 군부대에서 전투나 우주 개발에 운용하는 순양우주선이 있고, 민간에서 운용하는 우주여객선, 그리고 무역상들이 운용하는 우주화물선이다.
　대부분의 아르바이트는 우주여객선을 이용했지만 우주화물선을 이용하게 된 것은 회수해야 할 화물의 특수성 때문이다.
　행정부나 군이 알아서는 안 되는 화물이 틀림없다. 그렇지 않았다면 우리를 고용하지 않았을 테니까 말이다.
　감춰진 화물의 비밀이 무엇일까 잠시 고민해 보다 잠을 청하려 할 때 누군가 나에게 말을 걸었다.
　"제리온이라고 했나? 어떻게 이곳에 온 거지? 너 같은 애송이가 말이야."
　비릿한 비웃음을 지으며 놈이 나에게 다가왔다.
　게리스!
　가명일 것이 분명한 이름을 가진 놈은 분실한 우주 화물을 전문적으로 회수해 주는 것을 업으로 사는 자답게 흉악한 인상이다.
　거무튀튀한 색상에 빛을 흡수하는 것을 보면 양 다리는 이미 기계가 이식되어 안드로이드화된 것이 분명하고, 이번 아르바이트에서 갈아 끼운 것으로 보이는 왼손 또한 이미 무기

그 자체다.

거기다 이마로부터 길게 갈라져 턱까지 이어진 상처는 분명 우주 괴물로 인해 벌어진 상처다.

뭔가 있어 보이려고 흉터를 성형하지 않고 남긴 것을 보면 성질 또한 더러운 놈이 틀림없는 것 같다.

그렇다고 놈에게 꿀릴 내가 아니다.

"후후후!"

놈에게 비웃음을 날려줬다. 이 세계에서 나이는 필요 없다. 오로지 실력으로만 말하는 세계다.

나이 타령을 하는 것을 보니 오래 살기는 그른 놈이다. 그리고 나에 대해 모르는 것을 보니 다른 지역에서 넘어온 지 얼마 되지 않는 놈인 것 같다.

하기야 내가 필드를 뛰는 것은 많아야 일 년에 한두 번이 고작이니 말이다.

"웃어?"

내 웃음에 기분이 상했는지 놈이 화를 내며 씩씩댄다.

이번 일을 통해 상당한 대가를 얻는 탓에 기분도 그리 나쁘지 않아 손을 내저었다. 이제 시비는 그만 걸고 가라는 뜻이었다.

*　　　*　　　*

"아니! 이 새끼가!!"

자신을 비웃는 듯한 웃음과 귀찮은 듯 손을 흔들어댄 때문인지 열이 받은 게리스다. 화를 참지 못한 게리스가 제리온을 향해 자신의 왼손을 겨누었다.

이미 진동파로 파장을 이미 맞추어둔 파동포라면 죽지는 않겠지만 상당한 고통을 겪을 것이다.

턱!

"그만!!"

게리스의 행동에 옆에 있던 덩치 큰 흑인이 게리스의 손을 잡고 고개를 가로저었다.

게리스의 손을 잡고 있는 흑인은 라쿤이라는 자로 이번에 구성된 회수팀의 팀장을 맡은 자였다.

유전자 변이를 통해 상상도 못할 괴력을 가진 그는 혼자서도 분실한 우주 화물을 회수할 수 있는 능력을 가진 사람으로, 이쪽 세계에서는 무척이나 잘 알려진 인물이었다.

게리스는 라쿤이 자신의 손을 잡자 분노한 눈빛으로 그를 바라보았다.

더 이상 자신을 막는다면 일을 낼 기세였다.

험악한 인상에도 불구하고 라쿤은 고개를 가로저었다. 팀장으로서 시비를 용납하지 않겠다는 뜻이었다.

'이 자식이 왜 말리지? 내 성격을 잘 알 텐데……'

두어 번 같이 일한 탓에 라쿤의 성격을 잘 아는 터라 이렇게 말릴 때는 이유가 있다는 것을 알아차린 게리스는 의문의 눈빛을 보냈다.

"허튼짓하지 마라. 일이 시작되기도 전에 아군의 전력을 까먹고 싶지는 않으니까."

"그렇지만 이런 애송이는 일에 방해될 수도 있다, 라쿤!"

전력을 까먹고 싶지 않다는 라쿤의 말에 게리스는 신경질적으로 말하며 제리온을 노려보았다.

제리온을 보고 있는 것은 게리스뿐만이 아니었다. 라쿤도 어느새 제리온을 보고 있었다.

"후후후, 이번에는 제리온인가?"

라쿤은 제리온에게 웃으며 물었다.

입가에는 웃음이 그려졌지만 제리온을 바라보는 그의 눈은 차갑게 가라앉아 있었다.

"후후후, 어쩌다 보니."

"오늘은 기분이 좋은 모양이군. 고맙다. 전력이 깎여 나가는 것은 나도 싫었으니까."

"이제 그만 조용히 하자. 목적지에 도착할 때까지 잠을 좀 자고 싶으니까 말이야."

"알았다."

제리온에게 대답을 한 라쿤은 이내 게리스를 잡아끌며 화물칸의 끝으로 갔다. 더 이상의 시비는 팀워크를 해칠 뿐만 아니라 자칫 팀원 전체가 위험에 처할 수도 있기에 게리스에게 경고를 하려는 것이었다.

"그게 무슨 소리였나?"

라쿤이 제리온을 향해 한 말이 가슴에 남았던 게리스는 신경질적으로 물었다.

퍽!

라쿤은 대답 대신 주먹을 날렸다.

힘을 줄였다고는 하지만 바위도 단숨에 부숴 버리는 것이 라쿤의 주먹이었다.

"크윽!!"

신음 소리와 함께 게리스의 몸이 붕 날아올라 화물칸의 구석으로 굴러가 처박혔다.

"이 새끼가!!"

쓰러진 게리스가 벌떡 일어나 자신의 왼손을 라쿤에게 겨누었다.

제리온으로 인해 이미 화가 많이 난 그였다. 아무리 라쿤이라 해도 가만히 놔두고 싶지 않았던 것이다.

"움직이지 마라. 만약 더 이상 움직인다면 네놈은 다시 지구 연방을 보지 못할 거다."

게리스를 향해 라쿤이 경고성을 발했다.

성질을 부리려던 게리스는 라쿤의 살기 어린 태도와 주변의 상황이 심상치 않아 보이자 발작을 멈추었다. 발작을 하고 싶어도 주변 상황으로 인해 그럴 수가 없었던 것이다.

'내가 그렇게 잘못한 건가?'

이번 회수 작전에 동원된 업자들의 표정이 딱딱하게 굳어 있었다. 살기 어린 표정은 라쿤과 다름이 없었다.

그리고 그들의 무기가 일제히 자신을 향해 겨눠지고 있었다.

팀원들의 태도에 대해 궁금해하던 게리스에게 대답을 해준
이는 라쿤이었다.

"네놈 하나라면 말리지 않았다. 경고하는데, 절대 저 사람에
게 덤비지 마라. 우리는 네놈 때문에 덤으로 죽고 싶지는 않으
니까 말이다."

라쿤의 말은 그저 해보는 것이 아니었다.

자신이 성질을 낸다면 단숨에 자신을 없애 버리겠다는 의지
가 단호했다.

'저 자식이 도대체 누구기에……. 호, 혹시!! 아니야. 설마
저런 애송이가?'

의혹과 의문이 교차하는 게리스의 정신을 일깨운 것은 라쿤
이었다.

"이제야 알아차린 거냐? 저 사람은 네가 생각하는 그 사람
이 맞다. 그러니 도착할 때까지 조용히 구석에서 찌그러져 있
어라. 알았나?"

라쿤은 냉소적인 목소리로 게리스에게 명령을 내린 후 자신
의 자리에 가서 앉았다.

'제길!! 저 애송이가 광전사일 줄이야.'

어째서 이번에 합류한 팀원들이 그런 행동을 했는지 알 수
있었다.

게리스가 들은 바로는 광전사는 미친놈이었다.

한번 손을 쓰면 자신에게 시비를 건 자뿐만 아니라 주변에
있는 자들까지 모두 죽인다는 것이다.

미친놈이기는 하지만 실력 하나는 비할 수 없이 뛰어나다고 했다. 아무리 뛰어난 능력자라 하더라도 광전사가 한번 손을 쓰기 시작하면 살아남기 힘들다고 했으니 말이다.

'치, 아프기는 하지만 라쿤에게 고맙다고 해야겠군.'

라쿤의 말이 사실이라면 자신이 제리온에게 시비를 걸고 살아난 것은 그야말로 기적이었다.

심기를 거스린 자는 반드시 죽음으로 보답한다는 광전사가 펼치는 죽음의 손길을 피해 살아난 것이다.

턱이 부서질 듯 아팠지만 죽음의 강을 건너기 전 자신의 손을 잡아준 라쿤이 게리스는 그저 고마울 지경이었다.

'이 지역으로 넘어올 때 좀 더 자세히 들어둘 걸 그랬다. 그런데 어째서 그런 동작으로 의사를 표시하는 거야? 설마 일부러 그러는 것은 아니겠지? 약 올리는 것도 아니고……'

손을 흔들어대며 저리 가라고 하는 것은 손을 쓰고 싶지 않다는 그만의 독특한 의사 표시라고 알려져 있었다.

시비를 거는 순간 대부분 광전사의 손에 죽었기에 그의 제스처는 이제까지 몇밖에 보여주지 않았다고 한다.

그나마 그의 제스처를 보고도 살아난 자는 거의 없었다. 장난으로 여기거나 무시한다고 여긴 자들이 덤비다가 모두 죽어버렸기 때문이어서 그렇다는 것이다.

게리스가 듣기로 지금까지 광전사에게 시비를 걸고 살아남은 사람은 단 한 사람이라고 한다.

어째서 그런 제스처를 하는 것인지는 살아남은 자에 의해 알려졌다. 용서하는 것이 아니라 죽이는 것도 귀찮으니 그냥 물러나라는 광전사의 독특한 의사 표시라는 것이다.

생각해 보니 자신을 바라보며 진한 미소를 흘리다가 아쉽다는 듯 입맛을 다시는 제리온이었다.

그런 생각이 들자 게리스는 등골이 서늘해졌다. 자신의 짐작대로라면 제리온은 자신이 먼저 덤비기를 기다렸던 것이다.

'정말 다행이다. 어쩌면 천운일지도……'

얼얼한 턱을 만지며 자신의 자리로 돌아가는 게리스는 자신이 사신(死神)의 손에서 살아났다는 것을 다시 한 번 알 수 있었다.

"그나저나 이번에는 별 위험이 없겠군."

자리에 앉은 게리스는 지그시 눈을 감고 잠에 빠져 있는 제리온을 바라보았다.

광전사라 일컬어지는 제리온의 합류로 이번 임무의 성공 확률이 그 어느 때보다 높아졌음을 알 수 있었다.

그만큼 살아서 돌아올 가능성이 높아진 것이다.

시비를 거는 자는 아무리 동료라 해도 가차없이 손을 쓰는 광전사였다.

하지만 그런 무서운 손속에도 불구하고 동료로서의 선호도는 무척이나 높은 사람이었다.

시비만 걸지 않는다면 남의 일에 상관하지 않을뿐더러 맡은 임무는 완벽하게 끝내는 터라 동료로서는 꽤나 믿음직한

사람이라고 이쪽 방면의 사람이라면 누구나 알고 있었던 것이
다.

*　　　*　　　*

라쿤이 일부러 내 정체를 드러낸 이유는 알지만 별 상관하
지 않는다.

앞으로 시비 걸 놈도 없고 다들 조용히 찌그러져 있으니 한
결 생각하기 편하기 때문이다.

우리는 지금 라본이라는 곳으로 향하는 중이다. 인간이 살
수 있는 환경을 가진 얼마 되지 않는 위성 중 하나가 바로 라본
이다.

라본은 지구연방이 우주 탐사 중 발견한 열세 번째 환경 위
성으로 지금 한창 개발이 진행 중인 곳이다.

우리가 라본으로 향하는 이유는 이곳에 추락한 것으로 보이
는 우주 화물을 회수하기 위해서다.

화물의 주인은 지구연방 최대의 회사이자 행성 개척 회사인
GX사이다. 철두철미한 GX사에서 어째서 화물을 분실하게 된
것인지 의문이 들기는 하지만, 어찌 됐거나 화물을 찾기만 하
면 되는 것이 이번 아르바이트인 것이다.

내가 파악한 정보로는 얼마 전 지구에서 출발한 우주화물선
하나가 라본 근처에서 실종되었다고 했다.

실종되기 전에 나타난 마지막 좌표가 라본 행성의 대기 중

이었기에 불시착한 것으로 판단한 GX사에서 우리 같은 전문가들에게 화물 회수를 맡긴 것이다.

물론 우리가 찾아올 화물은 합법적이지 않은 것이 분명하다.

명목상 우주기지 개발을 위해 꼭 필요한 기후 조절기의 에너지 탱크라고는 하지만 상황을 추측해 보면 절대 합법적인 것이라고 볼 수는 없다.

그런 것이라면 지구연방이 자랑하는 우주군에 요청만 하면 훨씬 싼 가격에 회수할 수 있을 텐데, 많은 비용을 들여 우리를 고용할 까닭이 없는 것이다.

포장은 에너지 탱크일 테지만 내용물은 생각지도 못한 다른 것임에 틀림없다.

분실 화물을 회수해 주는 업자로서는 주어지게 될 돈만 신경 쓰면 되지만 어쩐 일인지 묘하게 거슬린다.

회수업자 겸 용병으로서 상당한 명성을 날리고 있는 라쿤, 악명이기는 하지만 미개척지에서 이름을 날리고 있는 게리스도 그렇고, 모인 자들 면면이 혼자서도 충분히 임무를 수행할 수 있는 자들이 모인 것이다.

아무리 깔끔한 일 처리를 좋아하는 GX사지만 이 정도의 인원을 투입한다는 것은 너무 과한 일이었다.

특히나 개발이 한창 진행 중이라 별다른 위험이 없는 위성에서 말이다.

나야 뭔가 있다고 하더라도 그리 문제가 될 것은 없지만 다른 이들이 문제다.

일을 하는 도중에 숨겨져 있는 위험이 있다는 것을 재빨리 알아채지 못한다면 죽음뿐이라는 것을 모르고 있는 것 같으니 말이다.

라쿤은 어느 정도 감을 잡고 있는 것 같지만 그리 준비성이 투철하지는 못한 것 같다.

나름대로 몇 가지 준비를 한 것 같지만 그 정도 가지고는 이번 일에 깔린 위험을 벗어나기는 힘들 것 같다.

―잠시 후, 목적지에 도찰할 예정이다. 강하를 준비하도록!

기내에 조종사의 음성이 들려왔다. 어느새 목적지에 도착한 것이다.

"파워슈트를 장착한 후 곧바로 강하할 것이다. 대기 마찰계수가 높으니 파워슈트를 점검하고 배리어의 단계를 높이도록."

이번 팀의 팀장답게 라쿤이 차분하게 지시를 내렸다.

비밀을 지키기 위해 우주선은 대기권 바로 바깥에서 스치듯 지나간다.

그렇게 지나가며 우리를 라본으로 떨어뜨릴 예정이기에 파워슈트에 대해 점검하도록 지시를 내린 것이다.

라쿤의 지시에 하나둘 파워슈트를 가동시켰다.

파워슈트는 GX사에서 이번 임무를 위해 잠시 빌려준 것이다.

파워슈트를 개발한 회사답게 완전히 줬으면 좋겠지만 워낙 비싼 것이라 임무를 수행할 동안만 지급해 준 것이다.

대기업답지 않게 쫀쫀하기는!

다들 왼쪽 손을 들었다. 마치 문신처럼 기이한 문양이 손목의 등 쪽과 안쪽에 그려져 있었다. 다이아몬드 문양 두 개가 반쯤 겹쳐진 것 같은 문양이었다.

"슈트 인!"

음성 인식으로 파워슈트를 가동시키자 손목에 그려진 문양이 꿈틀거렸다.

살아 있는 것처럼 피부 위에서 움직이는 모습이 무척이나 기괴했다. 문신처럼 그려진 문양이 손목을 타고 오르며 검은 실선을 뿜어냈다. 생체 활성화 물질을 통해 피부 바로 위에 파워슈트의 조직체를 만들어가기 시작한 것이다.

파워슈트가 완성된 것은 음성 인식이 시작되고 나서 채 1초도 걸리지 않았다. 전투에 특화된 파워슈트답게 그야말로 순식간에 전신을 뒤덮는 갑옷이 완성되었다.

파워슈트가 활성화된 것을 확인하고 헬멧을 썼다. 얼굴 전체를 감싸는 헬멧으로 입고 있는 군장과 함께 파워슈트와 연결되어 착용자에게 정보를 전달하는 기능을 가진 헬멧이다.

헬멧을 장착하자 각종 계측기가 눈에 선명했다.

에너지 게이지가 충분한 것을 확인하고 각종 수치가 표시되는 챠트를 확인했다.

파워슈트의 기능 상태를 나타내는 수치들이 시시각각 보이고 있었다.

수치상으로 확인한 결과 내가 지금까지 보아왔던 파워슈트들과는 확연히 달라 보인다.

활성화 속도 및 강도와 여러 가지 부가된 기능으로 봐서는 정부군에도 납품되지 않은 최신형이 분명했다.

아무래도 이번 아르바이트는 물품을 회수하는 것만이 목적은 아닌 것 같다.

전투 슈트의 경우 반드시 실전 테스트를 거치고 출시되는 것을 생각해 볼 때 우리가 해야 할 역할 중 하나가 파워슈트의 테스트가 분명해 보였다.

지이잉!

신호음과 함께 화물칸의 일부가 차단됐다. 이중으로 된 게이트가 화물칸과 바깥문이 열리는 공간을 차단한 것이다.

"배리어 프로텍션 가동!"

공간이 분리되자 라쿤의 명령이 떨어졌다. 우주로부터 위성에 진입하기 위해 보호 장치를 가동하도록 한 것이다.

"프로텍션 스타트!"

음성인식으로 파워슈트의 기능 중 하나인 프로텍션 기능을 활성화시켰다. 은은한 녹색 빛이 피부와 군장을 감쌌다.

"지금부터 좌표에 따라 순차적으로 낙하할 것이다. 대기권과의 마찰을 생각해 냉각장치를 가동시키고 좌표를 확인하라!"

헬멧 안에 장착된 스피커로부터 라쿤의 목소리가 흘러나왔다. 확인을 끝내자 카운트다운이 시작됐다.

"10, 9, 8… 1, 게이트 개방! 낙하!"

슈슈슝!!

화물선은 필요없는 쓰레기를 버리듯 공기압으로 우리를 밀어냈다.

화물선을 떠난 우리는 중력의 영향을 받아 빠르게 라본의 대기권으로 진입을 했다.

초고속으로 이동하는 탓에 일어나는 대기와의 마찰로 일어나는 에어로 다이나믹 히팅(공력가열현상)으로 슈트의 온도가 점점 상승했다.

화르르르!

타오르는 불길에 휩싸인 여덟 개의 화염 덩어리들이 쾌속하게 대기를 가로질렀다. 라본에서 본다면 별똥별이 떨어지는 것으로 보일 터였다.

파워슈트로 만들어진 프로텍션의 바깥 온도는 지금 2,000도를 넘어서고 있었다. 조금이라도 이상이 있다면 한 줌 재로 변해 사라지겠지만 파워슈트는 이름값대로 확실히 외부 열기를 막아주고 있었다.

군장 내부는 무척이나 쾌적했다.

프로텍션 자체가 열기를 막아주기 때문이기도 하지만 미리 냉각장치를 가동시켜 놓은 탓에 전해지는 열기는 거의 없었다.

그렇게 낙하하던 중에 1만 미터 상공에서 입고 있는 군장의 제트 추진 장치가 역분사를 시작했다.

목적지까지 가기 위한 활강을 위해 속도를 줄인 것이다.

순차적으로 진행된 역분사로 인해 낙하하는 속도가 천천히 줄어들었다.

타오르던 화염도 가라앉기 시작했고, 디지털 계측으로만 볼 수 있던 라본의 모습도 시야에 들어왔다.

"비행을 준비해라."

라쿤의 무전이 들린 후 활강 준비에 들어갔다.

"활강 준비!"

겨드랑이와 다리 안쪽에 작은 막이 펼쳐졌다. 팔과 다리 바깥쪽에는 방향을 잡기 위한 작은 돌기들이 튀어나왔다.

파워슈트의 변형인 윙슈트가 작동된 탓에 양력이 작용해 순간적으로 몸이 떠오른다. 양력을 받은 후 활강과 동시에 종아리에 장착된 제트 추진으로 목적지를 향해 나아갔다.

구름에 휩싸인 허공 위를 나니 감회가 새로웠다.

허공을 비행해 목적지에 도착한 것은 우주화물선에서 낙하한 후 40분이 지난 시점이었다.

각자 조금 떨어진 곳에 착륙을 했고, 상당한 거리를 비행해 오느라 조금 지쳤는지 모이는 시간이 5분가량 지체됐다.

라쿤은 팀원들에게 지시를 내렸다. 물론 나에게도 지시가 떨어졌다.

"제리온은 정찰을 실시하고 게리스는 뒤를 따르며 엄호를 한다. 그리고 나머지는 베이스캠프를 차린다. 베이스캠프를 꾸미고 난 후 제리온의 정찰 정보를 토대로 목적지까지 곧바로 이동한다. 정찰이 끝나면 곧바로 파워보드로 이동할 예정이니 서두르도록!"

길을 개척하고, 혹시 있을지도 모르는 위험을 사전에 제거하는 것이 내가 맡은 정찰 임무다. 사전 정보 탐색을 위해서 팀원들보다 한발 앞서 목적지를 향해 떠났다.

시비가 붙었던 게리스가 엄호하는 것이 조금 걸리기는 했지만 크게 상관하지는 않는다.

어차피 전방위 정찰을 실시해야 하기에 게리스도 위험 요인으로 분류해 놓고, 스텔스 기능까지 가동시켜 놓은 터라 나를 타깃으로 삼는다는 것이 쉽지가 않을 것이기 때문이다.

그것이 아무리 후방에서 엄호하는 척하며 노린다고 해도 말이다.

"후후, 그나저나 무지막지하게 크군."

라본의 환경은 지구연방이 지금까지 발견한 위성들과는 무척이나 달라 보였다.

중력의 영향인지는 모르겠지만 지구의 나무들보다 몇 배나 더 큰 거목들이 우거져 있었고, 동물들을 비롯한 생명체들의 크기도 상당히 컸다.

정부군에서 일차 개발을 실시하고 있는 곳이라 모든 것이 비밀에 붙여져 자세한 정보가 없지만, 목적지까지 가는 동안 수집된 정보로 볼 때 대부분의 생명체들이 환경의 영향인지 크기가 지구의 것보다 몇 배나 컸다.

　상당히 위협적인 생명체들도 간간이 눈에 띄었다. 검처럼 날카로운 가시가 가득한 이족보행의 생명체도 보였고, 그런 생명체를 개구리의 혀처럼 기다랗고 큰 혀로 감싸 으스러뜨려 잡아먹는 식충식물도 보였다.

　위험 요소들을 피하는 것은 물론, 어딘가에 있을 정부군의 감시망에도 들키지 않기 위해 회피 위주로 기동을 했다.

　직접 부딪치지는 않았지만 내가 본 정보들이 다른 팀원들에게 전해질 것이기에 큰 위험은 없을 것이다.

　목적지는 베이스캠프에서 대략 10킬로미터 떨어진 지점이었다. 20분 정도 수색 정찰 끝에 목적지에 도착한 나는 우선 주변 상황을 살폈다.

　"정말 이상하구나. 이곳에 있을 텐데……."

　이번 아르바이트의 목표는 추락한 것으로 보이는 우주화물선 내에서 화물을 찾는 것이다.

　목표 지점을 찾았는데 추락한 흔적은 어디에도 없었다. 주변을 더 살펴봐야 할 것 같다.

　주변에 위험 요소가 없는 것을 확인하고 파워보드를 가동시켰다.

　반중력 장치를 이용해 지상에서 100미터까지 떠오를 수 있는 것으로 빠른 이동과 공중에서의 수색을 위해 사용하는 것이다.

　목표 지점을 중심으로 반경 20킬로미터를 뒤졌다. 좌표 점의 오차 범위가 최대 1킬로미터임을 감안할 때 무리라고 할 정도로 상당한 범위를 뒤졌지만 흔적은 어디에도 없었다.

"다 뒤졌는데 목표가 없으니 이상하군. 정보가 틀릴 리는 없을 텐데……."

GX사에서 틀린 정보를 제공할 리는 없었다. 그렇다면 뭔가 내가 알지 못하는 것이 있는 것이 분명했다.

그때였다.

슝! 펑!!

"크윽, 제기랄!! 어떤 놈이 레일건을……."

예감이 적중했다. 어떤 자식인지 모르지만 나에게 레일건을 쏜 것이다.

후발대로 따라와 난데없이 레일건을 발사하자 게리스는 놀란 눈으로 라쿤을 바라보았다.

발사 각도로 볼 때 수색을 위해 선발대로 나선 제리온이 목표라는 것을 확실히 알 수 있었기 때문이다.

"실패했군."

헬멧에 부착된 망원렌즈로 제리온이 추락하는 모습을 지켜본 라쿤의 얼굴에 실망의 빛이 역력했다.

비틀거리면서도 파워보드가 안착하는 것이 보였던 것이다.

'후후후, 역시! 단번에는 무리라는 건가?'

제리온을 제거하는 데 실패하자 쓴웃음을 지었다.

"라쿤, 어째서 광전사를 쏜 거냐?"

게리스가 라쿤을 향해 따지듯 물었다.

"그를 제거하는 것도 이번 일에 포함된 사항이다."

게리스의 질문에 라쿤이 담담히 대답했다.

"의뢰자가 요구했나?"

"후후후, 의뢰자의 요구가 아니었다면 그만한 전력을 가진 팀원을 제거할 이유가 없지? 사실 너를 팀에 합류시킨 것도 그를 제거하는 임무 때문이었다."

라쿤의 말에 게리스는 원래 게리온의 제거가 자신에게 돌아올 일이었음을 알 수 있었다.

이름 높은 광전사를 제거했다면 자신이 비밀리에 가지고 있는 직업군에서도 명성이 상당히 높아졌을 것이기에 제의를 해온다면 거절하지 않았을 것이다.

그리고 자신에게 할당된 일이었다면 단 한 방에 깨끗이 제거했을 터였다.

그런데 자신에게 임무를 맡기지 않고 실패할 확률이 높은데도 라쿤이 직접 시도를 했다.

게리스로서는 왜 자신을 제외했는지 이유를 알 수 없었다.

"원래는 나에게 할당된 일이었단 말이냐? 그런데 어째서 네가 쏜 거지?"

전문가인 자신에게 제의를 하지 않고 라쿤이 직접 결행한 이유가 궁금했기에 게리스는 마음을 차분하게 가라앉히고 라쿤에게 물었다.

"네가 시비를 거는 바람에 작전을 변경해 내가 할 수밖에 없었다. 제리온, 아니, 본명이 무엇인지 모르니 그냥 광전사로 칭하도록 하지. 네가 시비를 거는 통에 광전사는 분명 너도 타깃으로 올려놓았을 것이다. 그 상태에서 광전사를 제거한다는 것은 정말이지 절대로 불가능한 일이니 말이다."

"불가능! 흥 나에게 그런 것은 없다.

"후후후, 아직 잘 모르는군. 저 자식은 임무를 수행하기 전에 자신에게 위험한 인물들은 모두 타깃으로 올려놓지. 그것이 아군이든 적군이든 상관없이 말이다. 광전사가 타깃으로 정하면 그의 감각을 벗어날 수 있는 존재는 없다."

"설마 했는데… 시비를 건 동료까지 적으로 돌리다니 무지막지한 놈이로군."

광전사가 그렇게까지 철두철미할지 몰랐던 게리스가 고개를 흔들었다.

"알았으면 됐다. 그나저나 제거에 실패했으니 큰일이로군. 이렇게 된 이상 놈이 부상에서 회복되기 전에 화물부터 회수하고 떠나는 것이 최선이다."

라쿤의 말에서 게리스는 광전사가 자신이 알고 있는 것보다 대단하다는 것을 알았다.

부상에서 회복되기 전에 화물 회수를 끝내려는 라쿤의 말에서 일말의 불안감을 느꼈던 것이다.

불안 요소를 남겨둔다는 것에 기분이 찜찜해진 게리스는 라쿤에게 제안했다.

"수색해서 제거하는 것이 더 낫지 않나?"

"후후후, 광전사에 대해서 너무 모르는군. 그자를 보통 사람과 똑같이 생각해서는 안 돼. 성질이 괴팍한 만큼 그를 노린 자들이 상당히 많았지만 한 번도 성공하지 못했다. 이것보다 더한 상황에서도 말이다. 그러니까 지금까지 살아 있는 것이지만 말이야. 그동안 수집한 데이터로 볼 때 그는 극한의 상황에서도 자신을 제거하려는 자들을 철저하게 응징했다. 그러니 섣불리 그를 제거할 생각은 버리는 것이 좋다. 우리가 놈을 찾지 않으면 놈은 부상을 회복하는 데 전력할 것이다. 지금 정도의 부상이라면 하루 정도밖에는 안 걸릴 것이다. 그 안에 일을 끝내고 우주선으로 귀환하는 것이 최선이다. 놈의 제거는 이 라본 행성에 맡겨두고 말이다."

"라본 행성에 처리를 맡긴다는 말이냐?"

직접 제거하는 것도 아니도 라본 행성에 뒤처리를 맡긴다는 말이 이상했기에 게리스가 물었다.

"후후후, 파워슈트가 기능을 잃은 이상 아무리 광전사라도 이곳 라본에서 살아날 가능성은 거의 없다. 밤이 되면 이곳은 그야말로 지옥으로 변하니까."

"지옥이라니, 무슨 말이냐?"

"우리가 왜 동이 트는 시간에 이곳으로 온 줄 아느냐? 후후후, 정확한 이유는 모르지만 밤이 되면 이곳은 지옥으로 변한다. 지구연방에서 파견한 전투 안드로이드들도 하루도 버티지 못하고 모두 파괴될 정도로 말이다. 그러니 해가 있는 동안 물건을 회수하고 빨리 이곳을 뜨는 것이 최선이다. 안 그러면 우리도 위험해지니까 말이다.”

라쿤의 설명을 들은 게리스는 제거에 실패했을 때의 계획도 세워져 있음을 짐작할 수 있었다.

제리온을 제거하려는 이유는 확실히 모르겠지만, 지금은 라쿤이 말한 대로 하는 것이 좋을 것 같았다.

“그런데 물건은 어디에 있는 거지? 아무리 찾아봐도 우주화물선이 추락한 흔적이 보이지 않는데 말이다.”

“우리가 찾는 것은 우주 화물이 아니다. 원래부터 이곳에 있던 것이지. 우리는 이곳에 있는 고대 유적에서 한 가지 물건을 찾아 돌아가면 된다.”

“고대 유적에서 물건을 찾는다니, 도대체 그것이 무엇이냐?”

“이 이상은 비밀이니 더 이상 묻지 말기 바란다. 우리의 임무만 생각해라. 물건을 찾아서 돌아가면 약속한 임금의 열 배에 달하는 특별 포상금이 지급될 것이다.”

라쿤은 자세한 내용에 대해서는 더 이상 이야기해 줄 뜻이 없음을 비쳤다.

“호오, 그래? 그럼 일에 집중해야겠군.”

열 배의 보상이라면 평생 아무런 일을 안 해도 상류층 생활을 할 수 있을 것이기에 게리스는 제리온에 대한 일을 잊었다.

“이제 가도록 하지. 위험할지도 모르니 일단은 내가 가는 길을 따르며 상황이 발생하면 조치할 수 있도록 마음의 준비를 해라.”

파워보드를 가동시키고 위에 올라선 라쿤이 앞서 나가기 시작했다. 그의 뒤를 따라 게리스를 비롯한 여섯 명도 파워보드를 타고 이동하기 시작했다.

*　*　*

　제기랄!
　일이 터진다면 게리스란 놈이 시작할 줄 알았는데, 엉뚱하게 라쿤이라니?
　제대로 한 방 먹은 기분이다.
　레일건의 합성 알루미늄 탄이 어깨를 뚫고 지나갔다.
　파워슈트가 아니었다면 통째로 날아갔을 텐데 그나마 배리어가 가동 중인 상태라 작은 관통상만 입었다.
　초고열의 탄환이라 상처가 지져지는 바람에 피를 흘리지는 않았지만, 오른손을 쓸 수가 없어 문제는 심각했다.
　일단 숨을 곳을 찾아 은폐를 한 후, 유전자 분리체로 활성화한 줄기세포가 들어 있는 앰풀을 꺼냈다.
　푸른색의 액체가 든 앰풀은 암시장에 있는 친구 놈에게 부탁해 사들인 물건으로 상처를 재생시키는 데 탁월한 효과가 있는 놈이다.
　앰풀을 깨서 상처에 들이부었다.
　"크윽! 제기랄 나게 아프네."
　효과는 빠르지만 고통이 장난 아니었다. 신경까지 재생시켜야 했지만 마취 성분이 없는 까닭이다.

흰 거품이 부글부글 끓어오르며 빠른 속도로 세포가 재생되기 시작했다.

뼈는 거의 다치지 않고 근육만 관통한 것이라 회복 속도가 빨라 다행이었다. 지치기 전의 상태는 아니었지만 상처가 회복되고 나니 그럭저럭 움직일 만했다.

"그럼, 이제부터 복수전을 준비해야겠지. 라쿤, 네놈이 무슨 목적으로 날 쐈는지 모르겠지만 이제부터 네놈은 지옥을 맛볼 것이다."

레일건에 맞은 지 두 시간 만에 상처를 회복했다.

그동안 나를 노린 놈들도 이 경이적인 회복력을 몰랐기에 나에게 당했다. 그것은 라쿤 또한 마찬가지일 것이다.

저격에 탁월한 것으로 보이는 게리스 대신 어째서 라쿤 자신이 직접 쏜 것인지는 모르겠지만 이번 일에 대한 결과는 반드시 치러줄 생각이다.

놈의 행동을 방관한 놈들까지도 말이다.

*   *   *

제리온이 상처를 회복하고 라쿤 일행을 찾아 나설 무렵, 라쿤은 팀원을 이끌고 밀림을 헤매고 있었다.

그의 손에는 좌표 측정기가 있었는데, 연이어 신호를 보내는 것이 목표 지점에 거의 다 와가는 것 같았다.

삐이이이!!

삑삑거리며 단절음을 토해내던 좌표 측정기에서 긴 파열음이 흘러나왔다.

추적하고 있는 목표 지점에 도착한 것이다.

"여기냐?"

거대한 나무들과 머리끝까지 자란 풀인지 나무인지 모를 식물들이 무성한 곳에 멈추어 서자 게리스가 라쿤에게 물었다.

"신호로 봐서는 이곳이 틀림없다."

"그런데 왜 아무것도 없는 거지? 이곳에 유적이 있다고 하지 않았나?"

"좀 더 찾아봐야 할 것 같다. 좌표가 확인됐지만 찾아야 할 것이 있거든. 토미, 알렉스, 물건을 꺼내라."

라쿤은 수하 중 두 명에게 지시를 내렸다.

금발에 얼굴에 칼자국이 있는 토미와 갈색 머리카락에 갸름해 보이는 인상의 알렉스가 군장에 장착된 수납공간에서 무엇인가를 꺼내 들었다.

두 사람이 꺼내 든 것은 중간에는 비어 있고 칼날 부분만 존재하는 두 자루의 단검이었다. 두 사람은 꺼내 든 단검을 라쿤에게 건넸다.

찰칵!

단검을 받아 든 라쿤은 손잡이 끝부분을 맞대고는 끼워 맞추었다. 두 개의 단검이 이어져 중간의 손잡이 부분이 불룩한 길이 1미터 정도의 기병이 만들어졌다.

“그게 뭐냐?”

생전 처음 보는 무기에 게리스가 물었다.

“금강저라는 것이다.”

“금강저?”

“후후후, 고대 무기라고 한다. 우리가 찾는 것은 이것과 짝을 이루는 금강령이라는 것이다. 금강령이 있는 곳은 이 금강저로만 열 수 있다고 했으니 조금 있으면 유적으로 들어가는 입구가 나타날 것이다.”

“그래? 그거 신기한 물건이로군. 유적을 여는 열쇠라…….”

라쿤의 설명에 게리스가 흥미로운 듯 금강저를 바라보았다.

가운데 손잡이를 제외하고 양쪽에 달려 있는 날은 잘 벼리지 않았는지 그리 날카롭게 보이지는 않았다.

그렇지만 흘러나오는 기운이 금빛이 감도는 모습과 함께 범상치 않아 보이는 기병이었다.

지이잉!

라쿤이 금강저를 완성한 후 얼마 지나지 않아 금강저에서 진동이 일었다. 무엇인가와 공명하는 듯 잘게 떨리며 가슴을 울리는 소리가 흘러나오고 있었다.

쿠르르릉!!

진동음이 사방으로 퍼지자 굉음과 함께 지면이 폭풍을 만난 것처럼 들썩이기 시작했다.

지면이 솟아올랐다.

대지는 거침없이 붉은 토양을 지면으로 토해냈다.

거대한 나무들이 뿌리를 드러내며 앞다투어 넘어지기 시작했다.

우드득!

우르르릉! 콰쾅!!

천지를 개벽할 것 같은 굉음이 밀림에 울려 퍼졌다. 주변을 에워싸고 담벼락처럼 붉은 흙이 솟아오르고, 나무들이 넘어지며 폐허로 변해가는 모습을 지켜보는 라쿤 일행의 모습은 긴장한 빛이 역력했다.

'잘못하면 이곳이 무덤이 될지도 모르겠군.'

라쿤이 보기에 넘어지는 나무에 깔리는 순간 피 떡이 되어 개죽음을 맞을 것이 분명해 보였다.

아무리 지옥과 같은 전투를 헤쳐 나온 자들이라 할지라도 바로 옆에서 굵기가 집채만 한 나무들이 떨어진다면 견디기 힘든 공포를 느껴야 할 것이다.

주변의 변화가 잠잠해진 것은 변화가 시작되고 나서 얼마 지나지 않아서였다.

마치 구덩이 속에 빠진 것처럼 라쿤 일행은 10미터나 솟아오른 붉은 흙벽 속에 갇혀 버렸다.

"당황하지 말고 주변을 살펴라. 유적으로 들어가는 입구가 있을 것이다."

파워보드를 이용하면 손쉽게 탈출할 수 있기에 라쿤은 소리를 질러 수하들로 하여금 흙벽을 조사하게 했다.

탁! 탁탁!!

라쿤의 수하들이 흙벽 여기저기를 두들겨 댔다.

툭!

"여기다!"

흙벽을 두들기며 조사하던 게리스가 소리를 질렀다.

무기나 다름없는 왼손으로 흙벽을 두드리던 중에 다른 곳과는 다른 소리를 내는 곳을 발견한 것이다.

라쿤은 빠르게 다가가 흙벽을 긁어냈다.

흙을 걷어낸 자리에 검은색의 돌문이 나타났다. 굳게 잠겨 있었지만 문이라는 것을 충분히 확인할 수 있었다.

"저곳에다 금강저를 끼우면 되는 모양이다, 라쿤!"

게리스의 말대로 닫힌 문의 중앙 부분에 금강저와 같은 문양이 음각으로 새겨져 있었다.

라쿤은 곧바로 금강저를 맞춰 끼웠다.

그르릉!

가로로 맞추어진 금강저가 회전을 하며 세로로 길게 위치했다. 그리고는 문 전체가 천천히 아래로 가라앉았다.

"들어가자. 알렉스가 앞장을 서고 게리스가 엄호를 한다. 토미가 후미를 맡고 나머지는 중간에서 상황에 대비한다."

라쿤은 문이 열리자 빠르게 지시를 내렸다.

알렉스가 빠르게 앞으로 나서자 게리스는 왼손에 장착된 무기의 봉인을 해제하며 뒤를 따랐다.

위이잉!

찰칵!

기이한 소음과 함께 게리스의 의수가 은색의 광택이 흐르는 총신으로 변해 있었다. 게리스의 무기는 개인이 가질 수 있는 화기 중 최고의 화력을 발하는 파동포였다.

두 사람을 제외한 나머지는 중간과 후미를 맡아 천천히 안으로 들어갔다.

*　　　*　　　*

GX사에서 찾고 있는 곳임이 틀림없었다.

뭐, 우주화물선? 엿이나 먹으라고 해라. 제길!!

라쿤 일행의 종적을 확인한 이상 이것으로 결론이 났다. GX사에서는 나에게 허위 정보를 제공한 것이다.

그렇다는 것은 나를 제거하기 위해 GX사가 직접 라쿤과 거래를 했다는 것을 뜻했다.

이제는 나도 가만히 있을 수 없는 노릇이다. 어차피 내 정체야 놈들도 알지 못할 테니 이번 일에 엿이나 먹일 생각이다.

물론, 돈 때문에 감히 나를 제거하려고 한 라쿤도 용서할 수 없기는 마찬가지다. 게리스란 놈은 모르겠지만 라쿤과 놈의 수하들은 뜨거운 맛을 봐야 정신을 차릴 수 있을 것 같다.

일단 안으로 들어가 봐야겠다.

GX사에서 원하는 것이 무엇인지 모르겠지만 그것을 내가 얻어야 제대로 엿을 먹일 수 있을 것 같았다.

검은색 돌로 만들어진 석문을 지나니 시야가 그리 어둡지는
않았다. 어디선가 흘러나오는 은은한 광채가 사람의 모습 정
도는 분간할 수 있을 정도의 조도는 제공하고 있었다.

다만 시야가 20여 미터를 넘지 못한다는 것이 불만이긴 하
지만 그 정도 가시거리라면 어떤 상대든 자신이 있기에 천천
히 걸어 들어가며 바닥을 살폈다. 놈들이 지금 어떤 상태인지
파악하기 위해서다.

발자국의 상태에 따라 긴장도나 체력 등을 어느 정도 살필
수 있다는 것이 정말 놀라운 일이었다.

그런데 바닥에 먼지가 하나도 없다. 놈들의 발자국으로 상
태를 살피는 계획은 접어야 할 것 같다.

그나저나 꽤 오랫동안 지하에 있었던 것 같은데 먼지는커녕
습기조차 하나 없는 것이 꽤나 신기하다.

'어디, 어느 정도 오래된 유적인지 살펴볼까.'

놈들도 놈들이지만 지금 들어온 이곳에 묘한 흥미가 일어났
다.

파워슈트가 40퍼센트 정도 훼손되기는 했지만 중요한 기능
몇 가지는 살아 있기에 유적지에 대하여 연대를 측정해 보기
로 했다.

먼지 등 기본적인 시료를 채취하고 펄스파를 이용해 간이
연대 측정을 했다. 그리고 얼마 후 내가 본 측정 자료는 이곳
이 그저 평범한 유적이 아니라는 것을 뜻하는 수치였다.

'2만 년이라니??'

얼마 되지 않았다고 생각했는데 이토록 깨끗한 유적이 이만 년 전에 만들어진 것이라고 계기판이 알려온 것이다.

믿어지지 않아 다시 한 번 측정해 봤지만 결과는 마찬가지였다.

'후후후, 유물인가? 좋아, 그렇다면 내가 모두 얻어주지.'

GX사에서 이 정도의 인원을 동원해 비밀리에 무엇인가를 얻으려 했다면 상당한 값어치를 지닌 유물이 있는 것이 분명했다. 적어도 내가 받은 임금보다 수천 배는 말이다.

그렇다면 중간에 가로채는 것이 좋을 것 같다. 어떤 놈인지 모르지만 이번 일을 사주한 놈은 복장이 터져 죽을 것이다.

그나저나 만약을 생각해 준비해 둔 것이 있는데 헛돈을 쓴 것 같지는 않다. 지금쯤 도착을 했나 모르겠다. 잘 도착해야 할 텐데.

*　　　*　　　*

점점 어두워졌다.

들어왔던 입구와는 달리 한 시간이 넘어선 지금은 몇 미터 앞을 확인하지 못할 정도로 어두워졌다.

"모두 투시경을 착용하고 만약의 상황에 대비해라."

이 상태로는 가시거리를 확보하지 못하자 라쿤이 명령을 내렸다.

라쿤의 팀원들은 파워슈트와 연결된 헬멧의 기능을 활성화시켰다. 적외선으로 투시되어 녹색으로 보이는 화면이 시야를 덮고 나자 주변 경관이 천천히 눈에 들어왔다.

"괜찮아 보이기는 하지만 뭐가 있을지 모르니 경계를 게을리 하지 마라."

"컥!!"

라쿤의 지시가 끝나자마자 답답한 비명 소리가 뒤에서 들려왔다.

투투퉁!

비명 소리가 나자 라쿤과 팀원들이 들고 있는 레일건에서 묵직한 굉음과 함께 불을 뿜었다. 연이어 발사된 탄환이 엄청난 속도로 날아갔다.

콰콰쾅!!

탄환이 유적의 벽에 부딪치며 굉렬한 폭발음을 흘렸다.

전함에 부착된 레일캐논과는 달리 에너지 충격량을 줄여 개인 중화기로 사용하기 편하도록 만들었지만 속도가 마하 7 정도의 수준으로 날아가는 탄환이었다.

1미터 두께의 장갑도 그대로 관통해 버리는 충격에너지를 가진 탄환이었지만 유적에는 아무런 손상도 없었다.

탄환만이 폭발과 함께 산산이 부서지며 비산했다.

탄환이 부딪친 자리에 토미를 공격한 적은 없었다. 순간적으로 반응해 레일건을 쐈음에도 이미 자리를 피한 것인지 아무런 흔적이 없었다.

대신 폭발의 여파로 상체 일부가 부서져 나간 토미의 시체만이 바닥에 누워 있었다.

'제길, 기관이 작동한 것인가?

라쿤은 자신의 반응 속도로 봤을 때 생명체라면 피할 수 없었을 것이라는 생각이 들었다.

상대의 종적이 발견되지 않았을 뿐만 아니라, 헬멧에 부착된 디스플레이 상에는 생명체에 대한 반응이 없었기에 침입자를 방지하기 위해 유적에 설치되어 된 부비트랩으로 인해 토미가 당한 것으로 결론을 내렸다.

"투시기를 꺼내 내부를 살펴라!"

라쿤은 전자기 펄스파를 활용한 투시기를 사용하도록 했다. 유적지 내부에 설치되어 있을지도 모르는 부비트랩을 확인하기 위해서였다.

통신 및 계측 담당 팀원인 루.이스가 나서서 권총 모양의 투시기를 작동시키며 주변을 탐색했다.

"라쿤, 이상하다."

"무슨 일이냐?"

"아무것도 탐색이 되지 않는다."

"탐색이 안 되다니 그게 무슨 말이냐?"

아무것도 탐색이 되지 않는다는 말에 라쿤이 다급히 물으며 화면을 봤다.

전자 충격파를 이용한 투시기는 지하 1킬로미터까지 탐색할 수 있는 장치였다. 아무것도 나타나지 않는다는 것은 있을 수 없는 일이기에 라쿤의 인상이 일그러졌다.

‘도대체 이곳은 어디지?’

광전사의 제거와 유물을 가져오는 일이었다. 유물을 가져오는 일이야 그리 어렵지 않기에 광전사에 대해서만 신경을 썼다.

유적에 대한 정보를 좀 더 알아볼 걸 하는 후회감이 밀려들었다.

“부비트랩이 있는 것 같으니 일정 간격을 유지하고 자신보다는 동료들의 주변을 탐색하며 전진한다. 게리스는 맨 앞에서 광범위 파동포를 발사해 부비트랩의 유무를 체킹한다.”

회수를 포기하고 돌아간다는 것은 있을 수 없는 일이었다. 유물이 없다면 GX사에서 이곳으로 우주선을 보낼 리 없었다. 어떻게 해서든지 찾아가야만 했기에 라쿤은 팀원들을 재촉했다.

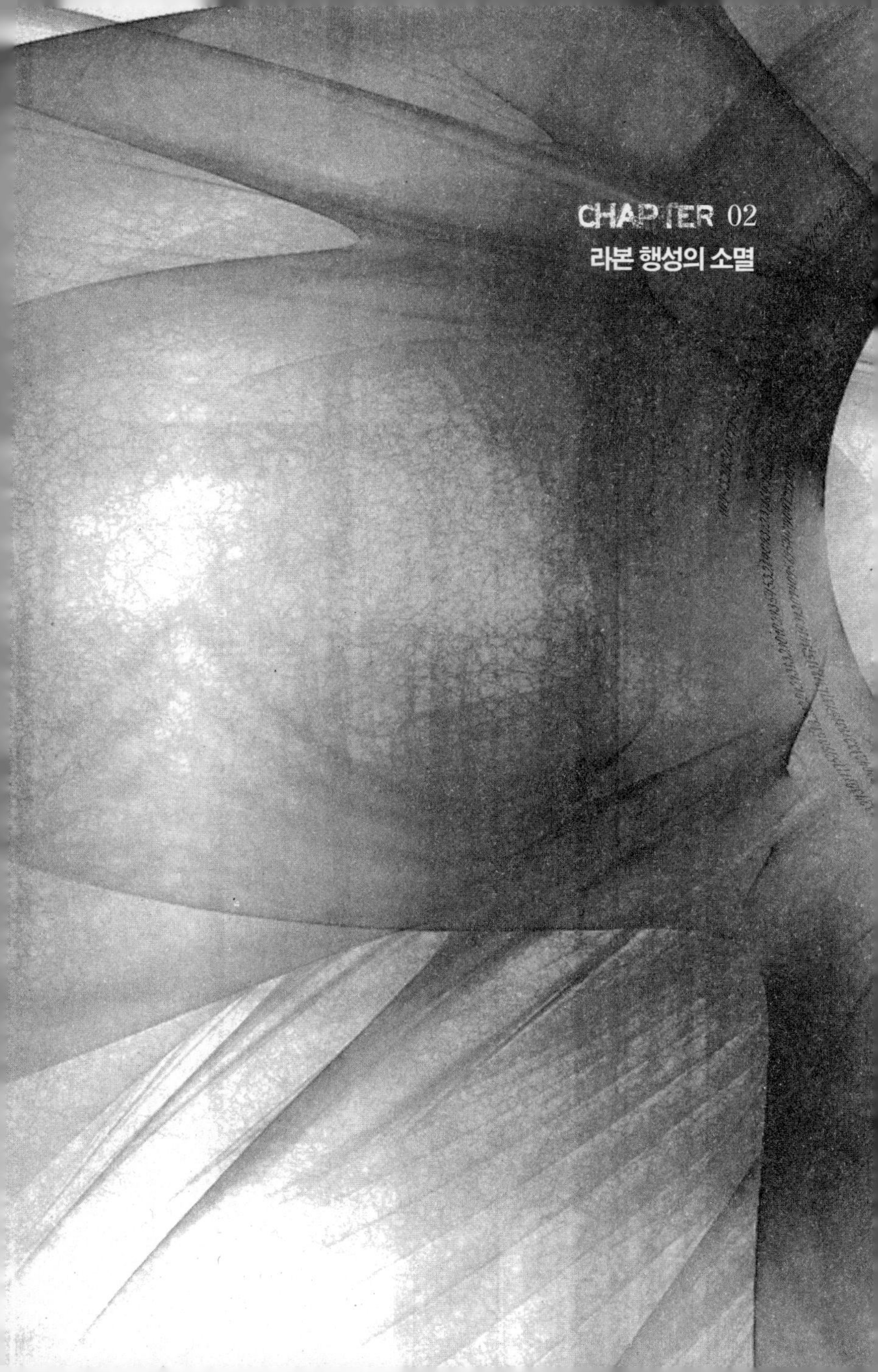
CHAPTER 02
라본 행성의 소멸

TIME
SLICE 타임 슬라이스

라쿤의 지시에 팀원들이 일렬로 정렬했다.

텅!!

게리스는 맨 앞에 서서 범위를 확장시킨 파동포를 발사했다.

우우웅!

강력한 진동음이 일행이 나아갈 방향의 통로를 울렸다.

물체를 진동시키는 파동포의 영향이라면 부비트랩을 작동시키고도 남았지만 변화는 일어나지 않았다.

"이봐! 팀장! 반응이 없는데?"

"할 수 없지. 일단 천천히 전진한다."

샤각!

라쿤의 지시에 발걸음을 옮기는 순간 기이한 소음이 들렸다.

"그르륵!"

털썩!

기이한 소음과 함께 게리스의 뒤에 서 있던 타이론의 신형이 무너져 내렸다.

타이론의 몸이 어깨부터 허벅지까지 사선으로 금이 가며 두 동강 났다. 붉은 피를 쏟아내는 육체 사이로 잘라진 내장이 보였다.

아무런 기척도 없이 갈라져 버린 타이론의 시신을 바라보는 팀원들의 눈에 공포가 서렸다.

"으으으아!!"

자신의 눈앞에서 벌어진 사건에 루이스는 비명을 질렀다. 전신이 부들부들 떨리고 있었다.

아무런 느낌도, 아무런 기척도 없이 죽어 나가는 동료를 보는 것은 통신과 계측만 전담하고 있는지라 전투 경험이 전혀 없는 루이스로서는 견디기 어려운 공포였던 것이다.

짝!

"진정해!!"

라쿤이 루이스의 뺨을 때렸다.

이성을 잃고 무작정 움직이다가는 부비트랩을 작동시켜 팀원들을 위험하게 할 수 있기 때문이었다.

"엉엉엉! 라쿤, 돌아가자. 이러다가 우린 다 죽는단 말이다."

뺨을 얻어맞고 정신을 차린 루이스는 눈물과 콧물이 범벅이 된 얼굴로 라쿤에게 사정을 했다.

위험천만한 부비트랩이 가득한 것도 모자라 탐색도 되지 않는 유적을 탐사한다는 것은 스스로 죽여 달라는 것이나 진배없는 일이었기에 살고 싶은 그로서는 당연한 요구였다.

"GX사에서 그냥 돌아가게 해줄 성싶으냐? 천만에! 어차피 유물을 가져가지 않으면 우리는 이곳을 떠날 수 없다. 라본에 남겨진다면 우리가 살아남을 수 있을까? 밤이 되면 여기는 지옥이 된다. 최대한 빨리 유물을 찾아 이곳을 벗어나야 실낱같지만 살아날 가망성이 있는 것이다. 그리고 네가 원하는 것을 얻으려면 여기서 목숨을 걸어라. 네가 평생 벌어도 벌 수 없는 금액을 제시한 것에는 네 목숨 값도 포함되어 있으니까 말이다."

라쿤은 싸늘한 음성으로 루이스를 다그쳤다.

"훌쩍! 사, 살 수 있는 거냐?"

"살 수 있다. 그러니 최대한 이곳이 어떤 곳인지 파악할 수 있는 방법이나 찾아내라. 생존율을 좀 더 높이려면 말이다."

"아, 알았다."

살기 가득한 라쿤의 목소리에 루이스는 다급히 눈물을 닦고는 생각에 잠겼다.

루이스는 어떻게 해서든지 살아 나갈 방법을 마련해야 했다.

그는 이곳으로 오기 전 일생일대의 연구를 진행 중이었다. 자신의 연구가 완성된다면 평생 돈방석에 앉을 수 있을 정도로 무척이나 획기적인 연구였다.

루이스는 연구비가 떨어지는 바람에 단기간에 돈을 마련하기 위해 합류했다. 라쿤과 안면이 있지 않았다면 오지 않았을 터지만 연구비 때문에 연구를 완성하지도 못하고 이대로 죽기에는 억울했기에 무리를 해온 것이었다.

돈도 돈이지만 자신이 연구한 결과물이 세상에 나와 사람들이 쓰게 되는 것은 루이스의 평생 소원이었던 것이다.

하지만 그는 자신이 라쿤의 의도에 의해 이곳에 왔다는 사실은 전혀 모르고 있었다. 자신이 연구하고 있는 것을 라쿤이 노리고 있음을 말이다.

'무기는 충분하다. 방어만 가능하다면 충분히 이곳을 벗어날 수 있다. 그렇지만 아직 완성되지 않은 것인데. 휴우, 할 수 없지. 일단 살고 봐야 하니까.'

혹시 몰라 지금까지 연구한 결과물을 가지고 온 루이스였다. 이런 상황에서 쓴다면 최고의 효과를 발휘할 물건이었다.

'문제는 에너지를 어떻게 조달하느냐 하는 것인데……'

에너지 문제를 해결하기 위한 연구는 아직 진행 중이었다.

다른 것들은 모두 완성이 됐지만 에너지 변환 문제만은 아직 해결을 하지 못한 상태였다. 루이스에게 필요했던 연구비도 모두 에너지 변환 문제에 사용될 돈이었다.

하지만 자신이 가지고 온 것은 사용하려고 해도 에너지를
조달하지 못하면 소용이 없기에 루이스는 고심하지 않을 수
없었다.

'으음, 어떻게 하지? 고민이구나. 응!! 저건?'

에너지 문제를 해결하기 위해 고심하던 루이스는 게리스의
군장에서 삐죽 삐져나온 물건을 볼 수 있었다.

어쩌면 에너지 문제를 해결해 줄 수도 있는 물건이었다.

무기의 에너지원을 조달하는 예비 배터리의 단자 중 일부가
게리스의 군장에서 삐져나와 있었던 것이다.

루이스는 군장에서 물건을 하나 꺼내 들었다.

보석을 깎아 만든 것처럼 광택을 흘리는 다이아몬드 형의
검은색 팔면체였다. 크기는 주먹만 했는데 어찌 보면 추처럼
생긴 묘한 물건이었다.

"그게 뭐냐?"

혹시나 방법을 찾았을지도 모른다는 생각에 라쿤이 물었다.

"내가 실험 중인 건데, 어쩌면 우리가 닥친 문제를 해결할
수 있을지도 모른다."

"그게 뭐기에 문제를 해결할 수 있다는 거냐?"

"하이퍼 배리어 발생기다."

"하이퍼 배리어 발생기?"

"보통의 배리어는 에너지 막을 이용해 두꺼운 형태로 만들
어지지만 이것은 에너지 밀도를 극도로 높여 얇은 배리어를

수십 겹으로 만들 수 있는 장치다. 무엇보다도 지금까지 나온 것과는 달리 개인이 소지할 수 있다는 것이 큰 장점이지.”

“그러냐? 대단하군! 개인용 배리어를 만들어낼 수 있는 장치라니.”

라쿤은 감탄한 어조로 루이스를 바라보았다. 그것은 다른 팀원들도 마찬가지였다.

지금까지 만들어진 배리어들은 대부분 전함이나 우주선 등에 쓰이는 것일 뿐, 막대한 에너지의 사용으로 인해 개인이 사용할 수 있는 배리어를 만들어낸다는 것은 거의 불가능한 것이라고 알려져 있었다.

그런데 개인용으로 사용할 수 있는 하이퍼 배리어 같은 획기적인 것까지 만들 수 있다는 것은 생각하지 못했기에 놀라지 않을 수 없었던 것이다.

사실 라쿤이 겁쟁이인 루이스를 팀원으로 합류시킨 것은 다른 이유였다.

라본 행성은 정부군이 개발하고 있는 지역을 제외하고는 아직까지 대부분 미지의 영역이라 루이스가 가진 이런 기술적인 연구 결과물을 보고 합류시켰었던 것이다.

관측과 계측 관련 분야와 관련한 루이스의 실력은 언더그라운드에서는 최고라고 정평이 나 있었지만 그가 가진 하이퍼 배리어가 거의 완성 단계에 와 있다는 것을 알고 있었던 것이다.

“문제가 없는 것은 아니다. 아직은 미완성이거든. 이번 일에 합류한 것도 이것을 완성하기 위해서인데 이렇게 사용할 줄은 몰랐다."

루이스가 이번 일에 끼어든 것은 하이퍼 배리어 발생기의 에너지 전환 장치를 완성하기 위한 돈을 얻기 위해서다. 혹시나 연구물을 누군가에게 들킬까 봐 보안을 위해 가지고 왔을 뿐, 이렇게 사용하게 될 줄은 루이스 자신도 몰랐다.

"미완성이라니 무슨 말이냐?"

완성된 것이 아니라는 말에 라쿤이 물었다.

극도로 위험한 미지의 공간에 들어온 이상, 루이스가 꺼낸 하이퍼 배리어는 자신들의 생명과도 직결된 문제였다.

"에너치가 문제다. 고밀도로 만들어지기 때문에 하이퍼 배리어를 가동하기 위해서는 막대한 에너지가 필요하다. 우리가 가지고 있는 무기의 동력원을 모두 동원해야 할지도 모른다."

"으음, 그렇다면 곤란하다. 무기 없이 이곳을 벗어난다는 것은 어려운 일이니까."

"나도 안다. 전부는 필요없을 거다. 부비트랩을 막기 위해서는 두 개 정도의 배리어만 중첩시키면 된다. 그러니 지금 사용하고 있는 것 말고 예비로 준비한 에너지 배터리만 있어도 충분히 배리어를 생성시킬 수 있다."

"그러냐?"

라쿤은 지금 장착하고 있는 것들의 에너지 게이지를 확인할 필요성을 느꼈다.

"모두 에너지 잔량을 확인해라."

라쿤이 말하기도 전에 모두 자신이 가지고 있는 무기의 에너지 양을 확인하기 시작했다.

"라쿤, 난 98퍼센트 남았다. 이 정도면 충분하다."

"저도 그렇습니다."

"전 99퍼센트입니다."

게리스의 말에 이어 팀원들이 연이어 대답을 했다.

한 번도 사용되지 않고 예비로 가동 중이었기에 약간의 에너지만 소모되고 대부분 남아 있었다.

"내가 가지고 있는 것이 95퍼센트니까 충분하겠지. 모두들 예비 배터리를 꺼내라."

무기에 장착된 에너지의 총량은 충분했기에 라쿤은 배터리를 꺼내도록 했다.

팀원들은 각자 무기에 장착되는 에너지 키트를 군장에서 꺼냈다. 모양은 제각각이었지만 내부에는 소형 원자로들이 장착되어 있는 것들이었다.

루이스는 팀원들이 꺼낸 베터리와 죽은 자들의 군장에서 배터리를 빼내 하이퍼 배리어 발생기를 충전시켰다.

워낙 많은 양의 에너지를 소모하는 탓에 예비로 가져온 배터리를 모두 비웠는데도 하이퍼 배리어 발생기를 80퍼센트밖에 충전시키지 못했다.

"충전이 완료되면 투명하게 변한다는 말이군."

라쿤은 완전하게 충전되지 않아 반투명하게 변해 있는 발생기를 바라보며 홀리듯 말했다.

“이 정도면 두 겹의 배리어를 대략 두 시간 정도 지속적으로 유지시킬 수 있다. 그러니 그 시간 내에 유물을 회수해서 밖으로 나가야 한다, 라쿤.”

“좋아, 그러면 최대한 서둘러야겠다. 모두 전속력으로 목적지까지 간다. 배리어가 있으니 부비트랩은 걱정 말고 빨리 길을 찾아라. 길은 게리스가 찾는다. 지금부터 배리어를 작동시켜라, 루이스!

“알았다.”

라쿤의 말에 루이스는 하이퍼 배리어 발생기의 상단을 비틀었다. 그러자 반투명했던 발생기가 푸른빛을 띠기 시작했다.

푸른빛을 내고 있는 배리어가 점차 확산되고, 팀원들을 전부 감싸자 루이스는 범위를 고정시켰다.

“재빨리 움직여라!”

라쿤의 외침에 게리스를 선두로 빠르게 이동하기 시작했다.

까가강!!

카캉!!

움직이고 얼마 후 부비트랩이 발동해 배리어를 두들겨 댔다.

루이스의 장담대로 피해는 입지 않았지만 발동된 부비트랩을 바라보는 일행은 모골이 송연했다.

보이지 않는 날카로운 그 무엇인가가 배리어를 연이어 부딪치고 있었던 것이다.

"수치가 떨어지고 있다. 어서!"

루이스가 지르듯 소리쳤다.

상당한 충격이 있는 듯 하이퍼 배리어 발생기의 에너지 수치가 빠르게 떨어지고 있었다. 보이지 않는 함정으로부터 벗어나기 위해 일행은 뛰기 시작했다.

"헉! 헉! 제기랄! 이제 끝난 건가?"

배리어에 부딪치는 회수가 뜸해지더니 어느새 멈춰 버렸다. 은은한 유백색의 광채가 흐르는 공간에 도착하고 나서부터 부비트랩의 발동이 멈춘 것이다.

"후우, 후우! 라쿤, 저기 있는 것이 우리가 가져가야 하는 것이냐?"

"맞는 것 같다."

게리스가 가리키는 것을 바라본 라쿤이 고개를 끄덕이며 말했다. 일을 맡았을 때 들었던 모양과 일치했던 것이다.

"루이스, 이곳은 안전한 것 같으니 배리어를 거둬라! 에너지 수치가 절반 이하로 떨어졌으니 아껴야 한다. 유물을 회수한 후 잠시 쉬었다가 출발한다."

"알았다."

루이스는 곧바로 하이퍼 배리어 발생 장치를 중단시켰다. 푸른빛이 도는 배리어가 빠르게 줄어들다가 이내 사라졌다.

"유물은 내가 가지고 올 테니 모두들 쉬면서 경계를 해라."

라쿤은 팀원들에게 지시를 내리고는 곧장 유물이 있는 곳으로 갔다.

유물은 라쿤이 가지고 온 금강저와 비슷한 모양이었다.

마치 축소판인 듯 문을 열 때 썼던 것의 십분의 일 정도 되는 크기라 손 안에 쏙 들어왔다.

"장난감 같군."

라쿤은 군장 안의 수납공간에 유물을 집어넣으며 주변을 바라보았다.

"에너지가 간당간당하니 쉽지는 않겠지만 올 때보다 빠르게 이동하면 간신히 도착하겠군."

에너지 수치가 절반 이하였다.

이곳에 올 때는 조심하느라 이동 속도가 다소 느렸지만 돌아가는 길은 빠를 것이라는 생각에 에너지 문제는 어느 정도 걱정을 덜 수 있었다.

"이제 좀 쉬다가 돌아가면 끝이군. 이번 일을 끝으로 그만두어야 할 것 같구나."

라쿤은 마음이 편치 않았다. 제리온 때문이었다.

제리온을 제거하지는 못했지만 라본에 남겨둔다면 살아남지 못할 것이 틀림없었다.

제거하기 위해 팀원으로 불러들인 것이지만, 그래도 지금까지 일을 해오며 동료를 배신한 것은 처음이었다.

당당하고자 하는 자신의 신조와는 달리 비열한 행동을 한 탓에 마음이 안 좋았던 것이다.

"후후후, 어차피 돈을 쫓아 목숨을 거는 인생이다. 앞으로의 인생만 신경 쓰자."

중얼거리던 라쿤은 고개를 저으며 팀원이 있는 곳으로 가서 전투 식량을 먹으며 휴식을 취했다.

"이제 그만 휴식을 끝내라!"

유물 회수가 끝나고 30여 분의 휴식을 취한 라쿤과 팀원들은 유적지를 떠나기 위해 자리에서 일어섰다.

"다들 알겠지만 배리어를 유지할 에너지가 절반도 안 남았다. 한번 온 길이니 최대한 빨리 이곳을 벗어난다. 부비트랩이 시작된 곳까지 가야 하지만 시간상으로 봤을 때 약간 모자란다. 그러니 뒤처진 자들을 돌볼 여유가 없다. 최선을 다해 쫓아오도록."

에너지가 없기에 배리어를 확장시키지 못하는 실정이다. 보조를 맞추어 같이 가야만 위험에서 벗어날 수 있음을 강조했다. 처지게 되면 그냥 두겠다는 의미였다.

팀원이 모두 고개를 끄덕였다. 얼마 안 있으면 밤이 찾아오기에 지체할 시간이 없었던 것이다.

"가자!"

타다닥!!

배리어를 발동시킨 후 라쿤의 움직임에 보조를 맞추어 일제히 뛰기 시작했다.

한번 왔던 길이라 그런지 돌아가는 일행의 속도는 무척이나 빨랐다.

거의 전력질주하다시피 달려가 부비트랩이 시작된 공간에 도달할 즈음 모두들 어느 정도 안심할 때였다.

"어, 어!! 어딜 그리 급하게 가시나?"

앞을 막아선 것은 제리온이었다.

휴식 공간 같은 약간 넓은 공간에서 밖으로 나가는 입구 부분을 제리온이 막아서며 나타난 것이다.

*　　　*　　　*

어떤 유물인지는 모르지만 놈들을 추적하고 유적지를 알아낸 후 기다렸다

기이한 기운을 풍기는 유적지 안에 들어온 후 위기감이 전신을 자극해 왔다.

절대로 들어서서는 안 되는 공간이라는 느낌이 강렬하게 신경을 자극했기에 들어간 자들이 나오기를 기다렸다.

타다닥!

놈들이 오는지 급하게 뛰어오는 소리가 들린다.

그런데 이상하게도 다가오는 놈들의 주위로 푸른빛에 휩싸여 있었다.

카가강!!

뭔가가 푸른빛에 부딪치며 강렬한 소음을 흘려낸다.

보이지는 않지만 강력한 충격력을 가진 날카로운 날 같은 것이 배리어를 친 것이 분명했다.

전해지는 충격파로 볼 때 푸른빛은 배리어가 분명하다. 그것도 전함에나 사용되는 파워 배리어가 틀림없었다.

　배리어를 이용해 부비트랩을 통과하다니 그저 놀랍다고밖에 말할 수 없을 것 같다. 그것도 이동식 배리어라니 말이다.

　지금까지 나온 것 중 저런 배리어는 없었다.

　배리어를 작동시킬 수 있는 장치는 사람이 가지고 다닐 수 있는 것이 아니다. 강력한 에너지원이 있어야 하기 때문이다.

　저런 배리어를 가동시킬 수 있는 동력원은 사용할 수 있는 에너지원을 아무리 작게 잡아도 거의 집채만 한 크기여야 했다.

　아무래도 GX사에서 새로운 개념의 에너지원을 만들어낸 것 같다.

　'크크! 그렇다면 내가 얻어야 할 물건이로군. 저런 물건을 얻을 수만 있다면 내 계획이 보다 앞당겨질 테니까.'

　반드시 얻어야 할 물건이다. 파워슈트에 가미한다면 상당한 물건이 될 테니 말이다. 파워슈트의 강력한 자체 방어력에 배리어까지 가세한다면 웬만한 위험은 그저 웃고 지나갈 수도 있으니 말이다.

　가까이 오는 자들에게서 푸른빛이 사라지기 시작했다. 빠르게 모습을 감추었지만 어디서 배리어가 시작됐는지는 파악했다.

　정밀 관측과 기계 제어에 뛰어난 능력을 가지고 있다는 루이스란 놈이다.

　루이스의 손에 들려 있는 흰색의 보석 같은 것이 빠르게 검은 빛으로 변했다.

　GX사에서 개발했을 것이라 생각했는데 아무래도 루이스가 만든 것이 틀림없는 것 같다. GX사에서는 개인용 배리어가 생산되지 않을뿐더러, 라쿤 녀석이 저것 때문에 전투력도 없는 루이스를 끌어들인 것 때문인 것 같아 보였다.

배리어는 배리어이고 이제부터 놈들에 대한 응징을 시작할 때다.

어느 정도 짐작이 가지만 GX사에서 어느 놈이 나를 제거하라고 사주했는지 알아야 할 때다. 라쿤이라는 놈은 돈이 될 일이 아니면 절대로 위험한 일에 손을 대지 않는 자이니, GX사에서도 아주 높은 위치에 있는 누군가가 사주했음이 틀림없을 것이다.

＊　　　＊　　　＊

"어, 어!! 어딜 그리 급하게 가시나?"

은신해 있다가 모습을 드러내며 제리온이 라쿤 일행을 멈춰 세웠다.

'후후후, 놀란 표정들이 가관이 아니구나.'

자신이 쏜 레일건에 맞아 죽었거나 움직일 수 없는 부상을 당했을 거라고 생각했던 라쿤이 일그러진 표정을 보이자 제리온이 내심 실소를 흘렸다.

"죽지 않았지만 거동하지 못할 것이라 생각했는데 여기까지 쫓아오다니… 역시 광전사란 이름이 허명은 아니었군."

이내 신색을 회복한 라쿤이 제리온을 살피며 자조하듯 말을 내뱉었다.

"그렇게 쉽게 죽으면 너무 재미가 없지 않겠나? 후후후, 한 가지만 묻겠다. 날 제거하라고 사주한 놈이 누구냐?"

"내가 이야기할 거라고 생각하나?"

사주한 놈에 대해 묻자 별걸 다 묻는다는 표정이다. 제리온은 누가 사주를 했는지 대략은 짐작이 갔다.

자신이 생각한 대로 그자가 사주를 했다면 라쿤은 쉽게 입을 열 수가 없을 터이다.

발설한 것이 밝혀진다면 자신에게 죽임을 당하는 것보다 더한 고통에 시달려야 할 테니 말을 할 수가 없는 것이다.

"물주가 일을 시켜놓고 뒤통수를 쳤다면 이야기하기 껄끄럽겠지."

"……."

침묵으로 일관하는 라쿤이다.

워낙 포커페이스라 제리온은 라쿤의 표정에서 자신이 생각한 자가 분명한지 알 수가 없어 다른 자들을 보았다.

라쿤과는 달리 다른 자들은 표정을 감추지 못했다. 뭔가를 애써 감추려는 표정이 역력한 것을 보니 '당신이 생각하고 있는 것이 맞소'라고 분명히 말해주고 있었다.

라쿤이 게리스에게 설명하는 것을 엿들은 팀원들의 표정이 약간씩 변했던 것이다.

"대답을 들어봐야 소용이 없을 것 같으니 이제 그만 대가를 치러야겠는데… 어떻게 생각하나, 라쿤?"

"알고 있다니 더 이상 다른 말은 하지 않겠다. 시간이 있다면 네놈의 버릇을 단단히 고쳐 주고 싶었는데 그러고 있을 시간이 없으니 내 손속이 무정하다 원망하지 마라."

패나 자신있는 말이었다. 자신을 상대할 만한 비장의 한 수를 감추고 있다는 것을 제리온은 느낄 수 있었다.

그렇다고 물러날 제리온이 아니었다. 자신을 노렸다면 그만한 대가를 치러줘야 했다. 그게 제리온이 지금까지 아르바이트를 하면서 지켜온 철칙이었다.

"후후, 그건 내가 할 소리인데 먼저 하는군. 너도 나에 대해 잘 알 텐데. 난 날 건드린 놈을 절대 용서한 적이 없다는 것을 말이야."

싸늘한 냉소와 함께 자신을 바라보는 제리온을 보며 라쿤은 등에 식은땀이 흘렀다.

'파워슈트가 없는데도 이 정도라니… 이름값대로 쉽게 볼 놈이 아니다.

기세가 장난이 아니었다. 파워슈트가 망가졌는지 보이지 않아 내심 자신했는데 마음을 놓아서는 안 될 것 같았다.

라쿤은 제리온이 가지고 있는 닉네임을 떠올렸다. 이 계통에 알려진 그의 이름값이 과연 자신에게도 통할지 궁금했던 것이다.

광전사!

볼 때마다 얼굴이 바뀌어 진짜 얼굴이 무엇인지 알려져 있지 않은 자였다.

하지만 신원은 확실했다. 얼굴은 매번 다르지만 DNA 정보는 언제나 일치했으니 말이다.

인조 피부를 이용한 변형 장치로 얼굴을 속이는 일이야 신분을 감추고 싶어하는 자들이 흔히 쓰는 수법이었다.

워낙 위험한 일이라 다른 자들이 광전사의 이름을 도용해 일을 맡지는 못했다. 살아 돌아올 확률이 5퍼센트 내외의 일만 그에게 맡겨지는 탓에 자살할 생각이 아니라면 절대로 맡지 않는 탓이다.

중요한 일의 경우, 일의 특성상 실제 본인인지 확인하기 위해 DNA 검사를 한다.

일을 맡기기 전 신분을 확인하기 위해 DNA를 남기는 것은 잃어버린 물건을 찾았는데도 돌려주지 않는 경우를 생각해서였다. 설령 신분이 가짜라고 해도, 지구연방에서 사용하는 대부분의 기기들이 유전자 감식을 기초로 하고 있어 수배를 하면 언젠가는 잡히기 때문이다. 이렇게 수배가 되면 신분을 감추었더라 하더라도 대부분 정체가 밝혀진다.

하지만 광전사로 이름 붙여진 제리온의 경우 그런 일이 한 번도 없었기에 그의 진짜 정체는 세상에 알려지지는 않았다.

그렇지만 라쿤은 알고 있었다.

제리온의 DNA는 그 어디에도 등록되지 않았을 뿐만 아니라, 자신과 같이 특수하게 조작되어 있어 세상에 그의 정체가 알려지지 않았다는 것을 말이다.

상당히 오래전 라쿤은 제리온 같은 실력자를 포섭하기 위해

DNA를 통해 그의 진짜 정체가 무엇인지 추적한 적이 있었다.

하지만 방대한 지구연방의 자료에도 그의 DNA와 일치하는 자료는 그 어디에도 없었다. 마치 허공에 붕 뜬 것처럼 아무런 자료도 없었다.

마치 유령 같은 존재였던 것이다.

'네 정체가 세상에 알려져 있지 않듯, 나 또한 세상에 알려진 것이 전부가 아니다. 오늘 네놈을 정말 유령으로 만들어주마.'

라쿤은 레일건을 내려놓고 자신의 검을 꺼내 들었다.

초합금으로 만들어진 그의 검은 대검이라고 말하기에는 짧고 단검이라고 말하기는 조금 큰 어정쩡한 크기였지만, 흘려내는 기운은 무척이나 날카롭고 사나운 것이었다.

"좋은 검이군. 나바족의 물건을 네놈이 가지고 있다니 보통 신분은 아닌 것 같은데, 네놈 진짜 이름이 무엇이지?"

라쿤이 꺼내 든 검을 바라보던 제리온이 이채를 발하며 물었다. 제리온은 라쿤이 가진 검의 내력을 알고 있었던 것이다.

라쿤의 검은 지구연방에 속한 행성 중 최고의 장인들만 산다는 나바 행성의 인물들이 만든 것이었던 것이다.

나바족은 자신들이 만든 물건을 아무에게나 넘기지 않는다. 특히나 무기류는 매우 까다로운 절차를 거쳐 주인을 정한다.

최소한 지구연방의 일급 전사 수준이 되어야만 나바족의 무기를 구할 수 있는 것이다.

언뜻 보기에도 라쿤의 검은 최상의 품질로 보였다.

검신과 일체화된 손잡이에서 은은히 풍기는 기운을 보면 카

르마를 열고 자연의 기운을 끌어다 쓸 수 있는 아이템이 분명
했다.

이런 물건을 가지고 있다는 것은 라쿤의 신분이 범상치 않다
는 것을 뜻했다. 일개 유실물 회수조로 있을 사람이 아니었다.

"어차피 제거되어야 할 놈이 말이 많구나. 궁금한 것은 지옥
에 가서 알아보면 될 것이다."

당장에라도 죽일 것 같은 기세를 흘리며 라쿤이 말했다.

그렇지만 라쿤은 섣불리 공세를 펼치지 않았다. 파워슈트를
입지 않았다고는 하지만 자신이 상대해야 할 광전사가 그리
만만한 존재가 아니라는 것을 잘 아는 까닭이었다.

살을 저미는 듯한 살기를 흘려내는 라쿤은 조용히 제리온을
탐색했다. 제리온 또한 라쿤의 기세에 맞서 만만치 않은 기운
을 뿜어내고 있었다.

제리온은 라쿤과 대치한 상황에서 긴장을 늦추지 않은 채
빠르게 머리를 굴렸다.

앞으로의 행동을 결정하기 위해서였다.

'저 자식, GX사에서 사주 받는 것 말고도 다른 목적도 있었
던 것인가? 나바족의 무구를 사용하는 것을 보면 분명 다크니
스 아니면 이레이저 소속인 것 같은데⋯⋯.'

최상급 나바족의 무구는 지구연방이 자랑하는 정부군 소속
의 특수 계층에게만 지급된다.

우주 개척의 최선두에서 우주 괴물을 상대하는 특급 전사들
에게만 전해지는 물건인 것이다.

그렇다는 것은 라쿤이 정부군 측 요원일 수도 있다는 뜻이다.

암살 전문의 다크니스나, 말살 전문인 이레이저 중 한곳에 소속되어 있는 것이 분명했던 것이다.

'혹시나 이번 계획이 나 때문에 벌어진 일인가? 하지만 하는 모습으로 봐서는 아닌 것 같으니……'

아무리 생각해도 라쿤의 행동으로 봐서는 자신의 정체가 정부군 측에 알려진 것은 아닌 것 같았다.

만약 자신의 정체를 알았다면 처음부터 어떻게 해서든지 제거하려 했을 것이기 때문이다.

'어쩌면 정부군과 GX사의 분란에 휘말린 것일 수도 있겠구나. 저 자식은 그 와중에 GX사의 누군가로부터 나에 대한 제거를 부탁받았을 것이고, 그렇다면 역시 그놈인가? 하지만 그 자식이 내가 광전사라는 것은 알 수 없을 텐데……'

비록 좋은 일은 아니었지만 GX사와 깊은 관련이 있는 자와 친분이 있는 제리온이었다.

그렇지만 그가 자신이 이중 신분을 알고 있을 리는 없었다.

'어쩌면 지난 임무 때문일 수도 있겠군. 나 때문에 많은 손해를 봤을 테니 죽이고 싶었겠지. 놈들이 원한을 가지든 말든 별로 상관은 없지만 조심해서 나쁠 것은 없으니 이번에 몸을 빼야겠다. 어차피 이번 일을 끝으로 은퇴하기로 했으니 조용히 사라져 주는 것도 괜찮을 테니까. 그렇지만 저 자식은 용서할 수 없으니 광전사가 사라지는 동시에 저놈을 동행해야겠군.'

제리온은 라쿤을 제거하기로 결심했다.

　그렇지만 그와 팀원을 이룬 자들은 제거 대상에서 제외했다. 자신이 이 세상에서 완전히 사라졌음을 증언할 목격자로 삼기 위해서다.

　자신이 목표로 하는 것을 이루기 위해서는 지금쯤 또 다른 신분과 함께 이중 신분으로 유지하고 있는 광전사란 존재는 사라지는 것이 좋았다.

　라쿤과 이곳에서 동귀어진한다면 살아남은 자들이 자신이 죽은 것으로 보고를 할 테니 세상에서 사라지는 데 아주 적당했던 것이다.

　결심을 굳힌 제리온이 행동을 개시했다. 계획이 완성되었으니 이제 행동하는 일만 남은 것이다.

　사실 제리온은 라쿤과 동귀어진하고 싶은 생각이 전혀 없었다.

　어찌 보면 무모한 계획이었지만 팀원 중 한 사람이 있어 제리온으로 하여금 이러한 계획을 실행하게 만들었다.

　그가 자신의 또 다른 분신을 알고 있고, 평소에 보인 행동양식대로 한다면 계획은 틀림없이 성공하리라고 생각한 것이다.

　스슷!

　라쿤과 대치하던 제리온의 신형이 갑자기 사라지자 게리스를 비롯한 팀원들의 얼굴이 굳어졌다.

　그들의 눈에서 한순간에 사라져 버린 광전사의 악명이 주는 공포 때문이었다.

시비를 건 자는 누구라도 살려두지 않았다는 광전사의 악명 말이다.

팀원들의 반응과는 달리 라쿤은 침착하게 대응했다. 이미 파워슈트의 기능을 전부 가동시키고 있던 터라 모습은 보지 못했지만 제리온의 위치는 파악하고 있었다.

쒜액!!

가지처럼 중간 부분에서 튀어나와 본래의 검신과 나란히 쌍을 이룬 얇은 검신을 가진 라쿤의 검이 허공을 갈랐다.

아무것도 보이지 않는 공간에 핏줄기 하나가 허공으로 비산했다.

'됐다.'

라쿤은 쾌재를 불렀다. GX사의 의뢰주에게서 받은 물건이 제대로 작동되고 있었던 것이다.

'네놈은 이제 내 손에 죽었다.'

라쿤은 제리온을 제거할 수 있을 것이라는 확신이 들었다.

테스트 기종이라 전체 기능 중 일부분의 기능과 파워슈트가 결합한 상태였음에도 의뢰주가 준 물건은 눈에 보이지 않는 제리온의 기척을 확실히 파악하고 있었던 것이다.

아직 테스트 중인 물건이지만 효과만큼은 탁월했다.

자신감을 가진 라쿤의 공격이 이어졌다. 파워슈트의 탁월한 방어력이 제리온의 공격을 막아줄 것이다.

그리고 기척을 숨기는 제리온의 능력은 이미 무력화된 상태였다. 자신이 진다는 것은 있을 수 없는 일이었다.

촤악! 스핏!

파열음과 함께 살갗을 가르는 듯한 예리한 소음이 들렸다. 다시금 허공중에 핏줄기가 비쳤다.

"게리스, 광전사의 명성도 별거 아닌 것 같다."

두 사람의 대결을 지켜보며 겁을 집어먹고 있던 루이스는 게리스를 바라보며 물었다.

상황을 보며 라쿤이 제리온을 충분히 죽일 수 있다고 판단했던 것이다.

"아니!!"

루이스는 자신의 질문에 반대의 대답을 한 게리스를 바라보았다.

"아니라니? 무슨 말이냐? 그리고 어째서……."

이유를 물으려던 루이스는 창백하게 질려 있는 표정의 게리스를 볼 수 있었다. 그리 전신을 부들부들 떨고 있었다.

루이스는 게리스의 얼굴에서 암울하게 젖은 공포를 볼 수 있었다. 유적지의 위험 속에서도 표정 하나 변하지 않던 모습을 본 터라 이상하지 않을 수 없었다.

—루, 루이스! 도망가야 한다.

게리스는 무전으로 루이스에게 이야기했다. 그의 말은 팀원 모두에게 무전을 통해 들리고 있었다.

"무슨 말이냐?"

—무전으로 이야기해라. 저자가 알면 안 되다. 지금 도망가

지 않으면 전신이 갈가리 찢겨서 우리 모두 여기서 죽는다.

―그게 무슨 소리냐?

영문을 알 수 없는 소리를 내뱉는 게리스를 향해 루이스가 신경질을 냈다.

―지금은 설명할 시간이 없다. 라쿤이 상대하고 있을 때 최대한 빨리 도망가야 한다.

라쿤이 일방적으로 몰아붙이고 있는 중이었다.

광전사라 불리는 제리온은 반격조차 못하고 있었다. 그런데 도망이라니 우스운 말이었다.

―도망을 가도 그냥 가면 모두 잡혀 죽는다. 죽음의 천사는 포기할 줄 모르니까.

―도대체…….

알 수 없는 게리스의 말과 행동에 다들 의아한 표정이었다.

―죽고 싶지 않으면 날 믿어라. 광전사? 웃기지 말라고 해라. 저자는 광전사가 아니다. 죽음의 사신이다. 그 누구도 대적할 수 없는 사신이라는 말이다.

―죽음의 사신이라니?

다들 보이는 의문에 게리스는 급하지만 자신이 본 것을 설명해야 했다. 최대한 간단히 설명하고 빠져나가야 했다.

―여기서는 광전사라 불리는 것 같지만 루바트 행성에서는 저자를 다른 말로 부른다. 바로 죽음의 사신이다. 일명 죽음의 천사라고도 하지. 지금 저자가 보이고 있는 모습은 내가 보았던 사신의 모습과 완전히 같다. 단신으로 루바트 행성의 전투

괴물을 100마리나 몰살시킨 바로 그 괴물이 보여준 모습이란 말이다.

―서, 설마!!

―그게 사실이냐?

루이스와 알렉스가 동시에 물었다.

―사실이다. 그러니 최대한 빨리 도망을 가야 한다. 어서!!

―그, 그렇지만!

―너희들이 활동하고 있는 이곳보다 더 지독한 곳에서도 살아남은 나다. 그러니 나를 믿어라. 그러면 살 수 있다. 그러니 우선 가지고 있는 폭탄이 있으면 모두 내놓도록 해라. 사신의 추적을 막으려면 유적을 무너뜨리고 도망가야 한다. 비록 뚫고 나오겠지만 그 시간이면 우리는 우주에 있을 거다.

쫓아오는 시간을 지체시키고 우주선을 타고 도망가자는 이야기였다. 평소라면 믿지 않겠지만 게리스가 말한 사신이 분명하다면 광전사와는 차원이 다른 존재였다.

어쩌면 라쿤이 지금 보이는 공격의 우세 또한 광전사라고 알고 있는 사신의 유희 중 하나일 수도 있기 때문이었다.

게리스의 말에 팀원들은 폭탄을 꺼내 건넸다. 핵융합 반응을 이용해 폭발을 일으키는 소형 전술 핵무기였다.

―지금부터 곧장 입구를 향해 뛰어라. 이곳을 빠져나가면 곧장 파워보드를 이용해 약속 지점으로 간 후 비행선과 합류하고 나서 화물선으로 귀환해야 한다. 그래야 살 수 있다.

게리스의 설명에 다들 고개를 끄덕여 찬성을 표시했다.

—자, 뛰어라!!

제리온이 눈에 보이지는 않았지만 라쿤의 공격이 한쪽으로 집중되어 밖으로 나가는 입구에서 멀어지자 게리스가 소리를 질렀다. 게리스가 뒤를 맡고 일행이 입구로 나가기 위해 뛰기 시작했다.

입구에 들어선 일행은 전력으로 질주했다.

맨 뒤에서 일행을 따라가고 있는 게리스는 자신의 것을 포함해 네 개의 핵폭탄을 순차적으로 장치했다. 타이머를 가동시키고 던지기만 하면 어느 곳이든지 알아서 부착되는 형태라 설치하는 데는 그리 큰 어려움이 없었다.

폭탄 장착을 마치고 입구를 빠져나온 게리스는 파워보드를 작동시켰다. 조금 앞서 간 일행은 파워보드를 타고 먼저 떠난 상태였다.

"재빠르기는! 핵폭발의 여파는 파동포를 사용하면 1차 저지를 할 수 있을 것이다. 혹시 모르지만 파동포를 뚫고 나오면 파워슈트가 폭발의 여파를 막아주겠지."

파워보드에 올라탄 게리스는 왼손을 쳐들어 유적의 입구를 겨눴다.

찰칵! 차차착!

손가락이 말려들며 은백색의 뾰족한 송곳 같은 것들이 튀어나왔다. 그리고는 강렬한 은백색의 광채로 물들었다.

"가라!!"

게리스의 목소리와 함께 은백색의 빛이 게리스의 왼손을 떠났다.

우우우웅!!

진동하는 파열음과 함께 손을 떠난 빛은 입구로 스며들었다.

"라쿤, 미안하다. 나도 살려면 어쩔 수 없는 일이었다."

사신을 상대하고 있을 라쿤에게 미안하다는 말을 남기며 게리스는 파워보드를 작동시켰다.

슈아앙!!

최대 출력으로 갑자기 빠른 속도로 움직인 탓에 후폭풍을 맞은 대지가 흙먼지를 피워 올렸다.

*   *   *

제기랄!

또 하나의 신분을 알린다는 것이 그만 일을 그르쳐 버렸다. 게리스란 놈이 극단의 선택을 할 줄이야.

게리스란 자가 루바트 행성에서 내가 괴물들과 싸우는 모습을 본 적이 있다는 것을 기억해 내고 실행했던 것이 자충수를 두고 만 것이다.

어찌 되었던 빠르게 라쿤을 제거하고 빠져나가야 할 것 같다. 소형 핵무기 네 개가 동시에 터지면 아무리 나라고 해도 살아남기 힘드니 말이다.

라쿤은 무전으로 이루어진 대화를 못 들은 듯 나를 죽이기 위해 여념이 없는 중이다.

동료들이 자신을 버린 줄도 모르다니, 불쌍한 놈!

"이제 그만 끝내자!"

갑작스러운 말에 놀란 듯 놈이 뒤로 빠르게 물러선다. 상당한 타격을 입었다고 생각한 모양인데 쌩쌩한 내 목소리에 놀란 모양이다.

게리스란 놈이 무전으로 동료에게 설명했듯 난 지금까지 쇼를 했다.

허공중에 뿌려진 피는 빛을 굴절시킨 환각 효과였다. 언젠가 루바트 행성에서 괴물들의 흥분을 돋우기 위해 사용했던 전투 기술 중 하나다.

라쿤 앞에 몸을 드러냈다. 라쿤이 빠르게 공격을 해온다. 그 옛날 참마도를 흉내 낸 것 같은 검신이 벨 듯하다가 찌르고 들어왔다.

푹!

심장을 쑤시고 들어오는 검신 사이로 붉은 핏줄기가 분수처럼 솟구치며 라쿤의 얼굴을 적셨다.

"하하하, 네놈도 이젠 끝이다."

푹!

환상실체술로 구현한 내 몸을 찌르고 기뻐하는 라쿤의 머리를 손가락으로 뚫어주었다. 믿을 수 없다는 눈을 부릅뜨는 라쿤이다.

미안하다. 고의는 아니었다. 속은 네놈 잘못이지.

털썩!

커다란 덩치답게 라쿤이 쓰러지자 유적 안이 울린다.

"서둘러야겠다."

게리스가 유적을 빠져나가는 시간을 계산해 보면 시간이 없었다. 빠르게 라쿤의 파워슈트와 군장을 빼앗아 입었다.

혹시나 빠져나가는 순간, 뒤에서 불어 닥칠 핵폭발의 열폭풍을 막기 위해서다.

파워슈트를 빼앗아 입고 가동시킨 후, 라쿤의 무기와 바닥에 떨어져 있는 검은 보석을 챙겨 들었다.

검은 보석은 루이스란 놈이 만들어낸 배리어 발생 장치다. 놈이 입구로 나서기 전 은밀히 기운을 날려 놈의 군장의 수납 부분을 갈라 바닥으로 떨어지게 만든 것이다.

챙길 것은 챙겼으니 빨리 벗어나야 할 것 같다. 안쪽으로 폭발의 여파가 밀려들면 꼼짝없이 죽으니까 말이다.

놈들이 밖으로 나가는 출구로 들어선 후에 곧바로 라쿤을 제거했기에 시간이 어느 정도 있었다.

게리스란 놈이 벗어나고 난 뒤 유적을 빠져나가면 폭발에서 충분히 벗어날 수 있을 터였다. 완벽하게 죽은 것으로 되어버리는 것이다.

그동안 사용해 오던 두 가지 신분이 한날 모두 없어진다고 생각하니 조금 섭섭한 마음이 든다.

"뭐지?"

이상하다. 강력한 에너지 파동이 느껴진다.

"이 새끼! 파동포를 쐈구나."

피할 곳 없는 일직선으로 된 통로다. 한마디로 외통수다. 밀려오는 파동을 그대로 맞는다면 도망갈 기회도 없다. 피할 곳이 없으니 어느 정도 타격을 받을 것이고, 피하기도 전에 핵폭발이 일어날 테니까 말이다.

냅다 튀었다. 태어나서 처음으로 전력을 다해 달렸다.

보이지 않는 곳에서 달려드는 부비트랩들이 발동해 지옥에서 올라온 갈퀴처럼 나를 붙잡았지만 전력을 다하는 나를 막을 수는 없었다.

"젠장!!"

막다른 골목이다.

쾅! 콰콰쾅!!

번쩍이는 섬광과 함께 막대한 폭발에너지가 몰아쳐 들어온다.

"앱솔루트 배리어, 온!!"

최후의 수단이나 다름없는 기술을 발휘했다. 내가 가지고 있는 생체에너지를 거의 전부 짜내어 방어막을 펼친 것이다.

직접 들이친다면 앱솔루트 배리어로도 막을 수 없기에 사각이 진 곳에 몸까지 틀었다.

우드드득!

폭발의 여파로 가해지는 압력을 막아내기 버거운 듯 배리어가 우그러들기 시작했다.

퍽!

견디는 것도 잠시, 배리어가 부서져 나갔다. 이제 믿을 것은 라쿤에게 빼앗아 입은 군장과 파워슈트뿐이다.

"컥!!"

복부로부터 불로 지지는 듯한 통증이 밀려온다.

본격적으로 들이친 것이 아니라 아직은 군장과 파워슈트가 멀쩡한데 이런 고통이라니?

뭔가가 배를 휘젓고 들어온다. 벌레가 과일을 파먹듯 꼬물거리며 파고드는 뭔가가 있었다.

"크윽, 제기랄! 이대로 죽는 건가?"

정신이 가물거린다. 복부에 이는 고통이 의지를 흩어버린다. 의식이 사라지면 안 되는데…….

*　　　*　　　*

제리온의 의식이 사라지고 있는 시간, 라쿤 일행이 찾아들어 왔던 유적지는 큰 변화를 맞이하고 있었다.

게리스가 장착한 소형 전술 핵무기들이 차례로 폭발한 여파로 인해 대지가 뒤집어졌다.

땅거죽이 수십여 미터까지 솟아올랐다. 동시에 유적을 둘러싼 붉은색의 흙벽이 터져 나갔다.

사방은 온통 붉은색의 흙먼지로 순식간에 휩싸여 버렸다. 그것은 마치 피안개가 사방으로 번지는 듯한 모습이었다.

잠시 후, 붉디붉은 먼지가 가라앉기도 전에 유적이 변화를 보이기 시작했다.

유적의 입구가 닫히고 라쿤이 꽂아놓았던 금강저 모양의 유물이 나타났다. 동시에 밝은 황금색 빛을 뿌리는 유물이 서서히 문을 파고들었다.

우우웅!

유적이 진동하기 시작했다. 비산하던 붉은색의 흙 안개가 유적에서 밀려나기 시작했다.

폭발의 여파로 지면이 솟아오르고 난 뒤 흙먼지가 사라진 곳에 거대한 유적이 나타났다.

그것은 금강저와 같은 모양의 거대한 검은색의 구조물이었다. 어찌 보면 우주를 항해하는 우주 함선 같은 모양이었다.

붉은 흙 안개만 아니라면 우주에서도 보일 정도로 거대한 구조물이었다.

배리어 같은 붉은색의 흙 안개 속에 위치한 유적에서 밝은 황금색 광채가 흐르기 시작했다.

검은 동체에서 황금색의 빛이 흘러나오는 모습이 무척이나 기괴해 보였다.

우우웅!!

파동과 같은 진동음이 검은색의 구조물에서 흘러나왔다. 그리고는 서서히 지면에서 떠오르기 시작했다.

황금색의 광채는 점차 강렬해졌다.

눈으로는 볼 수 없는 태양의 광휘처럼 눈부신 빛의 화살을 뿜어내기 시작한 것이다.

황금색이었다가 이제는 아무것도 나타나지 않는 하얀색으

로 바뀌어 버린 빛의 화살들이 붉은 흑 안개를 뚫고 바깥으로 뻗어 나갔다.

*　　*　　*

비행선 창문 너머로 붉은 구름이 보였고, 연이어 강력한 빛이 휩쓸고 지나갔다.

우르릉!

"꽉 잡아라!!"

우주화물선으로 복귀한 게리스와 일행는 요동치는 비행선의 진동에 안전벨트에 의지해 몸을 움츠려야 했다.

강력한 폭발의 여파가 대기권을 돌파하고 있는 비행선에 미치고 있었던 것이다.

'내가 설치한 것은 소형 전술핵인데 어째서 이런 폭발이 일어난 것이지?'

게리스는 자신이 예상했던 것보다 수천 배에 달하는 폭발이 일어나자 의문이 가득했다.

아무리 핵융합 방식이라고 해도 전술핵이 가지는 폭발력으로는 이만한 폭발이 일어날 리 없었던 것이다.

이것은 마치 행성 파괴 무기인 플라즈마 광자포를 사용한 것 같았다.

행성을 뚫고 들어가며 폭발을 일으키고, 다시 행성의 핵을 폭발시켜 우주에서 완전히 소멸시켜 버리는 궁극의 무기인 플라즈마 광자포가 불러오는 현상과 동일했던 것이다.

　─모함은 비행선이 도착하는 대로 워프 준비를 해라! 곧 있으면 라본이 폭발할 것이다.

　게리스는 다급한 마음에 무전을 날렸다. 라본의 폭발 여파에 휩쓸린다면 살아남지 못할 것이기 때문이었다.

　비행선이 최대한 속도를 냈다. 이미 대기권을 돌파한 뒤라 모함인 우주화물선까지 가는 것은 그리 오래 걸리지 않았다.

　비행선이 우주화물선 안으로 들어오자 조종사는 곧장 워프를 진행시켰다.

　라본에서 일고 있는 에너지 게이지의 수치가 게리스의 말대로 폭발 직전의 수치를 보여주고 있었기 때문이다.

　게리스의 생각대로 라본은 소멸을 향해 가고 있었다.

　그렇지만 소멸의 과정은 게리스가 생각하는 것과는 달랐다. 핵이 폭발하는 과정이 아니라 다른 과정을 겪고 있었던 것이다.

　유적인지 아니면 알려지지 않은 이세계의 우주선인지 모를 검은색의 동체는 자신의 주변에 있는 것을 모조리 흡수하고 있었다.

　그것은 블랙홀이었다. 라본 행성을 이루고 있는 모든 것을 빨아들이고 있었던 것이다. 제일 먼저 구조물이 빨아들인 것은 라본의 땅 속 중심에 있는 핵이었다.

　벌레가 과일의 맛있는 부분을 골라 먹듯 행성의 중심부를 빨아들이자 중력이 이상을 일으켰다.

겉을 감싸고 있던 거죽들이 핵이 사라지자 확산을 시작했지만 검은색의 구조물은 그것도 빨아들이기 시작했다.

도망가려는 곤충을 거미줄로 꽁꽁 묶어 체액을 빨아먹는 거미처럼 에너지장으로 라본 행성을 순식간에 묶어버리고는 굶주린 아귀처럼 모두 빨아들였다.

하지만 이 모든 것은 붉은 안개 같은 흙 구름 속에서 이루어졌다.

구조물을 뒤덮고 있는 붉은 구름이 어느새 라본 전체를 뒤덮어 버린 탓에 우주에서는 그저 붉은 기운에 휩싸인 라본만이 보일 뿐이었다.

붉은 구름 속에 휩싸인 라본은 어느새 사라져 버렸다. 수십억 년 우주의 한 귀퉁이를 살아온 별이 마침내 생을 마감한 것이다.

라본이 사라지고 붉은 구름으로 뒤덮인 중심에는 지금 희한한 일이 벌어지고 있었다.

유물을 찾기 위해 라쿤이 가져왔던 금강저와 꼭 닮은 구조물 주위로 어디서 나타난 것인지 모를 기괴한 것들이 둘러싸고 있었다.

그것들은 괴수들이었다. 금강저와 닮은 구조물과 거의 대등한 크기를 가지 괴수들이었다.

사자인지 호랑이인지 두 마리를 섞어놓은 듯한 날개 달린 괴수, 용과 비슷한 괴수, 현무와 주작을 닮은 괴수 등 그것은 지구의 신화에 나오는 사신(四神)의 모습과 그리 다르지 않았다.

다만 다른 것이 있다면 사신의 모습을 한 거대한 괴수들이 검은색의 광택을 흘리고 있다는 것이었다.

라본을 빨아들인 금강저와 닮은 구조물은 그 힘을 멈추지 않고 있었다. 아직도 뭔가를 빨아들이고 있었다.

구조물을 포위하고 있는 괴수들은 그 힘에 저항하며 버티고 있었다.

행성까지 집어삼키는 힘이었지만 괴수들의 힘도 만만치 않은 듯 양측의 균형은 무척이나 팽팽했다.

우르르룽!

괴수들을 빨아들이지 못하자 금강저가 신경질을 부리듯 몸을 떨며 힘을 배가시켰다.

슈슈슈슈!

괴수들도 금강저의 변화에 맞추어 자신의 힘을 최대한 이끌어내기 시작했다.

그렇게 팽팽한 균형이 지속되다 변화를 보인 것은 금강저의 모양을 한 구조물이 변형을 시작하고 난 후였다.

칼날처럼 보이는 양끝이 안쪽으로 줄어들며 점차 타원형의 럭비공 모양으로 변하자 괴수들의 몸에서 검은 기운이 흘러나오기 시작했다.

검은 기운은 럭비공 모양의 구조물로 빨려들어 갔다. 처음에는 아주 천천히 빨려들어 갔지만 시간이 지나자 점차 빨라졌다.

검은 기운이 빠져나가자 괴수들의 모습이 변화하기 시작했다. 각자 청적흑백의 빛을 뿜어내기 시작한 것이다.

마침내 검은 기운을 모두 빨아들인 럭비공 모양의 구조물은 괴수들의 본래 기운인 듯한 사색의 기운도 빨아들이기 시작했다.

"크아아아!"

괴수들이 포효를 하기 시작했다. 전체를 감싸고 있는 붉은 구름이 흔들릴 정도로 강렬한 포효였다.

하지만 그것은 쓸데없는 발악이었다. 럭비공 모양의 구조물은 괴수들의 저항에도 아랑곳없이 탐욕스럽게 기운을 빨아들였다.

기운이 빠져나가는 만큼 괴수들의 모습이 점점 줄어들기 시작했다. 자신의 것을 빼앗기지 않으려고 요동치며 발악을 했지만 소용이 없었다.

순식간에 줄어든 괴수들의 모습은 어느 사이엔가 사라지고 없었다.

원하는 것을 다 얻었는지 럭비공 모양은 더욱 강렬한 빛을 뿜어내기 시작했다.

그리고 자신이 퍼뜨린 붉은 구름들을 거두어들이기 시작했다. 라본 행성을 감싸 아무것도 빠져나가지 못하도록 만든 에너지장을 형성하고 있던 자신의 분신들이었다.

거대한 행성을 감쌌던 붉은 구름이 눈 깜짝할 순간에 구조물로 스며들었다.

자신의 분신들을 모두 흡수한 후 구조물은 서서히 응축하기 시작했다. 폭발하기 직전의 초신성처럼 중심을 향해 한 점으로 응축됐다.

콰쾅!!

한 점으로 응축하던 구조물이 임계점에 도달한 듯 화려한 폭발을 일으켰다.

빠르게 사방으로 퍼져 나가는 빛의 파동은 우주 저 너머까지 도달했다.

파문이 일 듯 번져 나가는 빛의 파동은 우주에 비하면 먼지 나 다름없는 행성의 사망 소식을 전 우주에 알렸다.

CHAPTER 03
새로운 선택

TIME
SLICE 타임 슬라이스

“제기랄!”

금지된 우주 화물을 밀수해 먹고살고 있는 울프는 행성 폭발로 번져 가는 에너지 파동을 보며 욕설을 내뱉었다.

금괴 밀수를 뒤로 미루고 맡았던 일이 이제는 헛것이 되어버린 까닭이었다.

“이 새끼, 기다리라고 해놓고 그대로 골로 가버리다니, 돈 받기는 다 틀렸군.”

광전사로 알려진 이로부터 라본 근처에 별도의 우주선을 대기시키라는 일을 맡았었다.

생각할 겨를도 없이 서슴없이 일을 맡았다. 금괴 밀수의 위험도 위험이지만 광전사의 말을 거역했다가는 쥐도 새도 모르게 저세상으로 갈 수 있기 때문이었다.

거기다 금괴 운반보다 비용을 두 배 더 받기로 했기에 울프
는 내심 기대가 컸다. 이번에 받은 돈으로 자신의 애마인 우주
선을 개조할 생각이었던 것이다.

하지만 이제는 모두 물거품이 되어버렸다. 자신에게 비용을
댈 물주가 우주의 먼지로 사라져 버린 때문이었다.

"끝까지 살아남을 줄 알았는데 그 자식도 죽는군. 재빨리 피
하지 않았으면 나도 그 자식 꼴이 되었을 테니 그만 가도록 하
자. 여기 계속 있다가는 괜히 덤터기를 쓸지 모르니까."

라본의 이상을 느끼고 곧바로 워프를 통해 이동했다.

좀 더 기다려 볼까도 생각했지만 자칫 자신도 목숨을 잃을
수가 있었다.

혹시나 하는 생각에 자신의 우주선이 행성 폭발의 에너지
파장을 견딜 수 있는 가까운 곳으로 워프를 했다.

그렇게 기다렸지만 의뢰주는 나타나지 않았다. 행성 소멸과
함께 죽었을 것이라 판단한 울프는 우주선의 방향을 서서히
틀었다.

쾅!!

기수를 돌리자마자 행성의 파편이 우주선을 들이받았는지
굉음과 함께 기체가 흔들렸다.

"가지가지 하는군. 컴퓨터, 함선의 이상 유무를 체크해
라!"

울프는 메인 컴퓨터로 하여금 우주선을 체크하게 했다.

지구연방까지 돌아가자면 우주선에 이상이 생겨서는 곤란하기 때문이다.

—기존의 파손 이외에 우주선의 추가 파손은 없습니다.

"다행히 비껴 나갔나 보군. 역시 하늘은 나를 버리지 않았어."

메인 컴퓨터의 보고를 들은 울프는 서서히 속도를 올리기 시작했다.

지금 출시되고 있는 신형 우주선과는 달리 울프의 우주선은 워프를 진행하려면 일정 속도 이상 움직여야 했기 때문이다.

슈앙!

속도가 올라가는 것을 보며 울프는 워프 엔진을 가동했다.

오래전에 만들어진 구형이지만 울프의 우주선 마리아호는 빠르게 라본이 속한 우주에서 사라져 갔다.

"지구에 가면 술이나 한잔해야겠다. 기분 나쁜 녀석이었지만 나에게 만큼은 잘해줬으니 명복이라도 빌어주는 것이 예의니까."

일을 맡아 위험이 느껴지면 언제나 자신에게 부탁을 했던 광전사였다.

맡은 일이라고 해봐야 지구연방까지의 이동이 전부였다.

그렇지만 매우 많은 비용을 받았다.

그동안 받은 돈은 울프가 생활하는 데 큰 도움을 주었다. 이

제는 광전사와 함께 일을 할 수 없다는 생각에 조금은 아쉬워
지는 울프였다.

울프는 지구 쪽으로 워프를 감행한 후 자동 항법 장치를 가
동시켰다.

"항해는 안정적이니 지구에 갈 것 없이 한잔해야겠다."

항로를 확인한 울프는 조종석에서 일어나 함실로 내려갔
다.

울프가 자신의 함실로 향하고 있을 때 울프의 우주선에 있
는 화물칸에서는 놀라운 일이 벌어지고 있었다.

라본의 소멸과 함께 죽었을 것이라 생각한 제리온의 신형이
화물칸 바닥에 버려지듯 내동댕이쳐져 있었던 것이다.

어떻게 된 일인지 모르지만 제리온은 울프의 우주선으로 이
동해 와 있었다.

복부가 관통하는 고통으로 정신을 잃은 후에 엄청난 일이
라본에서 일어났는데도 살아남은 것이다.

*　　　*　　　*

내가 살아난 것은 정말이지 기적에 가까웠다.

정신을 차렸을 때 울프의 우주선 안이라는 것을 알고 무척
이나 놀랐다. 게리스란 자식이 극단적인 선택을 한 것 때문에
죽다 살아났기 때문이다.

폭발의 여파에 휩쓸려 죽음에 이르기 전 나를 기다리고 있

을 울프의 우주선에 있다면 좋겠다는 생각을 했는데 놀랍게도 내가 생각한 장소에서 정신을 차린 것이다.

무슨 조화인지는 몰라도 우선 몸을 회복해야 했다. 폭발에 휩쓸린 탓인지 몸이 말이 아니었던 것이다.

울프의 우주선 안에 있는 의무실을 이용하면 편하겠지만 난 의무실로 가지 않았다.

지금까지 유지하던 신분들을 이제는 쓰지 않기로 했기 때문이다. 내가 살아 있다는 것을 울프가 알면 이렇게 생고생한 보람이 없기 때문이다.

화물의 이격을 감시하는 장치를 마비시키고 화물칸 한쪽에 단단히 고정되어 있는 짐으로 다가갔다.

내가 찾은 것은 사방이 사람 키보다 더 큰 내 짐으로 특수 플라스틱으로 만들어진 큰 상자다.

만약의 경우를 생각해 준비한 것이 들어 있는 상자였다.

음성인식과 DNA로 주인이라는 것을 인식시키고 상자를 열었다. 상자 안에는 최신형 생체 회복 장치가 들어 있었다.

생체 회복 장치를 확인하고 난 뒤 폭발의 여파로 반쯤 녹아 버려 살과 붙어버린 군장과 파워슈트를 제거했다.

너덜거리는 군장과 파워슈트를 떼어나자 잘 익은 고기가 떨어져 나가는 것처럼 살덩어리도 떨어져 나갔다.

이가 갈리는 고통이지만 애써 참으며 모두 제거했다. 떨어져 나온 파편을 모두 상자 한쪽에 밀어 넣고 생체 회복기를 열고 안으로 들어갔다.

치익!

주르르르!

문이 닫히고 생체 배양액이 차오르기 시작했다. 내가 가지고 있는 DNA를 기반으로 만들어진 배양액이다.

지구에 도착할 때까지 시간이 있으니 그동안이면 어느 정도 몸을 회복할 수 있을 것이다.

찰칵!

생체 회복기가 들어 있는 상자가 닫히는 소리가 들린다.

우주선의 주인인 울프도 이것이 내 것이라는 것을 모른다. 라본으로 오는 동안 중간 기착지에서 지구로 보내지는 특별 화물로 예약 받은 것이기 때문이다.

이 상자는 제리온이라는 신분이 아닌 나의 진실된 신분에게로 가는 것이다. 상자는 내 방으로 갈 것이고, 난 몸을 회복한 뒤 아무도 모르게 상자를 열고 나오면 된다.

지금까지 유지하던 가짜 신분은 모두 사라져 버리고 진짜 신분만 남게 되는 것이다.

*　　　*　　　*

생체 회복기가 들어 있는 상자가 내가 방학 때면 살고 있는 곳에 도착한 것은 라본이 우주에서 사라지고 일주일 정도가 지난 후였다.

비록 비밀리에 밀수를 하기는 하지만 본업이 정규 화물 운

송업자인 울프가 일 처리를 제대로 한 것이다.

중소 화물업계에서 신속 정확하다고 알려진 울프답게 실수 없이 화물을 배송한 탓에 안전하게 집에 도착할 수 있었다.

상자째 배송이 되기는 했지만 떠나기 전 이미 프로그래밍을 해놓은 터라 가사 로봇에 의해 난 집 안으로 옮겨졌다.

홈 오토메이션 인공지능도 프로그램대로 비상 보안 체제를 가동시키고 안전에 최선을 다했기에 난 안심하고 몸을 회복시킬 수 있었다.

집에 도착한 후 내가 생체 회복기에서 나온 시간은 열흘이 더 지나서였다.

워낙 중상을 입었던 터라 방학이 끝나는 시간까지 몸을 회복해야 했지만 한통의 영상 편지 때문에 어쩔 수 없이 회복기를 나서야 했던 것이다.

보고 싶지 않은 녀석으로부터 온 영상 편지와 물건들로 인해 난 고민에 빠지지 않을 수 없었다.

지금 상태에서 나에게 가장 필요한 것들을 조건으로 내걸은 아르바이트였기 때문이다.

책상 위에 놓여 있는 물건들을 바라보고 있자니 고민이 들지 않을 수 없다.

흰색의 연한 광택이 나는 한 벌의 파워슈트!

하늘을 날아오르는 듯한 비천문(飛天紋)이 선명한 팔찌 하나!

목숨을 건 도전이냐?

아니면 다음 기회를 기다릴 것인가?

제의를 받아들일 것인지 말 것인지 한참을 고민해야 했다.

그리고 오늘은 결정을 봐야 하는 것이다.

녀석이 온다고 했으니 바로 지금 결정을 내려야 했다.

그렇게 책상 위에 놓인 것들을 바라보며 고민하던 나는 망설일 필요가 없음을 알았다.

"후후후, 지금 찬밥 더운밥 가릴 처지냐? 기회도 기회지만 살려면 어쩔 수 없는 거 아니냐? 넌 이대로 개죽음당할 수는 없으니까 말이다, 백두영!"

나약해지려는 스스로를 채찍질했다.

녀석의 제의 속에 가려진 음모를 어렵지 않게 유추할 수 있는 나다.

아무리 약해진 상태라지만 그런 음모쯤은 우습게 넘겨 버려야 했다. 앞으로 상대해야 할 적들은 이런 음모쯤은 아주 하찮은 것으로 여기는 놈들이니 말이다.

그동안 준비해 왔던 것을 모두 잃은 이상, 아무리 생각을 해도 이번 제안은 나에게 절대로 놓칠 수 없는 기회였다.

이런 상태에서는 졸업과 동시에 임관을 하게 되면 곧바로 죽음 앞에 서야 하는 것이 빌어먹을 내 운명이기 때문이다.

지금까지 어떤 경우라도 살아남기 위해서 발악하듯 발버둥쳐 온 나다.

행성 전투에서 공격을 당해 추락을 하더라도 어떻게든지 살아남기 위해 동기들과는 달리 지옥행 급행열차라는 육상 전투학까지 이수했다.

육상 전투학을 이수하면서 인연이 이어져 비밀 신분을 얻을 수 있었고, 이 인연으로 내가 가지고 있던 죽음의 천사와 광전사로 활동할 수 있었던 힘을 얻을 수 있었다.

하지만 이제는 당분간 쓸 수 없는 힘이다. 회복하려면 상당한 시간을 투자해야 하기 때문이다.

그런 나에게 눈앞에 놓인 것들은 생존 확률을 수십 배 높이는 것들이다. 아니, 어쩌면 불확실한 내 미래와 목표를 보장해 줄지도 모르는 것들이다.

살아날 확률이 높아진다면 못할 것도 없는 것이다. 앞으로 펼쳐질 지옥에서 살아남을 수만 있다면 말이다.

"제기랄! 그때 모든 것이 그리 사라지지만 않았어도……. 하지만 누굴 원망해 봐야 소용없는 일이다. 어차피 다 내 탓이니까."

지난번 아르바이트로 타격이 너무 컸다. 어느 정도 실력을 갖췄다고 스스로 방심한 결과이니 남을 탓할 생각은 없다.

라본에서 있었던 아르바이트로 인해 그동안 수련해 왔던 것들이 거의 무용지물로 변할 만큼 신체적 타격을 입었다.

그리고 도난을 우려해 가지고 갔던 그동안 모아왔던 몇 가지 귀중품도 잃어버렸다.

생체 회복기를 통해 어느 정도 몸은 회복됐지만 몇 년간 쌓아온 기반이 송두리째 날아가 버린 것이다.

내게는 시간이 얼마 없다. 졸업이 얼마 남지 않은 까닭이다.

지니고 있던 능력을 회복하려면 시간이 필요하고, 그것은 졸업 전에는 불가능한 일이다. 졸업을 한 후에도 한참은 시간이 걸려야 가능한 일이다.

원래의 능력을 회복할 때까지 나를 지켜줄 그 무엇인가가 절실히 필요했다.

칼 스미스의 제안을 거절하지 못한 것도 이런 이유에서였다. 놈이 내게 제안한 것이라면 최소한 나를 지켜줄 정도의 힘을 줄 것이다.

능력을 회복한 후에도 문제다. 내가 가진 것들은 지금의 신분으로서는 세상에 내보일 수 없는 것들이다.

만약 내가 가지고 있는 잘못 내보였다간 내가 찾고자 하는 적들을 만나기도 전에 아무도 모르게 세상에서 사라져 버릴 수 있다. 내가 상대해야 할 적들의 눈은 지구연방 곳곳에 미칠 만큼 세상에 가득하기에 언제나 조심해야 한다.

놈들과의 싸움을 준비하기 위해 아르바이트를 뛰면서 가명을 썼다. 얼굴은 물론, DNA 정보까지 변형시킨 것도 놈들에게 내 진정한 정체를 알리지 않기 위해서였다.

쓸데없는 시비를 걸던 놈들을 제거한 것도 바로 그런 이유에서였다.

죽은 놈들은 아르바이트를 수행하는 과정에서 내가 가지고 있는 진짜 능력을 보았기에 어쩔 수 없이 죽인 것이다.

어차피 그자들은 죽여도 될 만큼 악랄한 놈들이었다. 양심에 꺼릴 것이 없는 까닭에 내 본모습이 이상하다는 것을 느끼지 못하도록 가차없이 제거해 버렸던 것이다.

두 가지 신분을 모두 버린 이상, 가지고 있는 능력을 어느 정도 회복하기 전까지는 지금의 신분으로 살아갈 수밖에 없다.

그렇지만 이대로라면 상당히 곤란했다. 지금 가지고 있는 능력을 전부 회복하더라도 승산이 없을 만큼 놈들은 막강하기 때문이다.

놈들을 상대할 힘을 키우려면 힘이 회복된 후에도 많은 시간이 필요하다. 그래서 힘을 갖추기 전까지 내가 가지고 있는 능력을 감출 수 있는 방패막이가 필요한 것이다.

그러니 칼 녀석의 제안을 수락할 수밖에 없는 것이다. 능력을 내보이지 않고 살아남으려면 말이다.

─손님이 오셨습니다.

결심을 굳히고 있을 때 누군가 찾아왔다는 작은 목소리가 방 안을 울렸다.

"모니터!"

벽면에 화면이 열리며 인식 장치가 상대를 확인해 주었다. 기다리던 자식이다.

나에게 지금 이런 선택을 강요한 녀석이 결과를 확인하기 위해 온 것이다.

"왔군. 열어."

스르르!

음성인식으로 내 의사를 확인했는지 홈 오토메이션 인공지능이 문을 열었다.

문이 열리자 보기 싫은 낯짝이 보였다.

언젠가 한번은 밟아놔야 할 텐데 하는 생각이 들었지만 지금은 그럴 때가 아니다.

결정을 내린 이상, 녀석은 이제 내 의뢰주니까 말이다.

"준비는?"

방으로 들어서며 녀석은 내가 자신의 제의를 허락했다고 확신하는 듯한 말투로 물었다.

빌어먹을 녀석!!

손에 쥔 장난감을 어떻게 할까 하는 그따위 표정이나 짓고 있다니.

기분이 더럽다.

그렇지만 기분이 더럽다고 놈이 준 제안을 뿌리치지 못하는 나다. 어쩔 수 없는 일이다. 지금의 신분으로서는 녀석의 제안을 수락하는 것이 최선의 선택일 뿐이니까 말이다.

"염려 마라. 다 끝났다."

"파워슈트는 잘 챙겨 입어라. 잘못해서 그쪽 대기에 노출되면 바로 골로 가니까. 후후후."

자신에 의해 좌지우지되는 것을 바라보는 것이 무척이나 즐거운 듯 칼이란 녀석은 나를 바라보며 비아냥거렸다.

'칼 스미스, 두고 보겠다. 네가 언제까지 그렇게 비아냥거릴 수 있는지 말이다.'

칼의 웃음에 속에서 치올라 오는 것이 있었지만 참기로 했다. 조금은 위험한 일이지만 이것은 나에게 기회였고, 절대로 놓치고 싶지 않았던 것이다.

나중에 녀석에게 그대로 되돌려 주기 위해서는 어떻게든지 이번 기회를 놓치면 안 되는 것이다.

그것이 지구연방에서 불법으로 정하고 있는 일이라고 해도 말이다.

"그렇게 못 미더우면 네놈이 가든지?"

칼의 제의에 움직이는 것이기는 하지만 한번 튕겼다.

자신 이외에는 대상자가 없는 것을 아는 까닭에 속이나 긁어보자는 마음이다.

"하하하! 내가? 너, 그거 말이라고 하는 건 아니지?"

농담하지 말라는 듯 녀석이 눈을 치켜뜬다. 그럴 만도 하다. 익히 알고 있는 일이지만 권력의 맛을 아는 놈이니까.

칼 저 녀석은 전혀 갈 생각이 없다. 지금 내가 가려고 하는 곳은 누구라도 절대 가고 싶지 않은 위험한 곳이었기 때문이다.

설사 위험하지 않더라도 녀석은 절대 가지 않을 것이다.

지금 나에게 시키는 것과 같이 자신이 가지고 있는 권력과 돈으로 남을 시켜 얻는 것이 녀석에게는 훨씬 더 간편한 길이기 때문이다.

돈과 권력으로 사람을 휘두르는 것을 즐기기도 하는 놈이니 답은 이미 정해져 있었던 것이다.

"그럼, 입 닥치고 있어. 계산 확실히 할 준비도 하고."

칼의 입을 다물게 한 후 책상 위에 놓인 짐들을 챙기기 시작했다. 이번에 탐색해야 할 곳은 칼의 설명처럼 만만한 곳이 아니었기 때문이다.

제일 먼저 생체융합 나노튜브로 만들어진 최신형 파워슈트를 챙겨 입었다.

지금까지 나온 것 중 최고의 성능을 자랑하는 최신형답게 몸에 착 감기며 은은한 온기를 전해온다.

파워슈트를 입고 난 후 한쪽 옆에 있던 가방을 책상 위에 올려놓았다. 가방 안에는 여러 가지 물건이 작은 포장으로 잘 싸여 있었다.

녀석의 제의를 듣고 난 후, 지난번 같은 위험을 방지하기 위해 내게 남겨진 것들 중 나름대로 챙긴 물건들이다.

광전자를 이용한 파워 블레이드와 동력원이 되어줄 소형 핵융합로 두 개, 그리고 한 달치 식량이 될 캡슐들을 꺼내 파워슈트에 마련된 수납공간에 꼼꼼히 챙겨 넣었다.

녀석이 어떤 생각을 하고 나에게 이런 제의를 했는지 모르지만 내가 준비한 것들이라면 내 생존율을 높이는 데 크게 기여를 할 것이다.

그렇게 필요 물품을 파워슈트에 마련된 다차원 수납공간에 집어넣자 책상 위에는 한 가지 물건만이 남았다.

칼의 제의를 수락하게 만든 물건이다.

'저것만 아니라면 이런 위험한 일을 할 필요가 없는데…….'

녀석의 제의를 거절하지 못하고 자진해서 위험에 뛰어들도록 만든 물건을 바라보니 입 안이 씁쓸하다.

능력을 잃어버린 자의 서러움이란 바로 이런 것일 것이다.

성명:백두영!

나이:22세.

직업:우주항공학교 전투비행과 소속 4학년.

이것이 지금 내가 가진 프로필이다.

전에 쓰고 있는 광전사와 죽음의 천사라는 두 가지 가짜 신분을 묻어 버린 터라 지금은 어쩔 수 없이 유지해야 하는 진짜 신분이다.

난 꿍쳐 놓은 것을 풀어놓지 못하기에 세상에는 가진 것이 하나도 없는 고아로 알려져 있다.

지금의 세계에서 고아가 출세하는 길은 그다지 많지 않다.

타고난 머리와 체력으로 어떻게 해서든지 비집고 위로 올라가는 수밖에는 말이다.

세상에 알려지기로는 쥐뿔도 없는 내가 진실된 힘을 드러내지 않고 출세하기 위해 우주항공학교를 선택한 것은 당연한 일이었다.

　　지구연방에 존재하는 직업 중에 제일 빠른 출세를 보장하는 것이 행정관이다. 그리고 그다음이 우주전투기를 조종하는 조종사이기 때문이다.

　　행정관이 되지 못하는 사람들에게 우주전투기 조종사라는 것이 출세를 위한 지름길이라는 것은 세 살 먹은 아이도 아는 일이다.

　　최고의 직업이라는 행정관이야 돈과 배경이 있어야 하기도 하지만 무엇보다 신분이 확실해야 했다. 행정관을 지원했다가는 자칫 내 정체가 드러날 수 있는 것이다.

　　그러나 전투 조종사는 달랐다. 오로지 실력만 있으면 되기에 난 출세의 발판을 마련하기 위해 우주항공학교에 들어갔던 것이다.

　　칼이 제안한 이번 일에 내가 뛰어든 것은 바로 눈앞에 있는 물건이 너무도 절실했기 때문이다.

　　잃어버린 능력을 회복하는 데 상당한 시간이 필요한 이상 졸업을 얼마 앞둔 나로서는 반드시 얻어야 하는 물건이었다.

　　아직 세상에 출시하지도 않은 최신형 RX—1000으로 유혹해 오는 칼의 제안을 나로서는 거절할 수 없었던 것이다.

　　내가 녀석의 제의를 어쩔 수 없이 승낙한 것은 전투 조종사라는 것이 고위험군으로 분류되는 직업인 까닭이다.

　　능력을 잃어버리지 않았다면 그리 위험할 일도 아니겠지만 지금 얼마 남지 않은 능력으로는 생존을 보장할 수 없을 정도로 위험한 직업이 바로 우주전투 조종사인 것이다.

출세를 보장하지만 극악한 생존율 때문에 기피 직업 중의 하나가 바로 전투 조종사다.

그도 그럴 것이, 한번 출격하고 나면 살아 돌아오는 조종사의 수가 1%에도 미치지 못하니 기피 직업이 되는 것은 당연했다.

전쟁 중이라 학교를 졸업하고 임관을 하게 되면 훈련량도 거의 다 소화하지 못하고 출격하는 실정이었다.

그러니 다른 병과에 비해 생존율은 더욱 떨어질 수밖에 없었다.

지원율이 떨어지자 정부에서는 전투 조종사에게 파격적인 조건을 내걸었다.

복무 기간을 마치면 일급 시민권 부여와 연금 지급, 그리고 행정부에 들어갈 수 있는 자격을 부여하는 등 가히 파격적인 조건을 내걸었다.

이렇게 당근책을 썼음에도 극히 떨어지는 극악한 생존율로 인해 언제나 전투 조종사가 부족한 것이 지금의 현실이었다.

도박하는 심정으로 지원을 하는 미친놈들 빼고는 죽을 것이 뻔한 전투 조종사로 지원할 골 빈 놈들은 없기 때문이다.

그런 상황이 개선된 것은 GX사에서 개발한 RX 시리즈가 출시되고 나서였다.

시체조차 찾을 수 없는 우주 전투에서 1%밖에 되지 않는 전투 조종사의 생존율을 거의 50%까지 높여 버린 RX 시리즈가 GX사에서 발명되었던 것이다.

RX 시리즈는 전투 조종사를 위해 만들어진 초소형 인공지능컴퓨터다.

언젠가 박물관에서 보았던 고전 영화 중의 하나인 스타워즈에 나오는 R2D2 같은 역할을 하는 컴퓨터라고 할 수 있다.

거의 비슷한 역할이지만 조금 특별한 면이 있다.

비행체의 기능을 조절하는 역할도 하지만 조종사에게 많은 영향을 미친다는 것이다.

가동 시간이 그리 길지는 않지만 RX 시리즈는 생체 인식이 가능해 조종사의 인식 한도를 거의 초인에 가깝게 만들어줄 뿐만 아니라, 순간 반응 속도 또한 양자 컴퓨터와 버금가게 만드는 역할을 한다는 것이다.

놀랍다고 할 수밖에 없는 이 물건은 지구연방에 존재하는 군수 산업체 중 최고라고 할 수 있는 GX사에서 사운을 걸고 만들어낸 최고의 역작인 것이다.

RX 시리즈의 출현으로 인해 야망이 있는 일급 시민권자들이 전투 조종사로 지원을 하기 시작했다.

10년 전까지만 하더라도 지원자가 2급 시민권을 가진 자들이 대부분이었지만 생존율이 높아지자 전투 조종사를 1급 시민권을 가진 자들도 지원하게 된 것이다.

지위의 변동이 거의 없는 지구연방이다. 최상위 계층이라고 할 수 있는 행정부에 들어갈 수 있는 자격을 준다는 것은 출세를 따놓은 것이나 마찬가지였다. 그러니 1급 시민권을 가진 자들의 지원이 늘어난 것이다.

엄청난 가격대이기는 하지만 3년의 복무 기간을 마치고 나면 권력의 핵심이라 할 수 있는 행정부에 들어갈 수 있게 되니 많은 수의 1급 시민권자들이 지원을 한 것이다.

그렇지만 RX 시리즈의 탄생에도 불구하고 전체적으로 봤을 때 전투 조종사에 대해 그다지 선호도가 높아진 것은 아니었다. RX 시리즈의 가격이 만만치 않기 때문이다.

출세야 그렇다고 쳐도 우선 살기 위해서 RX 시리즈를 가지고 싶지만 그럴 수가 없다.

반드시 필요한 물건이지만 어마어마한 가격때문에 구입할 수 없었던 것이다.

1급 시민권자들이라 할지라도 가진 재산의 거의 전부를 투자해야 구입할 수 있을 정도로 어마어마한 가격을 자랑하는 것이 RX 시리즈인 것이다.

군에서 정규 장비로 지급해 주면 좋겠지만 넘쳐 나는 인력이 있는데 전투기 20대에 달하는 가격을 군은 감당해 주지 않았다.

누구 말대로 쪽수로 때우는 것이 경제적인 면에서 훨씬 나았던 것이다.

2급 시민권자가 RX시리즈를 구입한다면 분명 주목을 끌 것이다. 현실이 그러니 가진 것은 달랑 불알 두 쪽뿐이라고 알려진 나로서는 다른 2급 시민권자들과 같이 1%의 확률에 도전하는 길밖에는 달리 현재 출세할 길이 없는 것이다.

놈들에게 내 정체를 들키지 않고 군부와 행정부 깊숙이 들어갈 수 있는 유일한 방법이다. 세상을 제 뜻대로 주무르는 놈들의 핵심으로 접근하는 수단은 유일하게 이것밖에 없었다.

능력이 일부밖에 남지 않았다고는 하지만 점차 회복할 것이다. 어느 정도 능력을 사용한다면 충분히 살아남을 수 있겠지만 그럴 수는 없다. 보이지 않는 눈의 감시 때문이다.

우주항공학교에서 탑을 달리고 있지만 그런 명예는 어차피 1급 시민권자들이나 원하는 것이다. 수석 졸업이 내 생명을 보장해 주지는 않는다.

이대로 졸업을 하고 RX 시리즈 없이 군에 들어가 전투에 참가한다면 죽어 나갈 확률은 99퍼센트다. 백두영이라고 알려진 신분을 가지고서는 말이다.

그런 나에게 칼의 제안은 솔깃한 것이었다.

지금은 백색 사막으로 변해 버린 곳에 들어가 한 가지 물건만 가져오면 학비를 대주는 것은 물론, RX 시리즈를 공짜로 주겠다고 했으니 말이다.

그래서 칼이 가져온 것이 바로 탁자 위에 놓여 있다가 지금 내 손목에 채워지고 있는 RX-1000이다. 일이 끝나면 나에게 귀속될 물건이다.

녀석이 처음 제안한 것은 지금 내가 차고 있는 것이 아니라 일반적인 양산형 RX 시리즈였다.

양산형도 상관이 없었지만 칼이 제안할 때 최신형을 달라고 배짱을 튕겼다.

일전에 나에게 자신이 개발에 참여했다며 자랑스럽게 말했던 RX 시리즈의 가장 최신형인 RX—1000과 그에 딸려 있는 풀 옵션을 전부 요구했던 것이다.

후후후, 사실 기대도 하지 않았다. 녀석이 나를 어떻게 생각하는지 알기 때문이다.

나 때문에 항공우주학교에서 항상 차석밖에 차지하지 못하는 탓에 뭔가 꾸미고 있다고 생각했기에 한번 질러봤던 것이다.

될 수 있으면 좋고 아니면 그만이었던 것이다.

사실 내가 요구한 RX—1000은 아직 세상에 출시되지도 않은 단 하나밖에 없는 프로토 타입이다.

그런데 녀석은 그것을 아무렇지 않게 나에게 가지고 왔다. 개발에 참여 했다더니 아마도 몰래 훔쳐 왔을 가능성이 컸다.

칼이 이렇게 RX—1000을 가져올 수 있었던 것은 개발에 관여할 정도로 그쪽 분야에 뛰어난 재능을 가지고 있기도 하지만, 그보다는 녀석의 아버지가 GX사의 회장이기에 걸려도 문제가 없기 때문일 것이다.

그렇지 않았다면 차기 RX 시리즈로 내놓을 프로토 타입을 가져올 수는 없었을 것이다.

찰칵!!

착용자를 주인으로 인식하는 절차가 끝나자 안쪽에서 작은 소음이 들렸다.

신경세포와의 접촉점을 찾기 위한 작업을 위해 게이트가 열린 것이다.

찌르르 느껴지는 통증에 인상이 구겨졌지만 감각을 집중해 RX—1000의 반응을 기다렸다. 처음 착용할 때 반응 순간을 놓치면 동화율이 떨어지기 때문이다.

RX 시리즈의 착용과 활성화, 그리고 이용 방법은 우주항공 학교에서도 별도의 교과로 편성되어 있었기에 RX—1000을 사용하는 것에는 그다지 문제가 없었다.

다만 최초 인식 과정에서 동화율이 떨어지면 향후 RX—1000을 사용하는 데 몇 배의 노력을 기울여야 하기에 고통을 참아야만 하는 것이다.

삐이!

인식 반응 후에 활성화가 끝났다는 신호가 전달되었다.

망막에 나타난 수치로는 동화율이 90퍼센트를 넘었다. 예상보다 좋은 결과다.

보통은 60퍼센트 대를 넘나드는 것이 정상적인 수치지만 이 정도라면 학계에 보고될 만한 수치다.

녀석이 알아봐야 좋을 것이 없으니 일부러 인상을 찡그렸다. 내 동화율이 떨어진다고 생각하게 된다면 생존 확률이 더 높아질 수도 있기 때문이다.

의도가 먹힌 것인지 만족스러운 표정을 짓고 있는 녀석을 바라보았다.

준비가 끝난 이상 이제는 움직일 때이기에 녀석에게 이동 방법을 물었다.

"그곳까지는 어떻게 가는 거냐?"

"준비는 끝났으면 넌 따라오기만 하면 된다."

녀석이 방을 나서며 앞장을 섰다.

이미 이동 방법이 준비된 것이 분명했다. 밖으로 나가니 자기부상 자동차가 대기하고 있었다.

에너지 문제로 대부분 소형 차량을 이용하는 것이 법제화되어 있는데 녀석이 대기시킨 자기부상 자동차는 대중용 차량보다 두 배는 컸다.

GX사의 로고가 선명히 붙어 있는 것을 보면 회사에 비치된 접대용 차량을 가지고 온 것이 분명했다. 문이 자동으로 열렸기에 몸을 실었다.

'상당히 좋군. 부자인 녀석이라 이런 차를 타는군.'

자기부상 식으로 운행되는 것이지만 널찍하니 승차감이 상당히 좋았다.

대중교통인 서브 셔틀을 이용하는 나로서는 처음 느껴보는 편안한 승차감이었다.

스르르르르!

가려고 하는 목적지가 이미 정해진 것인지 우리가 타자마자 자동차가 미끄러지듯 달리기 시작했다.

"어디로 가는 거냐?"

자동차의 움직임을 바라보다 녀석에게 물었다.

목적지로 가기 위해서 스페이스 서틀을 이용해야 했다. 스페이스 서틀을 타려면 중앙 스테이션으로 가야 하는데 차가 엉뚱한 방향으로 달리고 있는 것을 알았기 때문이다.

"GX사의 연구실로 간다."

"연구실?"

갑자기 연구실로 가다니, 이건 뭔가 있다.

"좌표 점을 확보하고 있으니 넌 워프로 갈 것이다. 물건을 찾아낸 후 신호를 보내면 전송 라인을 따라 워프를 통해 이곳으로 돌아올 테니 좀 편해질 거다."

녀석의 설명에 일단 가만히 있었다.

나를 위해 그곳까지 가는 이런 쉬운 방편을 마련할 녀석이 아닌 것이다.

'저 새끼가 뭔가 꾸미고 있다는 건가?

아무리 생각해도 워프까지 이용해 물건을 찾으러 간다는 것이 의심스러웠다.

마지막에 지어 보였던 칼의 묘한 미소가 불안을 가중시켰다.

'아닐 수도 있다. GX사의 연구실에 있는 워프 게이트를 이용하는 것을 보면 저놈이 개인적으로 이번 일을 벌인 것은 아닌 것 같고, 정부에도 비밀로 하겠다는 이야기인데… 회사 차원에서 하는 것인가?

어쩐지 GX사가 적극적으로 개입해 이번 일을 추진한다는 느낌이 들었다.

우주전함들의 워프는 항해 시간을 단축시키기 위해 어쩔 수 없는 일이지만 개인의 사사로운 워프는 정부가 특별히 통제하고 있기 때문이다.

특히 태양계 내에서는 워프가 불법이었고, 처벌도 매우 높은 수준이었다. 이런 위험을 감수한다는 것은 녀석의 성격상 있을 수 없는 일인 것이다.

GX사에서 진짜로 원하는 것이 무엇인지 궁금했다.

고대의 문장이 새겨진 홀이라고 했지만 골동품이라는 것 말고도 다른 비밀이 있는 것이 틀림없었다.

저번에 뛰었던 아르바이트와 마찬가지로 말이다.

'어차피 어느 정도 각오한 일이니 난 그 물건을 가져다주기만 하면 되는 것이다.'

뭔가 다른 비밀이 있다는 것을 알았지만 내색하지 않기로 했다.

어차피 칼의 제의를 승낙할 때 불법적인 일이라고 생각했었다.

그럼에도 승낙한 것은 골동품을 도굴하는 것은 범죄 행위지만 칼이 가지고 있는 배경이라면 사건이 불거지기 전에 덮어버릴 것이 분명했기 때문이다.

그리고 그것이 중요한 비밀을 가지고 있다면 더욱 숨길 것이기에 어느 정도 안심할 수 있었다.

그리고 저번처럼 별도의 팀을 구성하는 것도 아니고 보면 그다지 위험할 것도 없을 것이라 생각에서 이번 일을 승낙했던 것이다.

멀리서 GX사의 건물들이 보이기 시작했다. 아직 멀리 떨어져 있지만 워낙 대단지라 시야에 들어온 것이다.

백두영이라는 신분으로 비밀스러운 일에 뛰어들었지만 그다지 위험을 느끼지 못했는데 100층이 넘는 GX사의 웅장한 건물을 보며 가슴이 답답해져 왔다.

뭔가 께름칙한 기분이다.

'후우, 어쩔 수 없지.'

GX사의 커다란 로고가 선명한 연구소 건물이 보이자 나도 모르게 심호흡을 했다.

이제부터 한순간도 긴장을 늦출 수 없는 시간이 찾아온 것이다.

10분을 더 달리자 금속제로 만들어진 정문이 열렸다.

곳곳에 방어를 위한 무인 자동 전투 시스템이 보였다. 분당 수천 발씩 발사되는 레이저 포와 곳곳에 장치되어 있는 부비트랩, 그리고 비밀리에 숨겨진 최신 무기까지, 군부대 수준을 넘는 보안이었다.

지이이잉!

정문으로 들어서 안쪽으로 나 있는 길을 따라 움직이던 자동차가 지하 주차장으로 들어갔다.

지하 주차장 한쪽에는 실험 재료들을 나르는 데 쓰이는 대형 엘리베이터가 있었다.

우리가 탄 차는 엘리베이터 안으로 들어갔고, 이어 빠르게 지하로 내려갔다.

엘리베이터가 멈춘 후 자동차에서 내려선 다음 몇 가지 보안 절차를 거쳐 통로를 따라 걸어가던 나는 GX사에서 운영하고 있는 각종 실험실을 보고 적지 않게 놀랐다.

규모 면이나 안에서 활동하고 있는 자들의 움직임으로 볼 때 상당한 시설이었다.

행정부의 중심 부처 중 하나인 과학기술처를 GX사에 매각하는 것이 좋을 것이라는 평의회 의원들의 대정부 건의가 결코 빈말이 아닌 것 같았다.

정부에서 운영하고 있는 연구소를 훨씬 능가하는 실험실을 운영한다는 이야기가 회자되고 있었지만 GX사의 실험실들은 내가 예상했던 것보다 훨씬 더 훌륭했던 것이다.

한참을 걸어 들어간 칼이 은백색의 광채가 선명한 문 앞에 섰다.

'굉장하군.'

1분에 1천 발을 발사할 수 있는 최신형 레이저건을 들고 있는 보안 요원을 볼 수 있었다.

최전방 전투부대에 중대 단위로 한 정만 배치하는 레이저건을 들고 있는 것을 보면 철저한 보안을 유지하는 것이 분명했다.

지이이잉!

"들어가자."

문이 열리자 칼이 재촉했다.

칼을 따라 안으로 들어가자 거울로 이루어진 통로가 나타났
다.

통로를 따라 안으로 들어가자 다시 작은 쪽문이 하나 나타
났다.

타타타탁!

칼은 문 옆에 달린 키패드를 소리 나도록 두들겼다.

간단한 것으로 보이지만 비밀번호는 물론 두들기는 사람의
유전자까지 확인하는 보안장치가 분명했다.

스르르르!

탁!

옆으로 밀려가며 앞을 가로막고 있던 문이 열렸다.

칼이 또다시 앞장을 섰다.

안으로 따라 들어가자 네 개의 원주가 마주하는 커다란 기
계를 볼 수 있었다.

'저건! 으음! 마치 파르테논 신전의 기둥 같구나.'

네 개의 원주는 역사 프로그램에서 홀로그램으로 보았던,
지금은 완전히 사라져 버린 파르테논 신전의 기둥을 닮아 있
었다.

사방에 널린 기계장치를 무색케 하는 돌로 만들어진 기둥이
었던 것이다.

돌기둥에는 여러 개의 케이블이 연결되어 있었고, 원주들이
둘러친 돌로 만들어진 중앙 바닥에는 알 수 없는 문양들이 가
득했다.

"저 안으로 들어가서 가운데 서라."

칼이 긴장한 것인지 조금은 딱딱한 목소리로 말했다. 조금 두려운 마음이 들었지만 이내 안으로 들어가 기이한 문양이 가득한 바닥의 중앙에 섰다.

"네가 서 있는 곳은 워프를 위한 구동장치다. 조금 있으면 진행될 테니 파워슈트를 가동시키고 기다려라."

칼은 말을 마치고 통제실로 올라가기 위한 엘리베이터로 보이는 곳을 향해 발걸음을 옮겼다.

내가 서 있는 곳보다 10여 미터 높은 곳에 통제실로 보이는 창이 있다.

통제실 안쪽에 사람의 그림자가 보이는 것을 보면 예상한 것과 같이 GX사도 이번 일에 관여된 것이 분명했다.

긴장하자!

백두영!

이제부터 한판 승부다.

*　　　*　　　*

통제실에 들어온 칼은 창을 통해 워프실을 바라보고 있는 사나이를 볼 수 있었다.

아버지에게 월급을 받고 있지만 이제는 자신의 수족이 된 자였다.

"준비는 끝났나?"

칼의 말에 검은 머리의 사나이가 뒤를 돌아보았다.

사나이는 칼의 충복 중 하나로 동양인으로는 최초로 GX사의 기술이사에 오른 웨인 창이었다.

"모두 끝났습니다."

"아버지는?"

"회장님은 지금 군수품 조달과 관련해 행정부 관계자를 만나고 계실 겁니다. 아직까지 이번 일에 대해서는 모르시고 계실 겁니다."

칼의 부탁으로 계획된 일이었지만 보안을 철저히 유지했음을 웨인이 전했다.

"그럼 시작하지. 시간이 얼마 없으니까 말이야."

"예, 도련님. 세 시간 정도밖에 여유가 없지만 충분히 마무리 지을 수 있을 겁니다."

웨인도 워프실을 이용할 수 있는 시간이 얼마 없다는 것을 알고 있기에 기기 조작을 서둘렀다.

패널 위에 달린 여러 가지 버튼을 누르고 에너지를 주입하자 두영이 서 있는 곳을 중심으로 푸른 기운이 희미하게 퍼져 나가기 시작했다.

우우우우웅!!

진동음과 함께 바닥에 푸른 기운이 뻗어 나가고 있었다.

두영은 지금까지 보지 못한 에너지 패턴이 느껴졌다.

부르르!

등골이 서늘할 정도로 차가운 기운에 몸이 떨렸다.

'정말 특이한 에너지다. 이토록 차갑다니……. 연계되는 패턴도 다르다.'

학교에서 에너지 스코프를 통해 전투기의 에너지 패턴을 분석하는 법을 배웠었다.

두영은 RX—1000을 통해 망막에 전송되는 것을 보고 배웠던 것과는 전혀 다른 성질의 정보에 고개를 갸웃거릴 수밖에 없었다.

무수한 실전을 겪으며 많은 종류의 에너지 패턴을 보아온 두영으로 처음 보는 에너지 패턴이었던 것이다.

지금까지 발견된 모든 종류의 에너지 패턴을 분석할 수 있는 두영이었다.

'알 수 없는 에너지 패턴이라…….'

지금까지 보지 못했던 특이한 에너지 패턴으로 인해 두영의 불안감은 더욱 커져만 갔다.

고대의 것으로 보이는 워프 장치도 그렇고, 알 수 없는 에너지 패턴을 보며 정말 이 장치를 통해 워프를 할 수 있는 것인지조차 의심스러웠다.

치지지지!

심지가 타들어가는 것 같은 기이한 소음과 함께 바닥에 깔려 있는 문양들이 하얗게 빛났다.

뒤를 이어 사방에 포진해 있는 고대의 것으로 보이는 원주들이 파랗게 빛났다.

‘이거 원 불안해서. 제기랄!! 괜히 한다고 했나?

안에 들어서자마자 파워슈트를 가동했지만 점점 더 불안감이 엄습했다.

현재 상태가 모두 정상이라고 RX—1000이 계속해서 정보를 보내고 있었지만 불안감을 떨칠 수가 없는 것이다.

‘시작인가?

불안감도 잠시, 두영은 빠르게 정신을 집중했다. 안을 메웠던 빛이 사라지고 주변의 전경이 뿌옇게 변하기 시작했다.

워프가 진행되며 이동 대상물이 원자 단위로 흩어지며 나타나는 현상이었다.

번쩍!!

강렬한 섬광이 동공을 찔렀다. 빛 같은 것이 동공을 통해 빠르게 흘러들어 왔지만 두영은 눈을 감을 수 없었다.

모든 것이 빛으로 물들어 버린 후, 머리가 하얗게 비는 것 같은 느낌이 든 후부터는 아무리 집중을 하려 해도 아무것도 생각을 할 수가 없었을 뿐만 아니라 신체 기능도 그대로 정지하고 말았던 것이다.

위이이이…….

빛줄기가 한순간에 빛나다 사라져 버린 자리에는 아무것도 남아 있지 않았다.

자신의 출세를 위한 발판을 마련하기 위한 두영의 여정이 시작된 것이다.

　　　　　*　　　　*　　　　*

　"도련님!"

　워프가 완료된 것을 확인한 웨인은 칼을 바라보며 물었
다.

　"왜?"

　"그랜드홀을 찾는 것은 동의합니다만 그렇다고 RX—1000
을 착용시킨 것은 문제가 될 수도 있습니다."

　"알아. 하지만 어쩔 수가 없어. 그놈을 살려둘 수는 없는 노
릇이니까."

　"예?"

　웨인은 칼의 말을 들으며 깜짝 놀랐다.

　예상치 못한 위험을 피하기 위해 대리자를 구한 것이라고
생각했는데 다른 목적도 있는 것이 분명했다.

　"앞으로 내가 뻗어 나가기 위해서는 우주항공학교의 수석
자리가 필요한데 놈이 있으면 불가능하지. 2급 시민권자인 주
제에 당당하게 구는 모습도 보기 싫고. 후후후, 그래서 이번 일
에 참여할 자로 놈을 골랐지."

　칼은 싸늘한 표정으로 두영이 사라진 자리를 다시 살펴보았
다.

　"놈은 RX 시리즈에 대해 잘 알아. 풀 옵션을 요구할 정도로
말이야. 놈도 속일 겸 주기는 했지만 난 풀 옵션 사항에 한 가
지를 추가했어. 한 번 사용하고 나면 차원 축이 비틀어지도록

말이야. 놈이 그랜드홀을 이곳으로 보내고 나서 이곳으로 워프하려고 하면 차원 축이 비틀어질 거야. 크크크, 그러면 끝이지. 영원한 차원의 미아가 될 거야. 사실이 알려진다고 해도 증거는 남지가 않지. 그러면 난 내 첫 번째 목표를 달성하게 될 거야.”

눈가에 미소를 지으며 칼은 자신의 계획을 말하고 있었다. 그 모습이 어찌나 차가운지 웨인은 몸이 다 떨릴 지경이었다.

‘회장님보다 더 차갑구나.’

칼의 모습을 보며 웨인은 오한이 들었다.

자신의 출세를 위해 친해 보이는 학교 동기마저 제거하려고 했다. 친해 보이는 것조차 거짓 가면을 쓴 것이 분명해 보였다.

철혈의 승부사라고 하는 칼의 아버지보다 더 철저하고 무서운 것 같았다.

“RX—1000은 이번에 회장님께서 심혈을 기울이신 겁니다. 프로토 타입이라고는 하지만 없어진 것을 아시면 무척 화를 내실 겁니다. 회장님이 납득할 수 있는 말을 준비해 두시는 것이 좋을 것 같습니다.”

칼의 간계가 무섭다고 느끼면서도 웨인은 RX—1000이 사라진 것에 대해 회장에게 어떻게 설명해야 할지 준비해야 함을 알렸다.

“후후후, 알아. 이번 프로토 타입이 아버지의 컬렉션에서 빠지게 될 테니까. 대충 준비해 둔 것이 있으니까 걱정 마. 그래도 프로토 타입에 대한 모든 기록이 남아 있으니 생산에는 문제가 없을 거야. 그보다는 그랜드홀을 담을 상자나 준비해 줘. 얼마 있지 않아 전송될 테니까.”

“알겠습니다. 빨리 마치도록 하지요.”

이번 프로토 타입은 다른 때와는 달리 무척이나 공을 들인 것이었다. 회장이 직접 설계하고 특별히 개발된 원자재와 최신 기술이 총망라하여 만든 것이었다.

웨인은 별일 없을 것이라 말하는 칼이 걱정스러웠지만 이내 전송되어 올 그랜드홀을 챙길 준비를 했다.

그와 칼에게 있어 새로 개발된 RX−1000보다는 그랜드홀이 수천 배 더 중요한 물건이었기 때문이다.

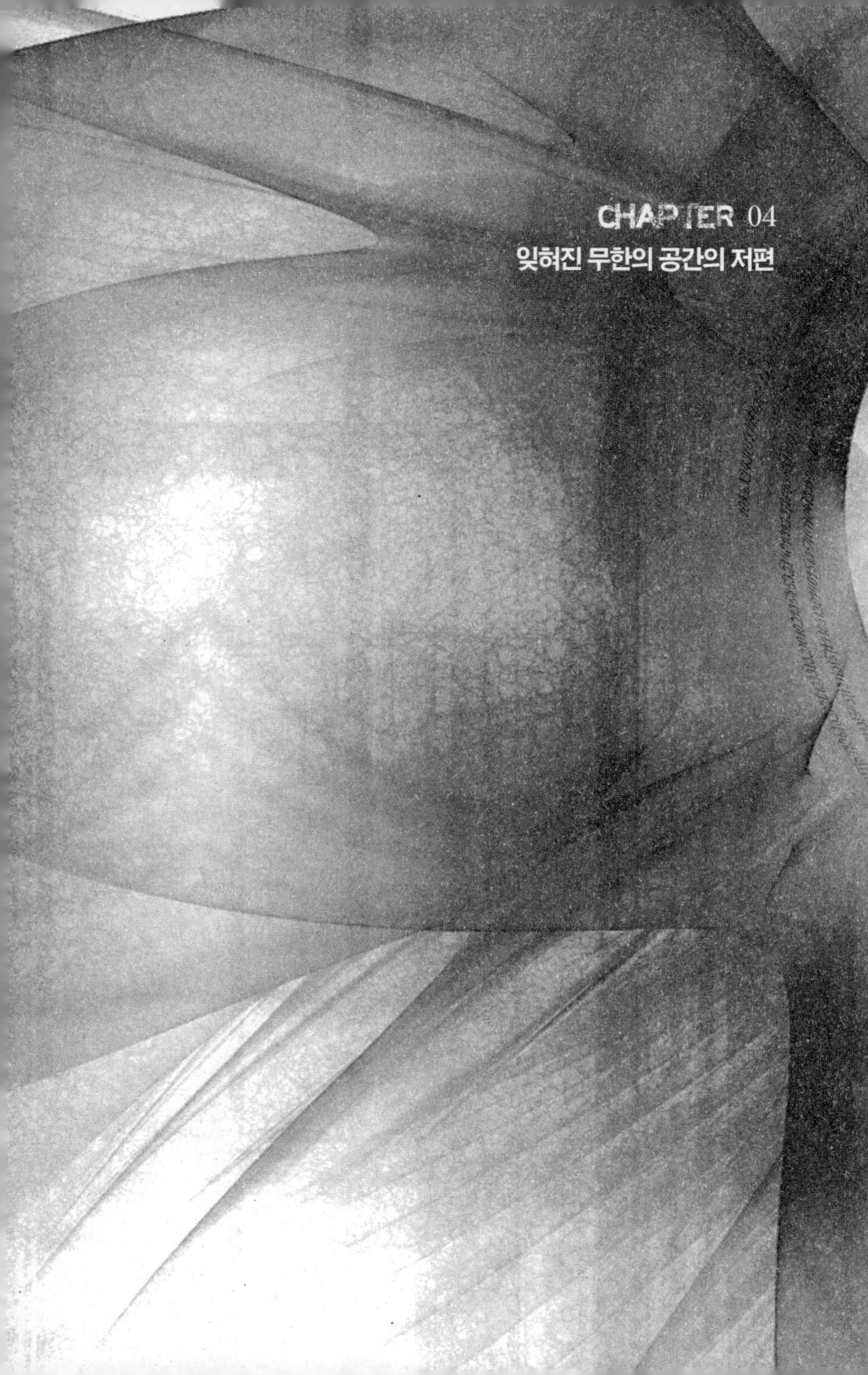
CHAPTER 04
잊혀진 무한의 공간의 저편

TIME SLICE 타임 슬라이스

번쩍!!

빛이 사라지고 난 후 워프된 곳은 회색빛이 가득한 지하 광장이다.

무엇으로 만들어진 것인지는 모르겠지만 지하 광장을 이루는 구조물들이 희미하게 발광을 하고 있어 시야는 그리 어둡지 않았다.

"우웩!!"

주변을 자세히 살필 겨를도 없이 울렁거리는 속 때문에 헛구역질을 해댔다.

눈으로 빨려들 듯한 빛으로 인해 뇌가 자극을 받았고, 워프를 통한 공간축의 이동이 아무래도 몸에 무리를 준 때문인 것 같았다.

“퉤! 여기가 그곳인가 보군.”

입 안으로 넘어온 위액과 침을 뱉어낸 후 사방을 둘러보았다.

“개새끼! 어쩐지 숨이 막힌다고 했다. 대기 농도가 이따위라고 말도 하지 않고!”

망막에 디스플레이되는 계측 자료를 보면 대기 농도는 인간이 살 수 없는 곳이었다.

진공 상태처럼 대기를 이루는 산소나 질소 같은 것은 아무것도 없었다. RX—1000으로도 분석할 수 없는 기체만이 광장 안에 가득했다.

파워슈트에서 빠르게 산소를 공급해 주지 않았다면 영문도 모르고 허둥대다가 죽었을 것이다.

정신을 가다듬고 주변을 살폈다.

분석 불가!

대기의 구조를 제외하고 어찌 된 영문인지 가장 최신형이라는 RX—1000에서 망막으로 전해지는 정보는 온통 분석 불가뿐이었다.

“이런 곳이 있다니……. 응? 저곳인가 보구나.”

재질 분석이 불가능한 상태라 시야로 구조를 살필 수밖에 없었다. 그러다가 칼 녀석에게 설명을 들었던 모양의 구조물을 볼 수 있었다.

좀 더 자세히 살피기 위해 광장의 중앙으로 다가갔다.

“이건 마치 하수구 같잖아.”

중앙으로 가는 동안 살펴보니 오래전 구조물을 만들 때 쓰였다는 시멘트처럼 회색빛을 발하고 있는 광장 바닥에 깊은 홈들이 파여 있었다.

하수구는 오염 등 환경문제로 지금은 거의 쓰이지 않는 구조물이다. 대부분 자체 정화 시스템을 이용해 물을 재사용하고 찌꺼기는 별도 압축 포장되어 이송되는 것이 요즘 추세다.

“아니군. 다른 건가?”

자세히 살펴보니 구조만 역사책에서 보았던 하수구를 닮았을 뿐 그다지 관련이 없는 것 같았다.

광장을 둘러보면 마치 그림을 그리듯 홈들이 기하학적인 연결선을 가지고 있었던 것이다.

“기분이 으스스하군. 무슨 일이 일어나기 전에 빨리 일을 끝내야겠다.”

알 수 없는 특이한 에너지 패턴이 감각을 자극하는 것이 기분이 나빴다.

예감이 좋지 않아 서둘러 중심부로 갔다. 부탁받은 일을 빨리 끝낼수록 위험은 줄어들 것이다.

광장 중심부에는 사방이 1미터가 되는 정육면체가 놓여 있었다. 내가 목표로 하는 곳이다.

광장을 온통 수놓고 있는 바닥의 홈들이 흘러가는 마지막 여정은 정육면체 밑으로 향하고 있었다.

스윽!

정육면체 위를 손을 쓸었다. 가라앉은 먼지가 낮게 떠올라 사방으로 퍼졌다.

"이건가? 으음, 이 문양대로 손가락으로 따라 그리면 된다고 했지."

정육면체 위에는 기하학적 무늬가 그려져 있었다. 바닥에 나 있는 홈들이 그리는 문양과 비슷했다.

RX—1000을 이용해 패턴을 분석한 결과, 바닥에 그려진 문양이 거울로 비쳐진 역상으로 문양이 새겨져 있었다.

"어디서부터 시작하는 거야?"

끊어지지 않고 이어지는 문양이라 시작점이 어디인지 알 수가 없었다. 설명을 해주기는 했지만 그냥 따라서 그리라고 했으니 칼 그 녀석도 몰랐던 것이 분명하다.

"할 수 없지."

어찌 되었든 이어진 것이라 가운데부터 시작하기로 했다.

중심부터 시작해도 가운데로 다시 돌아올 테니까 말이다.

중심부터 시작해 손가락으로 천천히 문양을 따라갔다.

찰칵!

차르르르르!!

중심부터 시작한 손가락이 다시 제자리로 돌아오자 작은 소음과 함께 정육면체가 변화를 보였다.

큐브처럼 작은 정육면체들이 이리저리 밖으로 삐져나오더니 점점 커지기 시작했다.

"이게 뭐야?"

알 수 없는 변화였다. 변화를 지켜보기보다는 빠르게 뒤로 물러나 상황을 살폈다. 커져 가는 속도가 무척이나 빠른 탓에 서 있던 자리까지 금방 차지했다.

늦었다면 무슨 일이 일어났을지 모를 일이다.

"얼마만큼 더 커질 거지?"

변화를 보이는 큐브는 점점 더 커져 갔다. 작은 집 정도의 크기로 커진 후 큐브는 변형을 멈췄다.

'끝난 것인가?'

차르르르!!

커지는 것이 멈추는 것과 거의 동시에 앞에 있는 면에서 큐브들이 무너져 내리듯 접히며 검은 공간이 나타났다.

"저 안에 있다는 말이지?"

칼이 가져오라고 한 것이 안에 들어 있을 것이 분명했다.

"들어가 볼까?"

누구보다 냉정하게 상황을 판단할 수 있다고 자부하는 사람이 나지만 지금은 흥분이 된다. 도대체 어떤 비밀을 품고 있는지 말이다.

위험하다는 경고가 계속해서 뇌리를 울리고 있음에도 들어가 보기로 결정했다.

일을 시작하기 전이었다면 모를까, 시작하고 나면 빠르게 처리하는 것이 내가 일하는 방식이다.

안으로 들어서며 마음을 애써 차갑게 가라앉혔다.

약간의 흥분도 좋지만 그것은 냉철한 이성을 동반할 때 빛
을 발하기 때문이다.

둥실!
"이래서 파워슈트가 필요한 것이었군."
안으로 들어서자 몸이 저절로 떠올랐다. 무게감을 전혀 느
낄 수 없었다. 어둠뿐인 공간 안은 중력이 존재하지 않는 곳이
라는 것을 알 수 있었다.
"라이트!"
말이 끝나자 파워슈트의 양어깨 부분에서 빛이 흘러나와 전
면을 비췄다. 어느 정도 어둠이 가시자 조심스럽게 안을 살폈
다.
"저것인가?"
빛을 받았음에도 반사광을 흘리지 않는 검은색의 막대기가
허공에 떠 있었다.
고정이 되어 있는 것처럼 그렇게 걸려 있었다. 녀석이 가져
오라고 했던 그랜드홀이었다.
파워슈트에 있는 에어 분사 장치를 이용해 유영하듯 조심스
럽게 앞으로 나아갔다.
덥석!
의외로 막대기를 쉽게 잡을 수 있었다. 목표물을 손에 넣었
기에 역분사를 일으켜 배영을 하듯 반대로 유영을 했다.
천천히 유영을 하자 문이 가까워졌다.

털썩!

유영하던 몸이 그대로 바닥으로 떨어졌다. 중력이 작용한다는 것을 깜빡 까먹어 버렸다. 문밖으로 나오면서도 계속 유영을 하고 있었던 것이다.

파워슈트를 착용해 아프지는 않았지만 나도 모르게 긴장한 것 같다.

"제기랄! 나도 모르게 긴장을 했나 보구나."

스스로에게 열이 받았다. 나 이외에는 아무도 없는 곳이지만 이 정도로 긴장을 했다는 것이 조금은 수치스러웠다.

그래도 어찌 되었든 밖으로 빠져나올 수 있었다. 얼른 자리에서 일어나 주변을 살폈다.

"달라진 것은 없구나."

차르르르!

주변을 살피다 갑작스러운 소음에 신형을 돌렸다. 말이 씨가 된 듯 집채만 하게 변해 있던 큐브가 조금 전과는 반대로 점차 작아지기 시작했다.

그렇게 작아지다 처음 보았을 때의 크기로 돌아왔지만 줄어드는 것이 멈추지 않았다.

계속해서 작아지더니 어느새 손바닥 안에 들어올 정도로 작은 크기로 줄어들어 버렸다.

너무 신기해 작아진 큐브를 집어 들었다.

"이렇게 줄어드니 예쁘군. 이왕 이곳에 온 김에 기념품으로 가져가도록 할까."

무광택의 검은색 큐브가 묘하게 끌렸다. 나도 모르게 작아진 큐브를 파워슈트의 수납공간에 집어넣고 있었다.

그랜드홀은 녀석에게 주어야 했기에 이곳에 온 기념으로 큐브나 가져가야겠다는 생각이었다.

"이제 슬슬 연락이 올 같으니 준비를 좀 해야겠구나. 그놈이 순순히 나에게 이런 기회를 줄 리 없으니까."

제안이 들어왔을 때 '알라딘의 램프'가 떠올랐다. 이야기에 나오는 마법사처럼 나에게서 원하는 것을 얻으면 이 알 수 없는 공간에 그냥 남겨둘지도 모른다는 생각이 들었던 것이다.

제안을 받는 순간부터 계획을 세웠다. 전보다 많이 약해진 탓에 만약의 경우를 대비한 계획이었다.

누구보다 커다란 야망을 가진 녀석이 방해물이 되는 나를 가만두지 않을 것이라는 사실 때문이다.

며칠 되지 않는 짧은 기간이지만 그동안 여러 가지 준비를 했다. RX—1000을 요구하면서 모든 옵션을 갖추기를 요구한 것도 그러한 맥락이었다.

"어디 보자."

이곳으로 오기 전에 놈이 눈치를 챌까 봐 체크하지는 않았지만 우선 RX—1000의 기능을 점검했다.

"역시, 이럴 줄 알았다. 그럴 줄 알고 내가 준비를 했을 것이라고는 상상도 못했을 것이다."

예상대로 녀석은 기본 사양 이외에 RX 시리즈에 가장 필요한 데이터베이스를 구축해 놓지 않았다. 기본 기능과 옵션 기능은 모두 있는 상태지만 데이터가 한정되어 있는 것이다.

RX—1000이 제 기능을 발휘하려면 그에 맞는 데이터가 풀로 차 있어야 하는데 없었던 것이다.

이 상태로 이곳에 남겨진다면 얼마 버티지 못했을 것이다.

RX 시리즈를 구입하고 난 뒤에는 많은 돈을 주고 별도의 데이터를 업그레이드해야 한다. 그래야 제 기능을 발휘하는데 칼이란 녀석은 처음 나온 그대로 나에게 준 것이다.

GX사의 RX 시리즈가 진짜 돈을 버는 이유는 바로 이 데이터 업그레이드에 있다.

1년에 한 번씩 주기적으로 데이터를 업그레이드해야 하는데 이걸로 돈을 버는 것이다. 비용이 RX 가격의 백분의 일 정도 하기 때문이다.

파워슈트에 있는 수납공간에서 준비해 온 물건들을 꺼내기 시작했다.

녀석이 보는 앞에서 파워슈트 안에 마련된 수납공간에 집어넣었던 검은색의 작은 포켓들이다.

주섬주섬 꺼내고 보니 상당한 양이다. 녀석은 그저 필요한 소품들이라고 생각했겠지만 이것들이 있으면 어떤 음모를 꾸미고 있는지 몰라도 충분히 헤쳐 나갈 수 있을 것이다.

꺼내놓은 것 중 가장 작은 포켓 하나를 열었다. RX 시리즈를 구입하게 되면 쓰려고 항상 준비하고 있었던 것이다.

포켓을 열자 무광택인 검은색 케이스가 하나 나왔다.

할아버지에게서 아버지, 그리고 나에게 이어진 우리 가문의 데이터베이스다. 데이터베이스 안에는 우주의 진실을 간직하고 있는 아카식 레코드가 담겨 있다고 한다. 아버지는 그 안에 세상을 온전한 상태로 되돌릴 기준이 담겨 있다고 한다. 내가 출세를 원하는 것도 이것 때문이다. 놈들의 핵심에 접근해야만 이 데이터베이스를 제대로 활용할 수 있기 때문이다.

유전자와 음성인식을 기반으로 한 것이라 할아버지와 아버지가 돌아가신 지금 나만이 유일하게 가동시킬 수 있다.

"베타 나인!"

데이터베이스를 가동시키는 암호가 말했다.

위이잉!

동시라고 할 만큼 빠른 속도로 가동되기 시작하는 데이터베이스가 소음을 흘리기 시작했다.

"링크 옵션 개방!"

데이터베이스가 가동되기 시작하자 다시 외쳤다.

찰칵!

촤르르르르!

작은 진동을 보이고 있는 케이스의 뚜껑이 열리며 엄청난 양의 작은 구슬이 바닥에 떨어졌다.

케이스에도 공간을 확장하는 기술이 가미되어 있는 것이다. 마치 폭우가 내리듯 엄청난 양이 쏟아져 내렸다.

쏟아진 검은색 구슬은 바닥에 떨어진 후 사방으로 퍼져 나갔다. 어느새 이름 모를 공간의 바닥에 전부 깔려 버렸다.

구슬이 전부 빠져나온 것을 확인한 후 빈 케이스를 닫고 파
워슈트의 수납공간에 넣었다.

"파워슈트 및 RX—1000은 프로토 타입으로 시리얼넘버 없
음. 지금부터 링크를 시작한다."

데이터베이스와 RX—1000, 그리고 파워슈트를 연결시키는
명령을 내렸다.

최르르르!

발을 중심으로 구술이 하나하나 모여 둥그런 원을 그리기
시작했다.

"크크크!"

이런 나도 모르게 웃음이 흘러나왔다.

휴우, 여자가 없는 것이 다행이다.

음모가 완성되어 희열에 젖은 듯한 비열한 악당의 웃음으로
보였을지도 모르니까 말이다.

지금 내 발밑에서 꼼지락거리고 있는 동글이들, 말하기 쑥
스럽지만 우리 가문의 자랑이라고 할 수 있다.

할아버지가 기초를 잡고 아버지가 완성을 시킨 후, 드디어
일 년 전 내가 활성화시킨 놈들이다.

사실 할아버지가 남긴 비밀을 몰랐을 때는 많은 유혹도 있
었다. 만약 정부에 동글이들에 대해서 보고를 했다면 지금 내
위치도 많이 달라졌을 것이다. 1급 시민권자가 되는 것은 물론
행정부의 고위 관료를 맡고 있을지도 모를 만큼 상당한 물건
이었기 때문이다.

하지만 그럴 수는 없었다. 동글이들이 미치는 영향의 파괴력이란 상상조차 하기 힘든 것이다. 이것들을 행정부에 넘겨준다면 지금도 독재정권을 유지하기 위해 무서운 짓도 서슴지 않는 놈들이 무슨 일을 벌일지 모른다.

세상을 변화시켜 인간이라면 누구나 공평한 삶을 살게 만들겠다는 그 처절한 염원으로 인해 내 욕심을 거뒀다. 난 할아버지로부터 이어진 염원을 이루기 위해서만 동글이들을 사용하기로 결정했다.

동글이들은 일반적으로 말하는 데이터베이스와 같은 계열이다.

하지만 조금 특별하다.

무엇이 특별한지는 차차 알게 되겠지만 한 가지 말한다면 지구연방이 자랑하는 중앙 컴퓨터인 멀티플렉스보다 더 많은 정보를 저장하고 있다는 것이다.

멀티플렉스와 비교하면 그것이 도대체 무엇일까 궁금할 테니까 설명을 해주겠다.

멀티플렉스는 지구연방의 최고 두뇌들과 엔지니어들이 합작해 만든 컴퓨터다. 일반적인 컴퓨터는 아니고 인공지능이 가미된, 그야말로 지구연방의 가지고 있는 모든 정보를 총괄하는 최고의 컴퓨터라고 할 수 있다.

인간처럼 스스로 성장해 정보를 저장하는 방식인 멀티플렉스는 지금도 성장하고 있는 중이다.

에너지만 충분하다면 얼마나 성장할지 가늠이 되지 않을 정도로 대단한 놈인 것이다.

하지만 우리 동글이들은 멀티플렉스를 발가락의 때만도 여기지 않을 만큼 엄청난 기능을 가진 놈들이다.

멀티플렉스는 다중 성장을 한 후에 다시 데이터베이스를 연결시켜야 완벽해지지만 우리 동글이들은 자체로 다중 성장을 하는 놈들이기 때문이다.

두 번째로 말해줄 것이 있다면 동글이들의 본체가 특이한 재질로 이루어졌다는 것이다.

멀티플렉스도 동글이와 비슷한 재질로 이루어졌다.

그렇지만 90퍼센트 이상이 금속이나 기타 재질로 이루어졌다.

정확하게 말하자면 나머지 10퍼센트 정도가 바로 동글이들과 같은 재질인 것이다.

하지만 그 10퍼센트가 멀티플렉스의 중추적인 역할을 하는 것들이다.

인간의 두뇌와 같은 역할을 하는 인공 뉴런이 바로 그 10퍼센트다.

하지만 그것도 차이가 있다.

같은 체적의 인공 뉴런으로 비교해 봤을 때, 멀티플렉스가 가진 인공 뉴런이 붕어의 뇌라고 가정한다면 내가 지니고 있는 동글이들은 인간의 뇌로 봐야 할 정도로 큰 격차가 있다.

한마디로 동글이 천 개면 멀티플렉스를 가뿐히 뛰어넘는 능력을 보인다는 것이다.

지금 내가 가지고 있는 동글이는 총 이십오만 개 정도다. 한마디로 멀티플렉스 이백오십 대를 가진 것이나 마찬가지라는 것이다.

오늘 오랜 잠에서 동글이들이 깨어난다.

내가 칼이란 놈의 제의를 허락한 진장한 이유도 바로 이것 때문이다.

군에 입대해 임기를 마치고 1급 시민권자가 돼서 행정부에 입성하는 것으로 내 목표가 끝나는 것이 아니니까 말이다.

행정부에 입성한 후 동글이들을 이용해 멀티플렉스를 장악해 세상을 변화시키는 것이 내 진정한 목표인 것이다.

동글이들이 RX-1000에 가지고 있는 정보를 전하기 시작했다. 동글이들이 정보를 전하는 것은 RX-1000뿐만이 아니다. 파워슈트에도 정보를 전하고 있다.

과부하없이 빠르게 정보가 전송되고 있는 중이다. 계획대로 순조롭게 진행되고 있는 것 같아 기분이 좋다.

RX-1000과 파워슈트, 그리고 동글이들을 결합한 새로운 체계를 구상한 것은 이미 오래전이다.

수천 번의 시뮬레이션을 거쳤고, 이제 그 결과가 나타날 차례다.

예상대로라면 난 인류 역사에 출현한 적이 없는 새로운 인종이 될 가능성이 높다.

사실 지금 시도하고 있는 것과 비슷한 개념의 것들은 지금도 존재한다.

바로 기계와 인간의 결합으로 이루어진 휴머노이드가 그것들이다.

신체의 일부분을 합성한 생체 조직으로 대체해 팔다리가 없는 장애인들이 새로운 삶을 살게 된 사람들이 바로 휴머노이드다.

하지만 그저 보조적인 용도로 신체의 일부를 대체할 뿐, 내가 시도하는 것은 그런 것과는 차원이 전혀 다른 개체로 진화할 것이기 때문이다.

오랜 세월 연구해 온 것이기에 무척이나 기대가 된다.

그래서 조금은 흥분 상태다.

우리 가문이 삼대에 걸쳐 모든 것을 투자해 연구를 해온 일의 성패가 이번 결과에 달렸기 때문이다.

내가 어떤 상태로 진화할 것인지는 나조차 모른다. 처음 시도되는 일이기에 위험할 수도 있다.

정부의 시선이 미치지 않는 이런 공간을 찾을 수만 있었다면 이렇게 위험한 시도는 하지 않았을 것이다.

그것이 좀처럼 쉽지 않은 일이기에 오늘 어쩔 수 없이 모험을 한 것이다.

내가 사라진 시간 동안의 비밀은 GX사에서 가려줄 것이기에 말이다.

"크으!"

그런데 조금은 아프다.

변형된 생체 조직으로 만들어진 파워슈트와 결합되고 있는 신체의 조직이 약간의 거부반응을 일으켰음이 분명하다.

학질이 걸린 사람처럼 온몸이 떨리고 있다. 일그러진 고통의 잔재가 내 몸을 덮친 것이다.

"끄르르륵!"

정신을 잃으며 호흡이 불규칙한 때문이지 기괴한 소리가 입에서 흘러나온다.

어느 정도 예상은 했지만 이건 아니다. 뭔가 잘못된 것이 분명하다. 모든 변수를 예측했는데 어떻게 이런 일이 일어난 거지?

정신을 잃으면 안 되는데.

정신을 잃으면…….

*   *   *

털썩!

정신을 잃은 탓에 두영의 몸이 무너지듯 바닥에 쓰러졌다.

완전히 의식을 잃은 탓에 몸의 균형이 무너진 것이다.

하지만 두영의 변화는 계속되고 있었다. 검은 구슬들이 계속해서 RX—1000으로 달려들고 있었고, 그곳에서 잠시 시간을 지체한 뒤 파워슈트에 빼곡히 달라붙었다.

파워슈트의 표면에서는 변화가 나타나지 않았다.

그냥 앞에 달라붙었던 것 위에 겹치듯 이중 삼중으로 달라붙고 있었다.

그럼에도 부피는 변하지 않았다.

다른 곳에 검은 구슬이 나타나지는 않는 것으로 보아 제일 처음 파워슈트에 달라붙었던 것들이 순차적으로 어디론가 사라지고 있는 것이 분명했다.

공간장이 변화하는 기미는 보이지 않고 있었다. 아공간이나 공간 왜곡장으로 사라지는 것은 아니었던 것이다.

그렇다면 결론은 한 가지였다. 어디론가 사라지고 있는 검은 구슬들은 두영의 몸속으로 사라지는 것이 틀림없었다. 변화가 없는 것이 아니라 보이지 않는 곳에서 변화가 일어나고 있었던 것이다.

그렇게 얼마 지나지 않아 광장 안에 있던 검은 구슬이 모두 사라졌다.

남아 있는 것은 두영의 몸을 덮고 있는 것들뿐이었다. 그마저도 점차 줄어들고 있었다.

입고 있던 파워슈트는 어디론가 사라진 후였다.

두영의 몸 위에서 기괴한 현상이 나타나고 있었다. 마치 죽이 끓어오르듯 부글거리며 검은색 구슬이 녹아내리고 있었고, 녹아내린 것들은 두영의 몸속으로 스며들고 있었던 것이다.

잠시 후, 끓어오르던 구슬이 모두 몸속으로 흡수되었다. 부피가 점점 줄어들어 없어지자 아무것도 입지 않은 두영의 나체가 나타났다.

광장 안에는 깨끗한 나신을 가진 두영과 그가 꺼내놓은 작은 포켓들, 그리고 알 수 없는 공간에서 꺼낸 그랜드홀만이 놓여 있었다.

스르르르!

두영이 기념품으로 가지려 했던 작은 큐브가 미끄러지듯 움직였다.

큐브가 향한 방향은 누워 있는 두영의 머리 쪽이었다.

큐브가 두영의 목 부분에 걸리자 얼굴을 타고 기어올라 슬금슬금 이마로 향했다. 이마에 다다르자 목적지에 다다른 탓인지 큐브가 자리를 틀었다.

번쩍!

튜브에서 눈을 멀게 만들 정도로 강렬한 광채가 솟아올랐다. 그리고는 서서히 두영의 머리 속으로 가라앉기 시작했다.

이런 현상은 두영으로서도 전혀 예상하지 못한 상황이었다.

탁!

큐브가 두영의 머리 속으로 반쯤 스며들었을 때 바닥에 누워 있던 그랜드홀이 스스로 일어섰다.

둥실!

그랜드홀이 허공으로 떠올랐다. 그리고 큐브가 그랬던 것처럼 두영의 몸 쪽으로 움직였다.

그랜드홀이 위치한 곳은 두영의 심장 위쪽이었다.

푹!

그랜드홀이 사정없이 떨어지며 피부를 뚫고 심장에 틀어박

했다.

번쩍!!

그랜드홀에서 큐브에서 그랬던 것처럼 강렬한 광채가 번쩍였다.

그리고 큐브와 마찬가지로 빛을 뿌리며 서서히 두영의 심장 속으로 가라앉기 시작했다.

*　　　*　　　*

두영이 알 수 없는 미지의 현상을 겪고 있을 무렵, 칼과 웨인은 RX—1000과 교신을 시도하고 있었다.

어느 정도 시간이 지나 원하는 물건을 찾았을 것이기에 두영을 호출해 본 것이다.

계속적인 호출 신호에도 불구하고 RX—1000은 먹통이 된 듯 아무런 응답을 보내오고 있지 않았다.

탁!

칼은 신경질적으로 탁자를 두들겼다.

연구소에서 연락을 보낼 경우 RX—1000이 곧바로 응답을 하도록 프로그램을 해놨기 때문에 문제가 생긴 것이 틀림없었던 것이다.

"조금만 참으십시오. 워낙 특이한 공간이라 통신이 되지 않을 수도 있으니 말입니다."

칼의 신경질에 웨인이 말했다.

지금은 화를 내봤자 아무런 소용이 없다는 것을 주지시킨 것이다.

"놈이 일부러 연락을 하지 않을 가능성은?"

"그럴 경우는 없을 겁니다. 연락을 하지 않으면 이곳으로 돌아올 길이 없으니까 말입니다."

"그럼 고장이 난 건가?"

"그것도 배제해야 할 겁니다. 이번에 회장님께서 손수 만드신 RX—1000은 태양 속에 있다고 해도 제 기능을 다하는 것입니다. 그리고 도련님께 드리기 전에 마지막 점검까지 거친 겁니다.

웨인의 말하는 대로 이번에 만들어진 RX—1000은 어떤 극한 상황 속에서도 제 기능을 발휘할 수 있도록 만들어진 것이었다.

마지막 점검까지 거쳤다면 고장이 났을 리는 없었다.

"그럼 뭐가 문제라는 거지? 예상대로라면 벌써 연결이 됐어야 하잖아."

"공간 축을 비틀어 만들어진 장소라 그럴 겁니다. 아마도 RX—1000에서 발신된 신호가 차원의 결을 도느라 그럴 수도 있으니 조금만 기다려 보십시오. 회장님이 연구소에 도착하실 때까지는 아직 시간이 많이 남았으니 말입니다."

늦어지는 것이 심상치 않았지만, 어느 정도 예상한 일이라 웨인은 침착하게 칼을 진정시켰다.

"음, 내가 흥분했나 보군. 그럼 기다려 보도록 하지."

자신이 흥분했음을 자각한 칼은 마음을 가라앉히며 계기판을 들여다보았다.

아직까지 생체 신호가 계속 보이는 것으로 봐서는 두영이 목표로 했던 장소에서 어디로 이동하지 않은 것이 분명했다.

'이럴 줄 알았으면 생체 신호와 RX—1000의 신호를 분리하는 것이 아니었는데…….'

그랜드홀만 가져오기 위해 RX—1000의 신호 체계를 분리하는 게 아니었다.

생체 신호만 오는 것으로 봐서는 웨인의 말대로 공간의 결을 돌아서 오고 있을 가능성이 컸다.

생체 신호, 정확히 말하면 두영이 싸이킥에너지는 공간을 건너뛸 수 있지만 RX—1000이 발하는 신호는 지금 상태로써는 공간을 건너뛰기가 무척이나 어려운 상태다.

두 가지 신호를 연동시키려면 상당한 에너지가 필요한데 칼은 두영을 이공간에 남겨두기 위해 에너지의 상당 부분을 채워 넣지 않았던 것이다.

삐익! 삐!!

"어??"

가파른 신호음이 일자 인상을 찌푸리며 고민하던 칼은 자리에서 벌떡 일어났다.

방금 전해진 생체 신호가 두영에게 이상이 생겼다는 것을 알려왔던 것이다.

"큰일 났습니다."

"뭐야?"

"그 사람이 가진 싸이킥에너지가 급격히 소멸하고 있습니다. 이, 이건!!"

다급한 목소리가 웨인의 입에서 흘러나왔다.

"도대체 무슨 일이야!!"

삐이이이이!!

"주, 죽었습니다. 신호가 사라졌습니다. 계기판에 나타나는 신호가……."

웨인의 어이없는 목소리에 계기판을 살펴보던 칼은 그 자리에서 주저앉았다.

두영과 이곳을 연결하는 유일한 끈이 계기판에서 완전히 사라지고 없었던 것이다.

"웨인!! 지금 곧바로 그곳으로 워프할 수 있나?"

망연해하는 웨인을 향해 칼이 소리를 질렀다.

"하, 할 수 있습……."

웨인이 대답하는 중간에 말을 끊었다.

"또 무슨 일이야?"

칼이 신경질적으로 물었다.

"고, 공간축이 변하고 있습니다. 공간축이!!"

"그러면?"

"사라집니다. 완전히 사라져 버릴 겁니다. 우리가 찾을 수 없는 곳으로 말입니다. 회장님이 찾아내신 그 장소가 영원히 사라져 버리는 겁니다."

"저, 정말이야?"

칼이 놀라 물었다.

두영이 사라진 것이나, RX—1000을 무단으로 사용한 것은 그렇다 처도 아버지가 수십 년간 기울여 찾아낸 공간이 사라진다면 다가올 재앙은 뻔했던 것이다.

"사, 사라졌습니다."

허탈한 목소리였다.

그랜드홀이 있던 곳의 좌표가 어느새 제로 베이스 형태를 보이고 있었다.

"이럴 수가!!"

칼도 웨인과 마찬가지로 허탈한 표정이었다.

지구연방의 수많은 과학자들이 아직도 밝혀내지 못하고 의문으로만 가지고 있는 무한공간의 좌표가 계기판에 나타나 있었던 것이다.

그리고 그마저도 잠시 후 사라져 버렸다.

두영은 이제 영원히 찾을 수 없는 곳으로 영원히 사라져 버린 것이다.

"망했어! 아아아악!"

칼은 자신도 어쩔 수 없이 최악으로 변해 버린 상황에 머리를 쥐어뜯으며 비명을 질러댔다.

이런 사실을 아버지가 알게 되면 자신은 끝장이었다.

평생을 바쳐 온 노력의 결과가 자신으로 인해 허물어졌으니 엄청난 대가를 치러야 할 터였다.

이런 일을 용서할 만큼 칼의 아버지는 결코 따뜻한 사람이 아니었다.

‘어떻게 해서든지 수습을 해야 한다.’

아버지에게 인정을 받고자 시작한 일이었다.

그렇지만 자신으로서는 전혀 바라지 않은 상황을 맞이하게 된 것이다.

수습 방안을 마련해야 했지만 언뜻 떠오르지 않았다.

아버지는 머지않아 연구소에 올 것이고, 대책을 마련하기까지는 시간이 없었다.

‘어쩔 수 없다. 그 수밖에는! 모두 묻어버리는 수밖에.’

최후의 방법이지만 한 가지 선택할 길은 남았기에 칼의 눈빛이 빛났다.

“웨인!!”

칼은 망연한 모습으로 주저앉아 있는 웨인을 불렀다.

“이제 어떻게 하면 좋지요?”

칼의 부름을 받은 웨인이 물었다.

“정신 차려! 바짝 정신 차리지 않으면 우리 둘 다 끝장이니까.”

나이답지 않게 침착한 모습으로 자신을 바라보는 칼을 보며 웨인은 뭔가 방법이 있다는 것을 알았다.

“방법이 있는 겁니까?”

“한 가지!”

칼이 손가락을 들어 보였다.

“…….”

“저 워프 장치가 불안정하다고 전에 이야기했지?”

"그렇습니다. 워낙 오래된 것이라 에너지 조율을 섬세하게 하지 않으면 폭발할 가능성이 아주 높습니다."

"좋아, 그럼 계기판을 수정해 놔. 원래보다 10퍼센트 밑으로 나타나도록 말이야."

"예?"

"오늘 아버지가 실험을 할 거라고 했잖아. 아버지가 알 수 없도록 계기판을 수정해 놓으란 말이다."

"그, 그렇지만……."

칼이 말한 대로 한다면 엄청난 참사가 일어날 것이기에 웨인의 목소리가 떨렸다.

"후후후, 웨인. 앞으로 나와 함께 GX사를 운영해 보고 싶지 않아? 난 이번이 좋은 기회라고 생각하는데 말이야."

웨인은 웃고 있는 칼의 모습이 회장을 무척이나 닮았다고 생각했다.

자신의 목적을 달성하기 위해서는 수단과 방법을 가리지 않는 회장의 진면목을 웨인은 잘 알고 있었던 것이다.

'어차피 이렇게 된 일. 어쩌면 이번 일이 내게 천재일우의 기회가 될 수도 있다.'

미소 속에 숨겨진 속내를 읽어낸 웨인은 칼의 계획에 동참하기로 했다.

어쩌면 자신에게 큰 기회가 찾아온 것일 수도 있기 때문이었다.

"알겠습니다. 시간이 없으니 빨리 서둘러야겠군요."

"아버지가 오기 전까지 빨리 끝내. 그리고 누구도 이번 일을 알 수 없도록 잘 조정해야 할 거야."

"알겠습니다. 염려 마십시오."

웨인은 통제실을 나서는 칼을 보며 다짐하듯 말했다. 자신이 약점을 쥐고 있는 이상 칼에게서 많은 것을 얻어낼 수 있을 것이기에 기분이 좋아졌다.

"오늘 꽤 괜찮은 폭죽놀이를 볼 수도 있겠군."

칼이 통제실을 완전히 나간 후 웨인은 계기판을 조작하기 시작했다.

그리고 그날!

지구연방 최고의 두뇌이자, 최대 기업의 수장인 RX사의 회장이 실험 도중 폭발 사고로 사망했다는 기사가 뉴스 채널을 통해 지구연방 전역에 방송되었다.

연구소를 중심으로 반경 15킬로미터가 완전히 폐허로 변해버리는 폭발이었는지라 그 이면에 깔린 음모의 발자국은 하나도 드러나지 않았다.

CHAPTER 05
새로운 시작

TIME
SLICE 타임 슬라이스

부아아앙!

광활한 산맥이 펼쳐져 있는 상공을 비행기가 날고 있었다.

제트엔진 터보 프롭 소형 여객기였다. 미국 레이시온 사가 제작한 비치크래프트(Beechcraft) 1900D 기종으로 관광객을 싣고 태국의 치앙라이 지역을 연결하는 여객기였다.

조종사 두 명을 포함, 20명이 탑승할 수 있는 이 여객기는 지금 치앙라이 주변을 관광하기 위해 치앙라이 공항으로 향하는 관광객을 싣고 하늘을 날고 있었다.

소형 여객기가 목적지로 하고 있는 치앙라이 공항은 지금 무척이나 번잡했다.

휴가철을 맞아 수많은 관광객들이 몰려들고 있었기 때문

이다.

공항에서 멀리 떨어진 어느 한적한 곳에 소년 한 명이 자전거 페달을 열심히 돌리고 있었다.

뒤에 매달린 짐수레로 보아 공항 인근에서 관광객들에게 물건을 팔아 생활하는 수많은 소년 중 하나가 분명했다.

땀을 뻘뻘 흘리며 자전거를 운전하던 소년의 눈에 공항을 오가는 사람들의 모습이 보이기 시작했다.

"오늘도 관광객이 많이 오겠군. 저리 번잡스러운 것을 보니 말이야."

작은 고양이라는 뜻의 이름을 가진 메우는 오늘도 찾아온 관광객을 맞이하기 위해 공항으로 향했다.

사람이 많은 탓에 오늘도 괜찮은 벌이가 될 것이라는 생각에 메우는 기분이 무척 좋았다.

"어! 저건 뭐지?"

자전거를 페달을 다시 밟아 공항 입구로 향하는 메우의 눈에 이상한 것이 보였다.

날아가는 여객기 상공으로 검은 구름 같은 것이 갑자기 생겨난 것이다.

그것은 도넛 모양을 하고 있었다. 초콜릿 도넛처럼 생긴 검은색의 구름이 여객기를 따라가고 있었다.

"저, 저……."

메우는 말을 이을 수 없었다.

구름의 중심부가 파랗게 빛나더니 검은색 덩어리가 비행기를 강타했던 것이다.

쾅!!

검은 덩어리가 틀어박히자 충격을 이기지 못한 탓인지 비행기가 요동을 치기 시작했다.

잠시 후, 검은 연기를 내뿜으며 비행기는 서서히 산맥 쪽으로 낙하하고 있었다.

"추락 사고다. 어서 알려야 해."

메우는 자전거 페달을 바쁘게 놀렸다.

비행기 기장이 비상 착륙을 시도하려고 애를 쓰는지 느리게 추락하고 있었다.

일반적으로 비행기가 추락하면 대부분 죽지만 저렇게 착륙을 시도하면 혹시나 생존자가 있을 수 있기에 어떻게 해서든지 힘을 보태기 위해서였다.

비행기 추락 사고의 경우 얼마나 빨리 구조대를 투입하느냐에 따라 생존자 수를 늘릴 수도 있었던 것이다.

비행기의 추락을 목격한 사람은 메우뿐만이 아니었다.

여러 사람이 보았던 탓에 메우가 경찰서에 도착했을 때는 경찰은 이미 출동하는 중이었다.

공항에서는 구조용 헬기가 떠서 이미 날아가는 중이었고, 동원 가능한 사람들은 거의 모두 비행기가 추락한 지점으로 달려가고 있었다.

자신이 할 일이 없음을 알고 메우는 공항으로 향했다.

"칫, 앞으로 얼마간 장사는 다 틀렸군."

공항이 가까워 오자 메우는 이번 사고로 장사가 어려워졌음을 깨달았다.

비행기 사고가 한번 나면 관광객이 현저히 줄기 때문이다.

"오늘 가지고 온 것만이라도 팔자."

조각에 재능이 있는 메우는 나무로 토속 인형을 만들어 관광객에게 파는 것으로 하루하루 살아가는 처지다.

우선 가지고 온 것이라도 팔자는 생각으로 공항 입구로 향했다.

입구에 도착한 메우는 멍하니 비행기가 추락한 곳으로 바라보고 있는 사나이를 볼 수 있었다.

"아저씨네!"

의료 봉사를 위해 이곳에 온 한국인 의사로 메우 또한 그에게서 치료를 받은 적이 있어 알고 있는 사람이었다.

메우는 빠르게 페달을 밟아 사나이 곁으로 다가갔다.

"아저씨!!"

넋을 놓고 있는 사나이를 잡고 메우가 흔들며 불렀다.

"……."

메우의 부름에도 백건수는 대답이 없었다.

정신을 잃은 사람처럼 그저 멍하니 하늘만 바라볼 뿐이었다.

탁!

메우는 대답을 하지 않는 백건수의 정강이를 걷어찼다. 그때서야 백건수가 메우를 바라보았다.

그의 눈에는 한줄기 눈물이 흐르고 있었다.

"아! 이런!! 아저씨 부인이 얼마 후에 온다고 했는데, 그렇다면 방금 추락한 비행기에… 설마……!"

메우는 백건수의 눈물을 보며 방금 전 일어난 추락 사고와 무관하지 않다는 것을 알았다.

"어서 가요. 이러고 있을 시간이 없잖아요."

메우는 백건수를 잡아 끌었다. 여기 이러고 있는 것보다 우선 비행기가 추락한 장소로 가야 했기 때문이다.

공항에서 그리 멀리 않은 곳이었고, 비상 착륙을 시도하는 것을 봤을 때 살아 있을 가능성이 많았던 것이다.

"알았다. 어서 가자."

백건수도 메우의 재촉에 정신을 차렸다.

의사인 자신이 이렇게 있을 시간이 없었다. 혹시나 아내가 살아 있다면 자신의 손길이 필요할지도 모른다는 생각이 들었던 것이다.

메우는 재빠르게 동네 형을 찾았다. 오토바이를 이용해 공항에 물건을 실어 나르는 형이었다.

잠시 후, 세 사람이 탄 오토바이가 비행기가 추락한 장소로 달려가고 있었다.

유성으로 인해 추락한 것으로 추정되는 비행기 추락 사고는 세간의 화제가 되었다.

비행기 상체에 구멍이 나고 가파른 산과 숲이 우거진 곳에 추락했음에도 타고 있던 사람 모두가 생존했기 때문이다.

탑승자가 전부 생존한 것은 현장에 도착해 부상자를 치료한 한국인 의사인 백건수의 공헌이 매우 컸다.

그가 제때에 응급처치를 하지 않았다면 반수 정도는 사망했을 것이라는 것이 당국의 설명이었고, 백건수의 노고를 매우 감사하게 생각했다.

백건수는 이로 인해 유명세를 탔다.

3년이 넘도록 오지를 돌아다니며 주민들을 치료한 것과 아내가 타고 있었음에도 냉정을 잃지 않고 부상자를 치료한 그의 행동이 언론에 노출되자 태국 사람들이 감동했던 것이다.

추락 사고가 있은 지 4개월이 지났을 무렵, 태국 국왕은 백건수가 펼친 인술에 감동을 받아 치앙라이 인근에 보건소까지 설립해 주었을 정도였다.

또한 각지에서 답지한 성금으로 백건수는 오지에 사는 주민들의 치료를 좀 더 많이 할 수 있게 되어 바쁜 나날을 보내야 했다.

*　　　*　　　*

"여보, 오늘은 무엇을 해줄 거예요?"

배가 남산만 하게 부풀어 오른 창숙은 오늘도 일과를 마치고 온 건수에게 물었다.

"잠시만 기다려. 오늘은 파전을 해줄 테니까. 당신 먹고 싶어 했잖아."

건수는 준비해 온 조갯살과 새우를 내려놓고는 앞치마를 두르고 빠르게 파전을 만들 준비를 했다.

호이톳이라 불리는 음식으로 향기가 강한 태국 음식 중 한국식 파전과 비슷해 그나마 창숙이 먹을 수 있는 것이었다.

창숙은 건수가 파전을 만들기 위해 식재료를 다듬는 것을 보며 자신의 배를 쓰다듬었다.

그녀의 배 속에는 사랑의 결실이 자라고 있었다.

'이제 얼마 안 있어 태어날 우리 아이도 보지 못할 뻔했는데. 호호호, 덕분에 저이도 바뀌기는 했지만.'

4개월 전 일어난 끔찍한 사고에서 자신과 아이가 무사했다는 것이 지금 생각해도 꿈만 같았다.

벼락 치는 소리와 함께 비행기 천장에 구멍이 뚫리고 난 뒤 '이제는 죽었구나' 하는 생각과 함께 정신을 잃었었다.

정신을 차렸을 때 자신을 붙잡고 하염없이 눈물을 흘리는 남편을 보았을 때 얼마나 감사했는지 모른다.

고된 의학 공부와 의료 봉사로 자신의 일에만 몰두하던 남편이 바뀐 것도 그날 이후였다.

더욱 바빠지고 있는 의료 봉사에도 불구하고 지금같이 없는 틈을 만들어서라도 자신을 위해 뭔가를 해주기 시작한 것이다.

'그날 일은 꿈이었을 거야.'

사고가 난 후 창숙은 내내 마음에 걸리는 것이 있었다.

비행기에 구멍이 뚫리고 난 후 검은 덩어리 같은 것이 날아 와 자신의 배를 지나갔던 일이다.

바로 정신을 잃어 어떻게 되었는지 몰랐지만 깨어나 보니 상처가 하나도 없었다.

그렇지만 임산부의 마음이 그렇듯 그 일로 인해 혹시나 아이에게 무슨 일이 일어나지 않을까 그동안 노심초사했었다.

검은 덩어리가 마음에 걸렸지만 생각해 보면 그 당시 무게감이 전혀 없었다.

그저 폭발로 인해 연기 같은 것이 흘러들었던 것이 분명했다.

'뭐, 별일 없겠지. 태교를 위해서라도 잊어버리자.'

약간 걸리는 것이 없지 않아 있지만 출산 일이 가까워 오는 요즘 이런 행복한 일상으로 인해 그것마저 털어버리기로 했다.

자신이 스트레스를 받으면 아이에게 영향이 미칠 것이라는 생각도 한몫했다.

한 달 후, 백건수와 윤창숙 사이에 아들이 태어났다.

국왕에 의해 지어진 보건소에 산부인과 의사가 있었기에 출산은 순조롭게 이루어졌다.

특히나 백건수의 명성이 치앙라이 인근에 자자하던 터라 산부인과 의사가 더욱 신경을 쓴 탓에 창숙은 물론 두 사람의 아들인 두영은 무척이나 건강했다.

두 사람의 아들이 태어났다는 소식은 치앙라이 인근에 전해졌고, 많은 이들이 축하를 전해왔다.

축하를 받느라 정신이 없었던 건수는 들어온 선물을 집으로 보내고 난 뒤 병실로 들어와 창숙을 돌봤다.

"여기 얼마나 있을 거예요?"

출산 후 회복실로 옮겨 두영에게 젖을 먹이고 있던 창숙은 옆을 지키고 있던 건수에게 물었다.

"글쎄, 적어도 사오 년은 있어야 할 것 같은데."

"큰일이네요. 우리 두영이가 잘 견딜 수 있을지."

창숙은 걱정이 드는지 안색이 좋지 않았다. 갓 태어나 옆에 누워 있는 아들 때문이다.

기후와 음식이 한국과는 다른 이곳 태국에서 아들을 잘 키워낼 수 있을지 자신이 없었던 것이다.

남편인 건수는 지금 한창 공사가 진행 중인 병원 설립 때문에 적어도 사오 년은 이곳에 있어야 했다.

남편은 병원을 개원하고 난 뒤 한국으로 돌아갈 생각을 하고 있었던 것이다.

아이도 염려가 되기는 했지만 창숙은 남편의 꿈을 존중했기에 더 이상 말을 꺼내지 않았다.

"여기도 사람 사는 곳인데 별일 있으려고. 내가 많이 노력할 테니까 걱정하지 마."

건수는 창숙의 손을 꼭 잡았다.

앞으로 더 바빠지겠지만 자신을 위해 참아주는 아내가 너무나 고마웠던 것이다.

"아직은 한국에 돌아가기는 힘든 여건이니 어쩔 수 없지요, 뭐. 제가 노력할게요."

"미안해. 그리고 사랑해."

건수는 자리에서 일어나 흐트러진 머릿결을 하고 있는 창숙의 이마에 키스를 했다. 자신의 뜻을 이해해 주는 아내의 말에 사랑과 고마움을 느꼈던 것이다.

두영이 태어나고 두 달이 지나자 창숙은 일을 하기 시작했다. 남편과 아들을 위해 일찍부터 몸을 추슬렀기에 활동하는 데 그리 불편하지 않았다.

일이 바쁜 남편이 부담을 느끼지 않도록 하자는 생각도 있었기에 몸이 회복되자 곧바로 집안 살림을 돌봤다.

창숙이 집안 살림을 맡는 것은 그리 어렵지 않았다. 의학 관련 분야를 전공한 건수와는 달리 창숙은 동남아 관련 역사학과 언어학을 전공한 사람이었다.

백제 문화권의 전파 과정을 연구하면서 동남아시아 언어도 복수로 전공했었다.

박사 학위까지 받을 정도로 뛰어난 재원이면서도 많은 노력을 기울였기에 어느 정도 현지인과 대화가 가능했다.

거기다 현지 문화에 대해 심층적으로 공부해서 사람들과 어울리는 데도 문제가 거의 없었다.

창숙은 매우 열성적으로 생활했다.

아이를 키우며 집안 살림을 도맡아했을 뿐만 아니라, 간혹 태어가 서툰 남편 건수의 통역을 맡아 병원 설립 일을 돕기도 했다.

두영이 자라 돌이 지났을 무렵부터는 시간을 짜내어 공부도 다시 시작했다.

치앙라이 인근 곳곳에는 역사 유적이 많았고, 동남아시아 역사를 전공한 사람답게 현지에 와 있는 동안 그런 유적들을 보니 넘치기 시작한 학구열을 참을 수 없었다.

그렇게 세월이 흘러 두영의 나이가 네 살이 될 무렵, 창숙과 건수의 인생을 송두리째 바꾸어 버리는 사건이 일어나고 말았다.

그 사건은 창숙이 고산 부족에 대한 연구를 위해 쿤탄산맥으로 탐사를 떠나면서 시작되었다.

"두영이는 놓고 가는 것이 좋지 않겠어?"

이번에 새로 발견된 유적의 유물을 탐사하기 위해 떠나는 창숙을 보며 건수는 아들인 두영을 데리고 가는 것을 말렸다.

"괜찮아요. 이번에 베이스캠프를 차린 곳은 시설이 잘되어 있는 편이고 겨우 사흘뿐인데요, 뭐. 이곳엔 두영이를 돌봐줄 사람도 없으니 잠시 여행 갔다 온다고 치고 같이 다녀올게요."

개원이 얼마 남지 않은 탓에 병원에서 살다시피 하며 집에 들어오는 날이 손에 꼽는 건수였다.

그런 건수를 위해 창숙은 두영을 데리고 가겠다는 의지를 굽히지 않았다.

"그렇지만……."

"호호호, 걱정하지 말아요. 이번엔 메우도 같이 가니까. 그 녀석에게는 돈벌이도 되고, 우리 두영이를 무척 귀여워하니까 잘 돌봐줄 거예요."

"그럼 다녀와. 따라가지 못해서 미안해."

탐사 여행을 같이 떠나기로 약속했던 건우는 미안한 듯 창숙을 안았다.

"괜찮아요. 당신도 바쁘잖아요. 그럼 이만 다녀올게요. 내가 없는 동안 식사는 꼭 챙겨 드시고요."

"알았어. 잘 다녀와."

창숙은 자신을 위로하는 건우를 바라보다가 집 앞에 서 있는 차에 올랐다.

"참 애절하네요."

차 안에서 두영과 놀고 있던 메우는 두 사람의 이별 장면에 고개를 절레절레 흔들며 투덜거렸다.

두 사람의 애정 행각은 보건소나 병원 관계자들에게 익히 알려진 일이지만 좀 너무한다고 생각하는 메우였다.

유적이 발견된 곳은 그리 먼 거리가 아니었다. 차로 세 시간이면 가는 곳이었다. 그럼에도 이별하는 장면이 어디 멀리 타국으로 떠나는 것처럼 애절한 모습을 보이는 두 사람의 닭살 애정 행각은 가관이 아닐 수 없었다.

　변변한 여자 친구 하나 없는 메우로서는 심사가 뒤틀리지 않을 수 없었던 것이다.

　"좋잖니."

　"그래도 그렇죠. 선생님, 너무하는 것 아세요?"

　"내가 뭘?"

　"후우, 선생님 때문에 우리 마을 남자들이 아주 죽을 맛이라고요."

　"호호호, 그러니?"

　메우가 사는 마을 사람들은 무척이나 가부장적인 전통을 지니고 있었다.

　매번 진료를 오면서 자신을 대하는 남편의 모습을 보고 부인들이 들볶았을지도 모르겠다는 생각에 창숙이 웃음을 지었다.

　"에휴, 나도 모르겠다. 내가 말을 말아야지."

　남들 다 보는 앞에서 진하게 키스하며 남편과 헤어진 사람이 아무것도 아니라는 듯한 표정을 짓자 메우는 더 이상 말하지 말아야겠다는 생각이 들었다.

　"얼른 가기나 하자. 이번 일정은 아주 빡빡한 것도 그렇지만, 두영이까지 있으니 서둘러서 끝내야 하니까."

　"알았어요. 두영이 안으시고 안전벨트나 메세요."

　메우는 두영을 건넨 후 시동을 걸었다.

　　　　＊　　　　＊　　　　＊

　세 시간이 걸려 창숙이 도착한 곳은 고산지대가 시작되는 마을 중 하나였다.

　마을 앞산에서 얼마 전 폭우로 인해 산사태가 일어나며 동굴이 나타났는데, 그 안에서 기이한 유적이 발견되었던 것이다.

　이미 몇몇 학자들이 마을에 베이스캠프를 차리고 연구를 진행 중이었다.

　자동차가 도착하자 베이스캠프에 차려진 막사 중 제일 큰 곳에서 안경을 쓴 사람이 나와 창숙을 맞았다.

　"하하하, 윤 박사! 어서 오십시오."

　치앙마이 대학의 고고학 교수인 쿤은 차에서 내리는 창숙을 반갑게 맞이했다.

　쿤 교수는 태국에 온 후 창숙이 발표한 논문을 감수해 준 사람이다. 그 외에도 여러 유적 탐사에서 인연을 맺어온 사람이었다.

　"반갑네요, 교수님. 그런데 이번에 발견된 것이 제가 발표한 논문에서 나온 것과 비슷하다고 그러셨나요?"

　"그렇습니다. 윤 박사께서 확인을 해주셔야 할 것 같습니다. 유적을 보시면 내가 왜 이렇게 급하게 윤 박사를 오시라고 했는지 알게 될 겁니다."

　"무척 궁금해지네요. 일단 발견된 유물부터 보도록 하지요."

흥분한 것이 역력한 쿤 교수를 보며 창숙도 부쩍 궁금한 생각이 들었다.

"들어갑시다."

쿤교수를 따라 막사 안으로 들어간 창숙은 탁자 위에 놓인 유물들을 보며 어째서 자신을 부른 것인지 알 수 있었다.

"세상에나, 연구를 하기는 했지만 신화라고 생각했는데……."

탁자 위에 놓여 있는 유물들은 오래전 신화시대를 증명하는 것들이었다.

대한(大韓), 화하(華夏)와 함께 신화 속에 존재했다는 삼묘족(三猫族)의 유물이었던 것이다.

탁자 위에 놓인 유물은 신전이나 궁전의 지붕을 덮는 기와의 일종으로 보였다.

창숙이 눈앞에 보이는 유물이 삼묘족의 것이라고 판단한 근거는 기와의 문양 때문이었다.

괴수처럼 보이는 세 마리 고양이가 원을 둘러 서로가 꼬리를 따르는 모습의 그림은 삼묘족만의 독특한 표시였던 것이다.

'대한과 화하의 다툼이 심해지자 하(河)을 떠난 삼묘는 남으로 향했다고 했는데, 역시나 이곳이었구나.'

황하를 두고 다투던 고대 신화시대의 종족인 대한과 화하에 비견될 만한 세력을 가진 종족이 바로 삼묘족이었다.

어째서 황하를 떠나 남으로 내려왔는지는 모르지만 남겨진 유물이 극히 희귀해 정체에 대해 알려진 것이 거의 없는, 무척이나 신비한 신화 속의 종족이었다.

창숙은 기와 문양들을 자세히 살폈다.

자신이 연구해 온 대로 지금 보고 있는 것이 삼묘족의 유물이 맞는지 다시 한 번 확인하기 위해서다.

몇 번을 살펴본 후 창숙은 삼묘족이 남긴 것이 틀림없다고 확신했다.

"이것들이 나온 곳을 보고 싶군요, 교수님."

"그렇게 말할 줄 알았습니다. 같이 가도록 합시다."

일행은 막사를 나와 유물이 발견된 동굴로 향했다. 두영을 안아 든 메우도 사람들의 뒤를 따라 동굴로 향했다.

창숙은 무척이나 신기한 듯 동굴 안을 두리번거렸다.

동굴은 무척이나 특이했다. 우선 땅에 묻혀 있던 곳이라고는 생각할 수 없을 정도로 동굴 안쪽은 건조했다.

발견된 지 사흘이 채 지나지 않았는데 이토록 건조하다면 땅 속에 있었을 때도 공기가 흘러들어 왔다는 뜻이다.

'환기가 되었다는 뜻인데… 저건가?

백열등이 설치된 동굴 벽면을 따라 주먹만 한 구멍이 뚫려 있었고 그곳에서 미세하게 바람이 일고 있었다. 예상대로 환기구가 있었던 것이다.

'배열이 독특하다. 마친 동굴 사원같이 생겼구나.'

토굴을 파거나 기존의 동굴을 확장해 사원을 만드는 것은 고대에는 흔한 일이었다.

곳곳에 인공적인 손길이 느껴지는 것을 보면 이곳도 그런 사원의 일종인 것 같았다.

"정말 특이한 곳이군요."

"삼묘족의 유물이 발견된 것도 놀랍지만 공학적으로 거의 완벽한 상태라고 하더군요. 대부분 석회암질이라 물에 녹아 석순 같은 것이 생길 법한데 이토록 완벽하게 보존되어 있어 다들 놀라는 눈치였습니다."

"그렇겠군요. 그런데 아주 깊군요. 꽤 들어온 듯한데 말입니다."

창숙은 삼묘족의 유적을 빨리 보고 싶어 쿤 교수에게 물었다. 상당히 오랜 시간을 걸어왔음에도 아직까지 유적이 나타나지 않았던 것이다.

"이제 거의 다 왔으니 조금 있으면 나올 겁니다."

쿤 교수의 말에 걸음을 빨리한 창숙은 얼마 지나지 않아 기묘한 구조물을 볼 수 있었다.

마치 문처럼 생긴 석조물이 동굴 내부에 있었던 것이다.

"저것인가요?"

"맞습니다. 저 안으로 들어가면 삼묘족이 남긴 것으로 보이는 유물이 널려 있으니 확인을 부탁드리겠습니다."

쿤 교수도 조금 흥분했는지 빠른 걸음으로 창숙을 안내했다.

문으로 보이는 곳을 지나쳐 안쪽으로 들어서자 창숙은 섬세한 구조물들을 볼 수 있었다.

"아!!"

창숙의 입에서 감탄성이 흘러나왔다. 지난 시간 동안 이런 형태의 유적을 한 번도 본 적이 없었던 까닭이다.

동굴 중앙을 가로질러 도열하듯 각종 석상이 즐비하게 서 있었다. 신화에 나올 법한 기이한 괴수와 생물들이 벽면을 따라 부조(浮彫)로 잔뜩 새겨져 있었다.

'어째서 안쪽에도 비슷한 문을 만들어놓은 거지? 들어갈 수도 없는, 그저 장식인 문이나 어쩌면 거울 같은데.'

창숙은 석상들을 살피다가 맨 안쪽에 앞서 들어온 문과 비슷한 것을 볼 수 있었다.

창숙이 발견한 것은 사람이 드나들 수 있는 문 같은 것이 아니었다.

크기는 지나온 문의 반 정도로 사람의 키만 했다.

문의 중앙 부분은 백열등에서 비치는 불빛을 받아 반짝이고 있었다. 연마한 오석처럼 검은색으로 반짝이며 비친 것을 반사하는 것이 마치 거울 같아 보였다.

"저건?"

눈빛을 빛내며 살펴보던 창숙이 눈에 그동안 자신이 연구해온 것들이 보였다. 삼묘족이 즐겨 사용했던 문양들이 세 군데에 아로새겨져 있었던 것이다.

창숙은 석상을 빠르게 지나쳐 문양이 새겨져 있는 곳으로 향했다.

“역시, 삼묘족의 문양이구나.”

괴수처럼 보이는 고양이 세 마리가 서로의 꼬리를 물고 있었다. 삼묘족이 즐겨 사용했던 것이 틀림없었다.

거울 앞에 당도한 창숙은 삼묘족이 남긴 것임을 확인하고는 준비한 장갑을 끼고 세심하게 문양을 살폈다.

“이런 재질도 있었나?’

기둥과 들보 부분에 새겨진 문양은 그동안 발견되었던 것과는 사뭇 달랐다.

지금까지 발견된 것들은 파내거나 돋을새김으로 만들어진 것이 대부분이었다.

그런데 이번 것은 중앙 부분의 거울과 같은 오석의 재질이 상감기법 같은 것으로 새겨져 있었던 것이다.

재질도 무척이나 특이했다. 동굴을 이루는 암석과는 전혀 다른 재질이었다.

특히나 약간 말랑거리는 느낌과 함께 미약한 온기를 흘리는 것이 석재로는 보이지 않았다.

“이건!”

기둥 부분의 문양을 살펴보던 창숙은 손가락 끝에 뭔가 느껴졌다. 고양이 문양 아래쪽에 무엇인가 아주 미세하게 돋을새김된 것이 느껴졌던 것이다.

장갑을 끼고 있어 정확하게 확인할 수 없었던 창숙은 장갑을 벗은 후 맨손으로 조심스럽게 살폈다.

“아!!”

마치 문자로 보이는 문양들이 느껴졌다.

창숙의 예민한 감각이 아니면 느끼기 힘든 아주 작은 문양들이었다.

'이건 대단한 발견이 될 것이다. 삼묘족의 문자라니!!'

고대 신화시대를 이끌었던 세 종족 중 유일하게 문자가 발견되지 않은 삼묘족의 문자였다.

새로운 발견에 창숙은 벅차오르는 격정을 감출 수 없었다.

"뭔가 있습니까?"

옆에서 창숙의 모습을 살피던 쿤 교수는 무척이나 궁금한 듯 눈빛을 빛내며 물었다.

"쿤 교수님, 아무래도 교수님이 평생 연구해야 될 과제를 제가 찾은 것 같군요."

"무슨 말씀인지……."

"우리가 삼묘족이 남긴 문자를 최초로 찾아낸 사람들이 될 것 같습니다."

"삼묘족의 문자가 발견되었다는 말입니까?"

"그렇습니다. 한번 살펴보세요. 눈으로는 보이지 않지만 손으로 만져 보면 미세하게 느껴지니 말입니다."

창숙의 말에 쿤 교수가 손가락으로 만지며 확인했다.

"아!! 사실이군요. 이, 이런 행운이 나에게 찾아오다니!!"

쿤 교수도 흥분을 감추지 않았다.

학자로서의 명성을 세계에 알릴 수 있는 기회가 자신에게 찾아왔기 때문이다.

"준비해야 될 것이 많을 것 같습니다. 해석은 아직 어렵겠지만 전체적인 글자 체계는 확인해야 되니까 말입니다."

"필요한 장비들을 대학에 요청하겠습니다."

적외선이나 X선 장비 등 첨단 장비가 무척이나 많이 필요했다. 이곳까지 장비들을 동원하려면 많을 돈이 필요할 테지만 걱정하지 않았다.

대학 측에서도 삼묘족의 문자가 발견되었다는 것을 알면 전폭적으로 지원을 해줄 것이기에 쿤 교수는 자신있게 대답했다.

"쿤 교수님, 그것도 그렇지만 우선 몇 가지 샘플을 보내 연대 측정부터 해야 할 겁니다. 삼묘족의 실체를 알게 될 단서를 찾아낸 것도 중요하지만, 우리가 세운 가설을 증명하려면 무엇보다 연대가 맞는지부터 알아야 하니까요."

거울 같은 것에 새겨진 문양이 상감기법으로 새겨진 것이 마음에 걸렸다.

상감기법은 대략 2천 년 전부터 나타난 양식이었다. 삼묘족이 존재했던 시기는 대략 BC 6천년에서 8천년 사이로 그토록 오래전에 이런 기법을 사용했다는 것과 동굴의 상태가 무척이나 완벽하다는 것이 마음에 걸렸던 탓에 창숙은 유적의 연대부터 측정하는 것이 먼저라고 생각했던 것이다.

"알겠습니다, 윤 박사님. 그것이 제일 중요하겠군요."

쿤 교수도 창숙의 생각을 짐작했는지 동의를 표시했다.

유적을 확인한 두 사람은 동굴을 나왔다.

동굴을 나온 후, 쿤 교수는 우선 출입을 제한하도록 조치를 취했다. 유적의 보존도 중요했지만 문화재를 노리는 자들의 침입을 막으려는 목적이었다.

삼묘족의 유적임이 밝혀진 이상 베이스캠프에 계속 머물면서 유적을 확인해야 했기에 창숙은 막사에 돌아와 건수에게 전화를 걸었다.

"확인은 했어?"

"했어요. 틀림없이 삼묘족의 유적이었어요. 그리고……."

창숙은 건수에게 동굴 안에서 보았던 것들에 대해서 자세하게 설명해 주었다.

"축하해. 그토록 증명하고 싶어 했는데 말이야. 음, 그럼 그곳에 계속 머물러야겠네?"

"그래야 할 것 같은데, 두영이는 어떻게 하지요?"

"어쩔 수 없지, 뭐. 내일 아침에 내가 데리러 갈게."

"시간이 되겠어요?"

두영이를 데리러 온다는 건수의 말에 창숙이 놀라 물었다.

병원 설립 때문에 몸이 세 개라도 모자랄 지경이라는 것을 알기 때문이다.

"급한 일은 이제 다 끝났어. 사실 오늘 중으로 일을 마무리하고 사흘 후 당신하고 휴가나 떠나려고 했었어. 아쉽네. 당신을 깜짝 놀라게 해주려고 했는데 말이야. 당분간 한가하니까 두영이는 내가 돌볼게."

그동안 제대로 쉬지도 못했는데 자신을 위해 이벤트를 준비하고 있었고, 자신의 일로 이벤트가 무산되자 아들을 돌봐주겠다는 건수의 말에 창숙은 무척이나 고마웠다.

"고마워요."

"뭘, 당신이 그렇게 바라던 일인데. 그동안 당신을 도와주지 못해서 미안했는데 잘된 일이지. 그리고 그동안 우리 아들하고도 놀아주지 못했는데 이번 기회에 둘이서 실컷 놀아야 할까 봐. 하하하, 그럼, 내일 데리러 갈 테니까 그때 봐."

"알았어요."

딸칵!

남편의 말에 기분이 좋아진 창숙은 전화를 끊은 후 메우를 찾았다.

"메우야!!"

막사에 들어왔을 때 보았던 메우가 보이지 않았다. 보안과 안전 문제에 대해 의논하려 했는데 아들과 함께 막사에서 나가고 없었던 것이다.

소리쳐 두영을 데리고 있을 메우를 찾았지만 대답이 없는 것을 보면 근처에는 없는 것 같았다.

"어디 갔지? 두영이 데리고 어디 놀러 나갔나? 이 녀석, 가만히 이곳에 있으라니까."

창숙은 메우와 두영을 찾으러 막사를 나섰다.

휘장처럼 쳐진 막사의 문을 들추고 밖으로 나선 후 주변을 둘러봤지만 두영을 돌보고 있을 메우의 모습은 보이지 않았다.

"도대체 어디를 간 거야? 어!"

아무 곳이나 돌아다니는 메우에게 화가 난 창숙은 주변을 살펴보다가 두영을 안고 동굴을 향해 걸어가고 있는 메우를 볼 수 있었다.

"메우야!!"

큰 소리로 불렀지만 메우는 못 들은 듯 동굴을 향해 갈 뿐이었다.

"저 녀석이!"

유적지는 훼손하지 않도록 적절한 안전 관리 대책을 수립해야 한다는 것을 누구보다 잘 알고 있는 메우다.

유적지 탐사도 몇 차례 동반하기도 했고, 중요한 연구의 경우 안전 관리 일을 담당하기도 했던 메우였기에 창숙은 무척이나 화가 났다.

천방지축인 두영이의 손을 잡고 유적지가 있는 동굴로 발걸음을 옮기고 있었던 것이다.

창숙은 동굴을 향해 달려갔다.

또래의 아이들보다 호기심이 왕성한 아들이 삼묘족이 남긴 유적지를 망치는 것을 막아야 했던 것이다.

"형아! 이곳이 엄마가 연구해야 하는 유적이 있는 곳이야?"

네 살짜리 아이의 말치고는 무척이나 되바라졌다는 생각을 하며 메우는 고개를 저었다.

'이 녀석을 말릴 수가 없으니, 에휴!'

두영이 뭔가를 하려고 하면 누구도 말릴 수 없다는 것을 그동안 누차 겪어왔던 메우는 한숨밖에 쉴 수 없었다.

유적지로 가는 것을 막는다면 그렁그렁한 눈으로 눈물을 쏟을 것이 분명했던 것이다.

막내로 자란 메우는 두영을 친동생처럼 여기고 있었다. 자신을 형처럼 따르는 두영의 눈에 눈물이 쏟아지는 것을 도저히 두고 볼 수 없는 메우였다.

'그래도 박사님이 하시는 일에 누구보다 관심을 가진 녀석이니까.'

이제 고작 네 살인 녀석이 생각하는 것은 어른을 뺨쳤다.

논리정연하게 이야기하는 것은 기본이고, 추론에 결과까지 예측하는 능력은 가히 천재라고 말할 수 있을 정도였다.

두 살 때 문장으로 말을 익히고 글까지 깨우친 두영이다. 한국어는 물론이고 태어와 라오스어까지 모두 말이다.

뛰어난 부모님의 유전자를 이어받아 그렇다고 할 수도 있겠지만 도를 뛰어넘는 재능이었다.

창숙은 아직 자세히 모르고 있었지만 메우는 두영의 비밀을 하나 알고 있었다.

두영이 창숙이 연구하고 있는 삼묘족에 대해 웬만한 전문가 이상으로 잘 알고 있다는 것이었다.

창숙에게는 삼묘족에 대해 두영이 관심이 있다는 것으로 얼버무렸지만 메우가 알기로 두영의 지식은 상당한 수준이었다. 나중에 엄마를 깜짝 놀라게 해준다는 두영의 말이 아니었다면 벌써 이야기하고도 남았을 정도로 대단한 수준이었다.

메우가 두영의 재능을 알게 된 것은 일 년 전의 일이었다.

창숙이 미처 연구하던 것을 치우지 못하고 연구실을 떠난 일이 있었다. 병원 건물 상량식에 참석하기 위해서였다.

두영을 돌보기 위해 연구실에 남은 메우는 두영의 특이한 행동을 볼 수 있었다. 창숙을 배웅하고 왔을 때 삼묘족의 유적에 대해 연구해 놓은 노트를 두영이 골똘히 보고 있었던 것이다.

그 후로 두영은 틈만 나면 창숙의 연구 노트와 삼묘족의 유물을 살폈다. 메우는 그런 두영을 기특하게 생각해 그동안 창숙이 연구하던 것들을 차례로 보여주었다.

아직 어린아이라 메우의 도움을 받았지만 천재라 그런지 삼묘족에 대해 해박한 지식을 가지게 된 두영이었다.

오늘도 이곳이 삼묘족의 유적이 발견된 곳이라는 것을 알고는 창숙이 동굴로 가 있는 동안 두영이 자신을 졸랐다. 새로 발견된 유적을 보고 싶다는 것이었다.

두영이를 돌보는 동안에 매번 겪는 일이지만 한번 관심을 가진 일에는 결코 중도에 포기하지 않는 두영이다.

거기다가 엄마의 뒤를 따라 삼묘족을 연구하려면 어렸을 때부터 봐둬야 한다니 이게 어디 네 살짜리가 할 말인가 말이다.

어쩌면 자신보다 삼묘족에 대해 더 많이 알고 있을 두영이다.

말까지 그렇게 하니 두영이 유적지로 가는 것을 막을 방법이 없었다.

어차피 유적에 대한 안전과 보안 문제는 자신이 맡아야 할 일이었다. 구조를 살펴보는 김에 두영의 애원도 들어주겠다는 생각으로 유적이 있는 동굴로 향하고 있었던 것이다.

타타닥!

두영과 메우가 동굴로 들어서고 얼마 지나지 않아 나는 듯이 달려온 창숙이 동굴로 들어섰다.

달려와 두 사람을 따라잡은 창숙이 메우를 불렀다.

"메우야!!"

"바, 박사님."

"너!!"

"저어! 그, 그러니까……."

조금은 시간이 있을 것이라 생각하고 두영에게 유적을 보여주려 했던 메우가 말끝을 흐렸다.

창숙에게 직통으로 걸린 이상 아무 말도 할 수 없었던 것이다.

안절부절못하는 메우를 바라보던 두영이 창숙을 불렀다.

"엄마!"

"두영! 네가 메우 형을 조른 거니?"

메우가 두영의 부탁을 잘 거절하지 못한다는 것을 잘 아는 창숙이 물었다.

창숙의 말에 두영이 머리를 끄덕였다.

"이곳은 중요한 유적지야, 두영아. 네가 놀 수 있는 곳이 아니란다."

"그렇지만 재미있을 것 같은걸. 아무것도 만지지 않을 테니 그냥 한번 보면 안 되는 거야?"

눈을 동그랗게 뜨고 자신을 바라보고 있는 두영을 보고 창숙은 고개를 저었다.

아기 고양이 눈동자 같은 초롱초롱한 눈빛을 거절한다는 것이 창숙으로서도 쉽지 않았던 것이다.

"나, 엄마 따라서 삼묘족에 대해서 공부하고 싶어. 그러니 한 번만 보면 안 될까?"

"엄마가 연구하는 것이 그렇게 좋니?"

"응, 무척이나 재미있을 것 같아. 고대에 중원 대륙을 호령하던 종족이 갑자기 사라졌잖아! 자라서 어른이 되면 꼭 연구하고 싶어."

"아!"

창숙에게 있어 두영은 무척이나 특별한 아이였다.

사고로 잃은 뻔한 일로 인해서도 그렇지만 또래의 아이들과는 비교할 수도 없는 천재라는 것을 잘 알고 있는 창숙이었다.

자신의 연구에 두영이 관심을 가진다는 것을 메우를 통해 들었지만 이토록 특별할 줄은 생각도 하지 못했다.

그리고 삼묘족에 대해 알고 있는 수준도 상당해 보였다.

"휴우, 알았다. 이왕 여기까지 왔으니 잠깐만 보고 나가도록 하자. 그 대신 절대로 손을 대면 안 된다."

꼭 약속을 지켜야 한다는 듯 창숙이 새끼손가락을 내밀었다.

"하하, 알았어. 엄마! 자, 약속!"

마지못해 승낙하는 창숙을 보며 두영이 해맑게 웃으며 손가락을 내밀었다.

"호호호, 녀석!"

창숙은 손가락을 걸어 약속을 맺고는 두영의 두 볼을 잡고 흔들었다.

두영이 이렇게 웃을 때면 천사가 따로 없었던 것이다.

세 사람은 천천히 동굴 안으로 들어갔다.

조금 전에 보았던 곳이지만 창숙은 아직도 가슴이 떨렸다.

동굴 안으로 들어갈수록 창숙은 신이 났다.

두영이 기특하게도 자신의 연구에 관심을 가지고 있다는 사실 때문이었다.

'두영이가 내 뒤를 이어준다면 더할 나위 없이 고맙지. 그런데 건수 씨가 슬퍼하지 않을까 모르겠다.'

지금은 의사지만 자신의 남편인 건수가 진정 공부하고 싶었던 쪽은 유전공학이었다.

이곳에서 의료 봉사를 끝낸 후 미국 쪽으로 가서 유전공학을 더 공부하는 것이 건수의 계획이었다.

아들이 유전공학 쪽에 관심을 가지지 않고 자신의 일에 더 관심이 많다는 것을 알면 남편이 삐칠지도 모른다고 창숙은 생각했다.

'호호호, 그래도 할 수 없지. 선택은 자신이 하는 것이니까.'

자신의 품에 안긴 두영이 꼼지락거리자 창숙은 살포시 힘을 주며 안았다.

호기심에 찬 또랑또랑한 눈으로 사방을 두리번거리는 두영이 너무나 예뻤던 것이다.

'엄마가 최고의 학자로 키워주마, 두영아. 어차피 삼묘족에 관한 연구는 이삼십 년은 해야 하는 일이니까. 카! 모자가 같이 연구한다니, 건수 씨가 무척 부러워하겠는걸. 호호!'

아들과 함께 유적지를 돌아다니면서 같이 연구를 할지도 모른다는 생각에 창숙은 꿈에 부풀었다.

아들과 함께라면 삼묘족의 연구가 아무리 고될지라도 즐거운 일이 될 것이기 때문이었다.

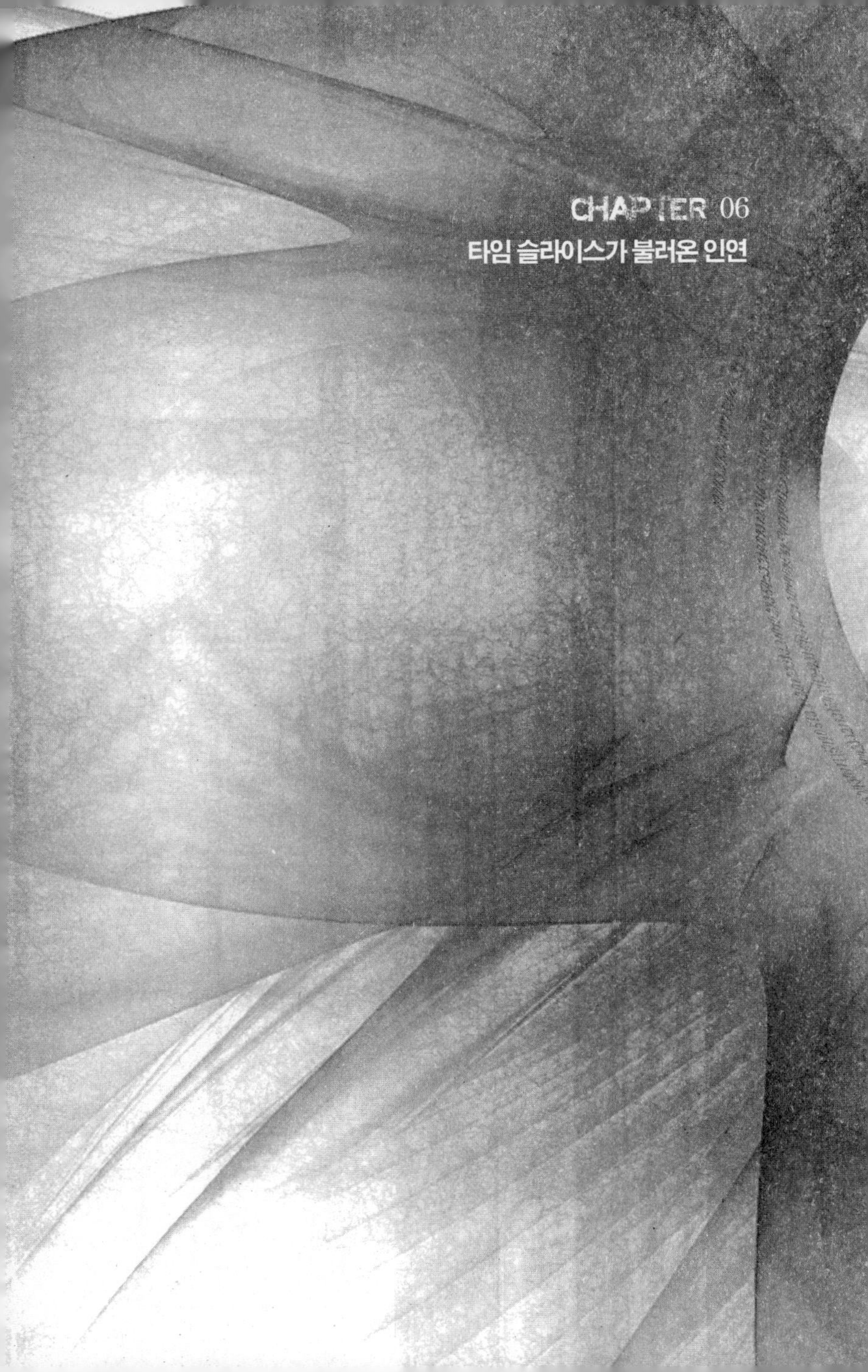
CHAPTER 06
타임 슬라이스가 불러온 인연

TIME
SLICE 타임 슬라이스

엄마는 참 예쁘다.

이렇게 품에 안겨 있으면 좋은 냄새까지 난다. 이렇게 행복한 순간이라니…….

크크크, 꽤나 괜찮아 보이는 부모님을 만나 다시 태어난 것이 이렇게 좋을 수가 없다.

정말이지, 행운이 아닐 수 없다.

그런 빌어먹을 세상에 다시 태어나지 않았으니 말이다.

정말이지, 그때만 생각하면 아찔하지 않을 수 없다.

영혼까지 완전히 소멸될 수도 있는 타임 슬라이스에 빠져들고도 살아났으니 말이다.

칼 녀석의 부탁을 받고 그랜드홀을 얻은 후에 일어난 변화는 나도 잘 파악할 수 없는 것이었다.

어째서 그런 변화가 일어난 것인지 알다가다 모를 일이었다.

파워슈트와 RX—1000, 그리고 할아버지로부터 이어온 데이터베이스의 융합은 절대로 실패할 수 없는 일이었기에 지금까지도 의문이다.

융합 과정에서 정신을 잃은 후 다시 정신을 차린 것은 고통으로 인해서다. 온몸에 가해지던 엄청난 압력으로 인한 고통으로 어쩔 수 없이 깨어났던 것이다.

초신성의 폭발력에 버금갈 만한 압력이 전신을 압박했고, 융합된 육체가 붕괴 직전에 이른 상태에서 정신을 차렸다.

정신을 차리니 다급한 경고들이 뇌리와 망막에 가득했다.

그렇지만 붕괴되어 가는 육체의 고통으로 인해 정신을 차릴 수 없었다. 라본에서 능력의 대부분을 잃지 않았다면 문제가 없었을 테지만 나에게는 힘이 없었다.

다행히 융합된 육체가 얼마간 견뎌주지 않았다면 난 영원한 소멸을 맞았을지도 모른다.

고통의 와중에서도 살아날 방법을 모색했다. RX—1000이 가진 기능과 내가 가지고 있는 데이터베이스를 이용해 살아날 방법을 찾았다.

내가 찾아낸 방법은 극단의 선택을 강요했다. 내가 있는 공간이 바로 타임 슬라이스였기 때문이다.

갈라진 시간의 조각 안에 갇혀 있는 탓에 아무리 융합된 육

체를 가지고 있어도 견딜 수 있는 시간에는 한계가 있었던 것
이다.

　공간을 초월한 영역도 시간의 굴레를 벗어날 수 없는 것이
우주를 지배하는 절대의 인과율이다.
　그렇지만 오직 하나!
　이 절대의 인과율을 벗어난 존재가 있는데 그것이 바로 타
임 슬라이스다.
　도도히 이어지는 시간의 고리 안에 파편처럼 떠도는 조각인
타임 슬라이스는 인과율을 벗어난 편린들이다.
　타임 슬라이스는 내가 이상한 상황에 빠지기 직전까지만 하
더라도 실체를 정확히 파악하지 못하고 있었던 미지의 세계였
다.
　단 한 번 관측되었을 뿐, 연구 결과가 신통치 않아 그저 이
론적인 의견만 분분한 상태였다.
　내가 빠진 공간이 타임 슬라이스라는 것을 안 것은 데이터
베이스에 축적된 정보가 있어 가능한 일이었다.
　내게 미치고 있는 파장이 단 한 번 관측되었던 것과 완벽히
일치했던 것이다.
　그때까지 연구되어 온 바로는 타임 슬라이스는 무한한 시간
의 세계 속에서 스스로 의지를 가진 존재로 추정되고 있었다.
　단 한 번이지만 상당히 많은 시간 동안 관측이 되었고, 관측
된 파장이 의미를 가지고 있는 것으로 파악되었기 때문이다.

타임 슬라이스에 관한 연구는 전부 데이터베이스에 보관되어 있었기에 가지고 있는 것 전부를 뇌에 투사하도록 했다.

인식 체계가 완전히 바뀐 상태였기에 엄청난 정보량에도 불구하고 나는 타임 슬라이스에 대한 정보를 모두 인식할 수 있었다.

하지만 이런 압력하에서 한꺼번에 방대한 정보를 뇌로 투사하는 것은 죽음으로 가는 지름길이다. 자칫 실수했다가는 뇌가 녹아 곤죽이 되어 버릴 수도 있기 때문이다.

극도로 위험한 일이었지만 살기 위해 모든 것을 이용해야 했던 탓에 위험을 감수할 수밖에 없었다.

그렇게 내가 건 도박은 성공을 했고, 타임 슬라이스가 보여 준 각종 관측 기록에 대한 연구 자료를 통해 나는 타임 슬라이스가 뭔지 확실히 알 수 있었다.

절대의 인과율도 깨질 수 있는 것이고 타임 슬라이스는 깨진 시간이 실체화된 것이라는 확신이었다.

시간의 인과율이 깨어질 경우 깨어진 부분에서 빠져나온 시간의 조각이 바로 타임 슬라이스다.

그렇게 깨어져 나간 시간의 조각은 원래의 시간 줄기를 따라 떠돌고 있었다.

관측된 자료와 내가 겪고 있는 현상으로 볼 때 타임 슬라이스는 초월의 영역 안에서 정해진 인과율에 따라 흐르고 있는 시간의 줄기 곁을 한없이 떠도는 것이 분명했던 것이다.

　시간 학자들이 연구한 자료에는 원 줄기에서 떨어져 나간 시간의 조각인 타임 슬라이스는 절대 소멸하지 않는다고 했다.

　그리고 깨어진 시간의 조각이 새로운 차원을 여는 시발점이 될 수도 있다고 했다. 수많은 차원이 겹쳐져 있는 우주에서 새로운 세계를 형성하는 시발점이 된다는 가설이었다.

　하지만 다른 설명도 있었다. 무한히 떠돌던 타임 슬라이스가 어느 순간, 자신이 갈라져 나온 시간의 줄기를 찾아 다시 합쳐질 것이라는 설명이다.

　가설이기는 하지만 두 번째 의견은 학계에서 상당히 긍정적으로 받아들여지고 있는 중이었다.

　깨어진 시간의 조각이 자신의 근본을 찾아가면 어긋났던 인과의 법칙을 맞추게 되어 우리가 살고 있는 우주가 소멸하지 않고 순조롭게 돌아간다고 설명하고 있기 때문이었다.

　차원의 시발점이 되던, 원래의 시간 줄기로 찾아가던 문제는 그것이 아니었다. 지금까지 연구된 결과로는 하나같이 타임 슬라이스 안에서 인간의 생존은 절대 불가능하다는 결론이다. 원 줄기의 시간과의 사이를 가르는 곳에 상상을 불허하는 에너지장이 존재하기에 인간은 생존할 수 없다는 것이다.

　타임 슬라이스 안에 들어와 살펴본 바로는 인간이 생존한다는 것은 불가능한 일이 맞았다. 시간의 단절을 가져오는 엄청난 에너지장이 그렇게 만들어 버리는 것이다.

결론적으로 나는 생존 가망성이 거의 없다는 것을 알았기에 절망하지 않을 수 없었다. 아무리 방법을 찾아봐도 도저히 살아날 수 없다는 결론을 내릴 수밖에 없었다.

서서히 흩어져 가는 육체의 붕괴를 바라보면서 절망은 극에 달했다.

그러던 순간, 무엇인가가 나를 지켜주었다. 육체는 전부 소멸해 버렸지만 내부로부터 흘러나온 검은 기운이 내 정신을 흩어지지 않게 지켜주었다.

육체를 가지지 않은 정신체를 만들어낸다는 것은 지구연방이 가진 뛰어난 과학으로도 불가능한 일이었다.

지금 생각해 보면 칼이란 녀석이 가져오게 시켰던 그랜드홀이 그런 작용을 일으킨 것이 분명했다.

정신체로 살아남은 나는 타임 슬라이스 안에 갇힌 채 많은 시간을 시간의 원줄기 곁에서 떠돌았다. 수십 년, 아니, 수천 년, 얼마의 시간을 떠돌았는지 몰랐다. 무척이나 긴 시간을 떠돌았다는 것만 기억할 뿐이다.

그러던 어느 순간 막대한 에너지 변화가 일어났다.

타임 슬라이스를 시간의 원 줄기와 분리하던 에너지장이 사라지고, 어디론가 다른 시간대로 서서히 끼어들기 시작한 것이다.

시간의 원줄기와 합쳐지고 난 후, 난 내가 지구의 상공 위의 우주 공간에 머물고 있다는 것을 알 수 있었다.

그것도 푸른 지구 위의 상공에서 말이다.

내가 살던 시기의 지구는 백색 사막이 거의 대부분을 차지했다. 2천 년 전에 우주에서 푸른 지구를 볼 수 있었다는 역사서대로라면 아무리 적게 잡아도 난 거의 2천 년이 넘는 시간을 거슬러 왔던 것이다.

타임 슬라이스에 대한 수많은 연구 결과와 가설 중 일부 시간학자들이 주창했던 원래의 시간 중 깨어져 나간 자리를 다시 찾는 가설이 맞았던 것이다.

정신체만 남은 나는 지구로 내려가기로 했다.

앞으로 어찌 될지 모르지만 푸른 지구를 한번 직접 보고 싶었다.

아래로 내려가며 어찌 된 일인지 정신체에 실체가 생기기 시작했다. 대기와 충돌하는 마찰력으로 인해 내 주변에 열과 연기가 났다.

그다지 견디기 어려운 것은 아니었지만 대기가 타올라 정신체를 감싸는 바람에 지구의 모습을 볼 수는 없었다.

그렇게 지구로 내려오다가 뭔가에 부딪쳤다. 지금은 내 부모님이 되신 두 분의 이야기를 들어보면 어머니가 타고 오시던 여객기에 부딪친 것이 틀림없다.

부딪친 순간, 충격과 함께 뭔가에 갇힌 느낌이 들었고, 은은한 빛이 비치는 공간에서 몇 달을 지내다가 다시 빛을 보았다. 내가 어머니의 몸을 빌려 세상에 태어난 것이다.

어떤 경로로 그렇게 된 것인지는 모르지만, 마치 영혼처럼 어머니의 몸에 있던 태아의 몸으로 스며들었다. 그리고 뱃속에 있는 동안 태아와 완벽한 한 몸이 된 채 두영이라는 이름을 가진 아이로 태어났다.

두영이란 이름은 내 강력한 의지를 통해 부모님의 무의식을 건드려 관철시킨 이름이다.

마침 성도 전에 내가 가지고 있는 성과 같았기에 원래의 이름을 가지고 싶었다. 전생인지 미래의 생인지 모르지만 주체를 잃고 싶지 않았던 것이다.

몸은 네 살, 정신 연령은 스물네 살!

이것이 지금의 내 현재 위치다. 칼이란 녀석이 꾸민 음모에 희생되어 이렇게 변해 버린 것이다.

그렇다고 해서 불만은 없다.

세상에 태어나 한 번도 본 적이 없는 어머니가 내 곁에 있었고, 미래의 아버지와는 달리 나를 끔찍하게 아껴주는 아버지가 있으니 말이다.

지금 지구의 역사는 내가 역사서에서 읽었던 것과는 조금은 다르다.

하지만 그동안 내가 갇혀 있던 타임 슬라이스에서 연구한 바에 따르면 내가 타고 있던 타임 슬라이스는 원래의 시간 자리로 완벽하게 찾아온 것이 분명했다.

그렇지 않았다면 차원 붕괴로까지 이어졌을 테니 말이다.

후후, 이 세상에 태어나 그동안 겪어왔던 일들에 대해 할 말이 많지만 이만 줄여야겠다.

앞으로 시간이 많으니 나중에 하기로 하고 지금은 이곳에 삼묘족이 남겨 놓은 유적들에 대해 집중해야 하기 때문이다.

세 마리 고양이를 증표로 삼는 고대 종족이 가진 문명은 지금 나에게는 무척이나 중요했다.

불완전한 상태인 내 몸을 완벽하게 만들어줄 단서가 삼묘족의 유적에 남아 있을지도 모르니 말이다.

보통의 인간을 기준으로 볼 때 내 몸은 무척이나 튼튼하고 발육 상태도 좋은 편이다. 내 몸이 불완전하다고 하는 것은 이곳으로 오기 전에 융합된 신체에 비해서라는 말이다.

이곳으로 오기 전까지 융합된 신체를 가지는 것이 1차 목표였다. 그것을 위해 피나는 노력을 해왔기에 지금에 와서 포기할 수는 없었다.

완전한 몸을 가지기 위해서는 우선 천재가 되어야 했다. 지금 시대의 기술 수준을 빨리 알아야 융합 신체를 완성할 계획을 세울 수 있었기 때문이다.

RX—1000의 남아 있는 기능을 이용해 말을 배우고 글을 익히는 것은 금방 끝냈다.

두 살 때 4개 국어를 마스터하여 부모님은 당연히 내가 천재라고 생각하게 만들었다.

그 당시 마음이 급했기에 누구의 눈치도 보지 않고 책을 봐야 했기 때문이다.

아버지가 부전공으로 유전공학을 공부하셨기에 당시 아버

지의 서재에는 관련 서적이 많았다. 유전공학을 이용해 불완전한 몸을 복구하려고 했었기에 가능한 빨리 봐야 했던 것이다.

부모님께 내가 천재라는 것을 인식시킨 후, 아버지의 서재를 자주 들락거리며 관련 서적을 탐독했다.

어려운 원서를 척척 읽어 내리는 모습을 보며 아버지가 얼마나 기뻐하시던지…….

자신의 아들이 천재라고 무척이나 좋아하시며 훗날 뒤를 이어줄 것을 기대하시는 눈치셨지만 내 속마음을 아셨다면 적지 않게 실망하셨을 것이다.

아버지의 서재에 있는 책을 통해 지금의 과학 수준을 알아본 나는 적지 않게 실망했다.

현재의 기술 수준으로는 생체 나노튜브를 만들 수 없었을 뿐만 아니라, 가장 중요한 부분을 차지하는 정신체에 관한 연구가 전무했던 것이다.

지금으로써는 유전공학을 이용해 내 몸을 복구하는 것이 불가능했다.

아직까지 내 몸을 완전하게 복구하는 것이 힘들다는 판단이 들자 계획을 바꾸었다. 어느 정도 기술 수준이 오르기까지 기다리기로 한 것이다.

계획을 바꾼 이유는 내게 남아 있는 것들을 보다 완전하게 하고 싶었기 때문이다.

융합되었던 신체와 함께 실체는 사라졌지만 어찌 된 일인지

RX—1000과 데이터베이스의 기능은 아직까지 사라지지 않고 남아 있었던 것이다.

연구되고 있는 추세로 보아 향후 10여 년 정도가 지나면 어느 정도 기반 기술이 확보될 것이고, 내가 가지고 있는 것들을 이용한다면 융합 신체를 충분히 구현할 수 있다는 생각이 들었던 것이다.

또한, 부모님의 사람을 듬뿍 받고 있었기에 좀 더 이렇게 있고 싶었기 때문이기도 했다.

그러다가 일 년 전, 어머니가 연구하는 것들을 우연히 보게 되었다. 삼묘족에 관한 연구 노트였다.

삼묘족에 관한 연구를 알게 된 후 생각을 조금 바꾸었다. 기능이 상당 부분 남아 있기는 하지만 RX—1000과 데이터베이스를 최적의 상태로 활성화시킬 수 있는 방법이 삼묘족의 유물에 남아 있었던 것이다.

메우 형의 도움을 받아 그동안 어머니가 모아놓으신 자료들과 연구 내용을 통해 틈틈이 삼묘족에 대해 연구해 왔다.

오늘 발견된 것들에 대해 이야기하는 것을 들어보면, 유적에는 내가 원하는 것이 남아 있을 가능성이 매우 컸다. 정신체를 완벽하게 활성화시킬 수 있는 방법이 말이다.

타탕!!

'어!! 이게 무슨 소리냐? 총소리 같은데!'

총격 음이 동굴 안을 울렸다. 어머니가 놀란 듯 나를 꼭 껴

안으신다.

홍야! 홍야!

어머니 가슴에 안길 때면 느낌이 좋다. 볼을 비비는 폭신폭신한 느낌에 총소리가 가져 올 잔혹한 폭력성마저 잊었다.

하지만 전신을 가늘게 떠시는 것을 보면 어머니는 불안하신 것 같았다.

"메우야, 어서 피할 곳을 찾아보자."

바깥에 심상치 않은 사태가 일어났다고 판단하신 어머니가 메우 형을 불렀다.

"누굴까요?"

"모르지, 국경지대가 가까우니까. 하지만 이곳의 유물을 노리는 놈들이 틀림없는 것 같으니 일단 피할 곳을 찾아보자. 아, 아니다. 최대한 빨리 저 안으로 들어가자. 문만 닫는다면 시간을 벌 수 있을지도 모를 거야."

동굴에 나 있는 길은 외길이었다.

다른 곳으로 나 있는 출구가 전혀 없다는 것을 안 것인지 어머니는 메우 형에게 유적지까지 가자고 했다.

문을 이야기하는 것을 보니 어느 정도 시간을 벌 수 있는 바리케이드 역할을 할 수 있을 것 같았다.

타다닥!

여고 시절 육상 선수를 하셨다고 하더니 달리는 것이 장난이 아니시다. 나를 안고 달리시는데도 바람이 휙휙 지나간다.

유적지에 다 왔는지 멀리 문이 보였다.

문 옆에 놓여 있는 돌들을 옆으로 밀면 문이 완전히 닫히게 되어 있는 구조였다. 어머니 말씀대로 바리케이드로 상당히 쓸 만해 보였다.

바깥에서 밀면 열리겠지만 저런 구조라면 아마도 안에 걸쇠 같은 장치가 되어 있을 것이 틀림없었다.

"메우야! 빨리 저쪽으로 가서 바위를 밀어서 문을 닫아! 어서!"

유적지 안으로 들어선 후 어머니가 소리를 지르자 메우 형이 어머니와는 반대편으로 가 바윗돌을 밀었다. 어머니도 나를 내려놓고 바위를 밀기 시작했다.

밑에 깔려 있는 둥근 돌들이 베어링 역할을 하는지 어머니와 메우 형이 문을 밀자 금방 닫혔다.

"거기 있는 돌들을 집어 구멍에 집어넣어."

문이 닫히고 난 후, 양쪽 끝에 주먹만 한 구멍들이 나타났다. 쐐기를 박듯 구멍에 돌들을 박아 넣어 문이 열리지 않도록 하는 장치였다.

어머니와 메우 형은 재빠르게 문 옆에 놓여 있던 막대같이 생긴 돌들을 박아 넣었다.

문을 이루고 있는 돌의 두께는 어림잡아도 1미터는 되어 보였다. 양쪽에 세 개씩 박아 넣고 보니 웬만하면 열기가 쉽지가 않을 것 같았다.

"하아, 이제 됐어. 얼마쯤은 버틸 수 있을 것 같다."

어머니는 안심이 되었는지 나를 다시 안으시고는 등을 토닥이며 숨을 골랐다.

"박사님, 이제는 어떻게 하지요?"

메우 형이 어머니에게 물었다.

두려운 표정을 보니 어쩐 일인지 웃음이 나왔다. 메우 형 눈이 꼭 놀란 토끼 같았기 때문이다.

"유물을 노리는 놈들이니 그리 오래 있지는 않을 거다. 연락이 가지 않으면 사람들이 올 테니까."

"큰일이네요."

"너무 걱정하지 마라. 쿤 교수님이 어떻게 해서든지 연락을 취했을 테니까. 그리고 연락이 가지 않더라도 사람들이 올 거다. 오늘 밤 건수 씨가 연락을 해올 텐데 나와 연락이 닿지 않으면 경찰을 부를 테니까."

"그럼 내일까지만 버티면 되겠네요."

"그럴 거다. 두영이가 문제겠지만."

어머니가 걱정스러운 표정으로 나를 본다. 사랑하는 어머니의 눈가에 주름이 지게 할 수는 없었다.

"걱정 마, 엄마! 배고픈 거, 참을 수 있어. 나, 아빠 책 읽으면서 이렇게나 밥 안 먹고도 참았었어."

난 어머니가 안심하기를 바라며 손가락 네 개를 내밀었다.

얼마 전, 밥도 먹지 않고 책을 읽은 일 때문에 어머니에게 메우 형이 혼이 났던 기억을 상기시켜 드렸던 것이다.

그 당시 어머니가 연구 논문 때문에 방콕으로 가실 일이 생졌었다. 어머니는 아버지가 집에 없는 동안 나를 메우 형에게 맡겼었다.

그런데 때마침 메우 형에게 일이 생겨 집에 가야 할 일이 생겨 버렸다.

메우 형 말고도 집안일을 거들어주는 가정부가 있었기에 나는 메우 형을 가라고 했고, 아버지가 오시기 전까지 책을 읽었다.

아버지도 그날따라 병원 설립에 문제가 생겨 밤을 새우셔야 했고, 난 아무것도 먹지 않고 다음날 저녁까지 책을 읽으며 보냈었다.

가정부가 음식을 챙겨주기는 했지만 배가 그리 고프지 않아 먹지 않았던 것이 알려져 나도 무척 혼났던 일을 상기시켜 드린 것이다.

"그래, 우리 두영이. 참을 수 있지?"

"응!!"

난 어머니가 제일 좋아하시는 표정을 지어 보였다.

이 정도야 예전에 아르바이트하던 것에 비하면 어린아이 장난에 지나지 않으니 그리 걱정이 들 일도 없었던 것이다.

유적지 안으로 들어온 지 30분이 지날 무렵 콩 볶는 듯한 소리가 가라앉았다.

"이제 끝났나 보네요. 사람들이 많이 다쳤을 텐데……."

메우 형이 걱정스러운 듯 인상을 찡그렸다.

자신보다 다른 사람의 일에 마음 아파하는 것을 보면 참 좋은 사람이다.

"이제부터는 숨도 쉬지 마. 놈들이 이곳으로 올 테니까."

유물을 노리고 쳐들어 온 자들이 들어올 것을 염려하는지 어머니의 얼굴에 긴장이 가득했다.

메우 형도 우리가 이곳에 있다는 것을 들킨다면 무서운 일이 벌어질 것을 염려한 것인지 긴장한 표정으로 바깥의 동정을 주시하기 시작했다.

무에타이의 고수면서도 이런 일에 긴장을 하다니, 후후, 참 재미있는 형이다.

이 유적지처럼 한정된 공간 안에서는 순식간에 두세 명은 녹다운시킬 수 있는 실력임에도 긴장을 하다니 말이다.

메우 형은 자신이 가지고 있는 실력에 대해 잘 인식하지 못하는 것 같다.

탄력 넘치는 근육을 바라보고 있자니 밖이 소란스러워지기 시작했다.

유물을 노리는 놈들이 입구까지 다다른 것 같다.

어머니가 손가락을 입술에 대고 조용히 하라고 하신다. 어머니의 기대에 부응하기 위해 나도 손가락을 입에 대었다.

나를 안심시키기 위해 미소를 짓고 있지만 몸을 가늘게 떨고 계신다.

역시 어머니는 위대한 존재다.

생명의 위협을 받는 상황에서도 자식을 위하시니 말이다.

앞으로 어머니에게 효도해야겠다.

*　　　*　　　*

　창숙 일행이 숨어서 숨을 죽이고 있을 무렵, 유적지 밖을 정리한 일단의 일행이 동굴로 향하고 있었다.
　진녹색의 얼룩덜룩한 군복을 입은 자들이 동굴로 들어선 후 창숙이 숨어 있는 문 앞에 섰다. 백인과 흑인이 고루 섞여 있고, 다들 날카로운 기세를 흘리는 것으로 봐서는 심상치 않은 자들이 분명했다.
　다들 용병으로 보이는 이들이었는데, 나름 치안이 잘되어 있는 태국 내에서 이런 자들이 돌아다닌다는 것은 쉽지 않은 일이었다.
　맨 앞에서 앞장선 자는 동굴임에도 진한 선글라스를 쓰고 있었다. 유적지 입구가 돌문으로 막혀 있자 그는 자신의 선글라스를 손가락으로 밀어 올리며 수하에게 물었다.
　"이곳인가?"
　"그렇습니다."
　"문이 닫혔군."
　"곧 열도록 하겠습니다."
　라온 대령의 지시를 받은 세밍은 수하들에게 지시를 내렸다. 몇몇이 달려들어 돌문을 밀치며 열려 했지만 쐐기가 박혀 있는 탓에 문은 꼼짝도 하지 않았다.

"쉽지가 않겠군. 쯧!"

대여섯 명이 달려들어도 문이 움직이지 않자 라온 대령이 혀를 찼다.

"장비를 가져오겠습니다."

라온 대령의 안색이 좋아 보이지 않자 세밍은 화급히 대답을 하고는 수하들을 불렀다.

그의 지시를 받은 수하들이 빠르게 달려나갔고, 잠시 후 여러 가지 장비들을 가지고 들어왔다.

"시간이 없다. 최대한 서두르도록."

세밍의 지시를 받은 그의 수하들이 마치 집게처럼 생긴 유압 스프레드의 나이프들을 돌문 틈에 끼우더니 재킷을 이용해 틈을 벌리려 했다.

끼기기긱!

팅!

10톤 정도의 무게를 감당할 수 있는 유압 스프레드의 나이프들이 견디지 못하고 부러져 나갔다.

고강도 강철로 만들어진 나이프가 힘없이 부러져 나가는 것을 본 세밍은 인상이 일그러졌다.

"폭파시켜!!"

라온 대령이 신경질적으로 소리를 질렀다.

시간이 얼마 없는 마당에 여기서 이렇게 시간을 허비할 수 없었지만 폭파는 안 되는 일이기에 세밍이 다급하게 입을 열었다.

“하지만 대령님, 이 정도의 돌문이라면 상당한 양의 폭약을 써야 합니다. 그렇게 했다가는 안에 있는 유적이 모두 날아갈 수도 있습니다.”

“그렇다면 어떻게 하겠다는 건가?”

“일단 잡아놓은 교수들을 이용해 문을 열도록 하는 것이 좋겠습니다. 이곳을 발견했다면 기관을 여는 방법을 알고 있을 테니까 말입니다.”

“그럼 빨리 데리고 오도록!”

“알겠습니다.”

세밍이 수하들에게 빠르게 손짓했다.

잠시 후, 세밍의 부하들이 쿤 교수를 데리고 왔다. 얼굴이 붓고 멍이 든 것이 상당히 많이 맞은 모습이었다.

“문을 열어라!”

라온 대령이 싸늘한 어조로 쿤 교수를 재촉했다.

“무슨 말이냐?”

의도를 모르는 쿤 교수가 라온 대령을 노려보며 물었다.

“이곳을 발견하고 저 문을 열었을 것이 아니냐? 당장 열라는 말이다!”

“처음 발견했을 때는 이런 모습이 아니었다. 열려 있었다. 난 어떻게 문을 여는지 모른다.”

상황 판단이 빠른 라온 대령은 누군가 유적 안으로 들어가 돌문을 잠갔다는 것을 알아차렸다.

‘호오! 그럼 누군가가 안에 들어가 있다는 말이군. 그렇다면

스스로 열게 하는 방법이 제일 좋겠군.'

유적을 훼손하는 것은 그로서도 원하지 않는 일이기에 안에 들어간 자들이 스스로 열게 하기로 마음먹었다.

"열지 않겠다는 뜻인가?"

"말했지 않느냐! 열 줄 모른다고 말이다."

"그럼 필요없는 놈이로군."

탕!

라온 대령은 싸늘한 말과 함께 허리춤에서 권총을 꺼내 쿤 교수의 이마에 발사했다.

앞머리를 뚫고 들어온 총알이 뒷머리까지 관통해 나오자 뇌수와 피가 터져 나갔다.

한순간에 일어난 일이었다.

"대령님!"

갑작스럽게 일어난 사태에 세밍이 레온 대령을 불렀다.

"어차피 얻지 못하는 이상 파괴해 버리면 그만이다. 이곳이 완전히 박살이 나도록 폭발시켜라."

"예?"

세밍은 라온 대령의 명령에 다급하게 반문했다.

세밍의 의문에 라온 대령은 손가락을 입에 가져다 대고 나서는 다시금 큰 소리로 외쳤다.

"그만! 가지고 온 컴포지션 4를 모두 사용해서 이곳을 완전히 지워 버려라. 남아 있는 것을 확인한 후에 곧바로 철수할 테니 서둘러라!"

"알겠습니다."

세밍은 라온 대령의 말에서 의도를 눈치채고는 간결하게 대답했다.

"폭약을 설치하고 이곳 전체를 무너뜨린다! 시간이 얼마 없으니까 최대한 서둘러라! 어서!!"

다른 때와는 달리 세밍은 폭약을 설치할 장소를 일일이 큰 소리로 지적하며 수하들을 재촉했다.

라온 대령의 명령을 받고 세밍이 지시를 내리자 그의 수하들이 다시금 바쁘게 움직였다.

돌문 여기저기에 폭약을 부착하기 시작했고, 조용한 가운데 움직이는 그들의 소란은 동굴 문 안쪽에 있는 사람들에게까지 전달되고 있었다.

*   *   *

유적지 안으로 피한 후 조용히 숨죽이며 기다리던 어머니는 나를 안은 채 메우 형을 안쪽 깊숙한 곳까지 이끌었다.

아마도 말소리가 밖으로 새 나가는 것을 막고자 그러시는 것 같았다.

"어, 어떻게 하지요?"

메우 형이 잔뜩 겁먹은 목소리로 어머니에게 물었다.

"이곳을 폭파시키진 못할 거야. 뭔가 얻어야 할 것이 있어서 온 놈들이니까."

강단 있는 말씀이시지만 그렇게 떠시면 안겨 있는 아들은 불안하다는 것을 어머니는 어찌 모르시는 것인지.

에고, 이거!

내가 나서야 하는 것이 아닌지 모르겠다.

"그, 그렇지만 저놈들, 쿤 교수님을 죽인 것 같은데……."

"그러니까 더 나가서는 안 된다는 거다. 놈들은 틀림없이 우리도 죽일 테니까."

총소리가 나고 쿤 교수님의 목소리가 들리지 않는 것을 보면 매우 형의 말이 맞는 것 같았다.

정말 죽일 놈들이다.

안에 있는 우리가 겁을 먹고 스스로 문을 열게 하기 위해 사람을 죽이는 놈들이라니 말이다.

내가 아르바이트는 많이 뛰었어도 이러지는 않았다.

간혹 무차별적인 응징을 행사하기는 했어도 상대는 어디까지나 악당들이라고 말할 수 있는 자들이었다.

그것도 시비를 거는 자들만을 대상으로 했다.

어쩔 수 없이 우주 화물 회수업에 뛰어든 자들은 기억을 조작해 버려 일을 해결했다.

그런데 무작정 죽이는 놈들이라니 어쩔 수 없이 손을 써야 할 것 같다.

더 이상 사랑스러운 어머니를 겁에 질려 떨게 할 수는 없는 노릇이니까 말이다.

실체가 남아 있지는 않지만 RX—1000의 중요한 기능 중 하나가 신변 보호 기능이다.

난 어머니를 위해 RX—1000을 가동시켰다. 상당한 에너지를 사용하기에 한 며칠 잠을 잘 것이 분명하지만 놈들을 상대하려면 이 방법이 제일 안전할 것 같았기 때문이다.

RX—1000의 기능 중 하나가 발동되자 몸에서 파장이 퍼져 나가기 시작했다. 지금 퍼져 나가는 파장은 내 뇌파가 증폭된 파장이었다.

RX—1000의 기능 중 하나로 증폭 파장을 이용해 물리적 방어력을 가진 싸이킥 배리어를 발동시킨 것이다.

공간에는 무수한 입자가 있다.

미세한 입자들 사이를 강력한 정신 동력으로 연결시켜 막을 만들고, 그러한 막을 수백 겹 겹친 후 주위를 둘러싸는 것이 바로 싸이킥 배리어다.

난 돌문을 비롯해 주변 암석에다가 싸이킥배리어를 고착시켰다.

이 정도면 라본에 있을 때 폭발했던 전술핵 정도의 폭발력이라도 충분히 막을 수 있는 수준이기에 어느 정도 안심할 수 있었다.

"아함! 졸리다."

완성시키는 것과 동시에 졸음이라니, 아직 나이가 어려 조금은 무리인가 보다.

하지만 일단 작동이 시작됐으니 문제는 없을 것이다.

어머니가 걱정하시겠지만 일단 한숨 자야겠다.

졸음이 온다고 말하기가 무섭게 자신의 가슴에 고개를 파묻는 두영을 보고 창숙은 역시 어린아이라는 생각이 들었다.

죽음이 오가는 상황에서 이리 태연하게 잠을 청하니 말이다.

'아가, 내가 지켜줄게. 우리 아가!'

자신의 어린 아들을 지키고 싶지만 방법이 없었다.

문을 나가도 밖에 있는 자들이 살려줄 것 같지 않았다.

그렇다고 이대로 있다가는 정말로 동굴을 폭발시켜 비참하게 죽을 수도 있었다.

'만약 폭파시킨다면 어떻게든지 폭발의 여파를 최소화해야 한다.

창숙은 두영을 지키기 위해 수단을 강구하기로 했다. 움직이지는 않겠지만 줄 맞추어 서 있는 석상들이라도 돌문 쪽으로 옮겨놓아야 했다.

"메우야, 저 석상들, 문 쪽으로 옮겨놓을 수 없을까?"

"박사님, 적어도 수십 톤은 나가 보이는데 우리 두 사람 힘으로 움직인다는 것은 무리입니다."

메우 또한 창숙의 의도를 알았지만 자신과 창숙이 석상들을 움직인다는 것은 무리라고 생각했는지 고개를 저으며 말했다.

"어떻게든지 폭발의 여파를 막아야 하니 방법을 한번 생각해 봐. 나도 생각해 볼 테니까.”

시간이 없었지만 어떻게든지 방법을 마련해야겠기에 창숙은 어린 메우에게 도움을 요청했다.

“알았습니다, 박사님. 전 혹시 피할 곳이 있나 한번 살펴볼게요. 혹시, 알아요. 신전 같은 곳이니까 비밀 통로라도 있을지 말이에요.”

“그래! 고대 신전들은 대부분 비밀 통로를 가지고 있었지. 그래, 메우야. 좋은 생각이다. 너는 저쪽, 나는 이쪽에서 비밀 통로가 있나 살펴보자. 작은 돌을 주워 벽들을 한번 두들겨 봐. 만약 소리가 울리면 그것이 비밀 통로일지도 모르니까.”

“알았어요, 박사님.”

두 사람은 돌로 만들어진 거울을 중심으로 좌우로 흩어져 비밀 통로를 찾기 시작했다.

창숙은 두영을 조심스럽게 거울 앞에 내려놓은 후 우측으로 움직이며 비밀 통로를 찾기 시작했다.

‘훼손되어도 어쩔 수 없는 일이다. 사람부터 살고 봐야 하니까.’

바닥에 떨어져 있는 돌을 집어 든 후 빠르게 벽을 두들겼다.

탁! 탁! 타탁!!

돌을 이용해 벽을 두들기자 삼묘족의 유적으로 보이는 부조된 벽화들이 조금씩 깨어져 나갔다.

사라져 버린 삼묘족의 기원과 역사를 알려줄 유적들이 훼손되고 있었지만 어쩔 수 없는 일이었다.

창숙은 최대한 조심스러운 손길로 벽을 두들기며 조금씩이지만 빠르게 옆으로 걸어갔다.

메우도 창숙과 같이 비밀 통로를 찾았다.

두 사람이 비밀 통로를 찾기 위해 사력을 다하는 와중에 세밍의 수하들이 폭약을 설치하는 일이 끝났다.

폭탄은 이미 이곳에 오기 전 타이머로 작동하도록 이미 세팅이 되어 있는 상태였다. 시간을 조정하고 폭발력이 미치는 범위를 생각해 설치하는 일만 남아 있던 터라 그리 오래 걸리지 않은 것이다.

"설치가 끝났습니다."

세밍은 폭약의 설치가 끝나자 라온 대령에게 보고했다. 라온은 만족스러운 듯 고개를 끄덕였다.

"좋아, 수하들을 대피시켜라. 동굴이라 자칫 폭발의 여파에 휘말리면 즉사할 후도 있다. 난 마지막으로 이곳을 살펴보고 곧바로 빠져나가겠다."

"알겠습니다."

세밍은 수하들을 이끌고 빠르게 동굴을 빠져나갔다.

"아무것도 얻지 못했지만 아쉬울 것은 없다. 폭발은 30분 후에 일어나니 어서 동굴을 빠져나가 본부로 귀환해야겠다."

수하들이 빠져나간 후 라온은 잠시 머물다가 일부러 나간다는 말을 하고는 기척을 흘리다가 멈추어 섰다. 자신들이 사라

졌음을 알고 창숙이 스스로 문을 열고 나오기를 바랐던 것이
다.

하지만 시간이 지나도 문은 열리지 않았다. 안에 있는 이들
이 자신의 의도를 알았다고 생각한 라온은 거친 목소리로 소
리를 질렀다.

"안에 있는 걸 다 알고 있으니 순순히 말할 때 문을 열고 나
와라! 그렇지 않으면 이곳을 폭파시키겠다!"

"……."

가라앉은 어조지만 안에 들릴 만한 크기로 라온이 권고했지
만 묵묵부답이었다.

"제법 강단이 있군. 이렇게 버틴다고 돌아올 것도 없을 텐데
고집 부리지 않는 것이 좋을 거야."

"……."

역시나 묵묵부답에 라온은 신경질적으로 선글라스를 치켜
올리더니 마지막 경고성을 발했다.

"열을 세겠다! 수자를 다 세고 난 뒤에는 기회가 없다. 열,
아홉, 여덟… 하나!"

열까지 수자를 다 세었음에도 아무런 대답이 없자 라온은
고개를 저었다.

'미련한 놈들이군. 할 수 없지. 놈들에게도 이곳에 대한 정
보가 들어갔을 테니까 이만 철수하는 것이 좋겠다. 시간이 늦
어 놈들과 마주치면 자칫 전면전이 벌어질 수도 있으니까.'

이곳을 노리는 자들은 자신들뿐만이 아니었다.

적에게 내어줄 바에는 아예 흔적조차 남기지 않는 것이 좋았다.

라온 대령은 미련없이 발길을 돌렸다. 이제는 정말 시간이 없었기 때문이다.

라온 대령의 의도는 훌륭한 것이었으나 처음부터 잘못된 것이었다. 그의 의도를 두영이 알고 있었다는 것이 패착이었다.

두영은 싸이킥 배리어를 치면서 소리를 완전히 차단시켰다.

자신이 쓰러진 후 어머니와 메우가 라온의 협박에 문을 열 것을 우려해 그런 조치를 취했던 것이다.

라온 대령이 동굴을 빠져나가는 그 시각, 벽을 따라 비밀 통로를 찾던 메우는 유적지 안이 갑자기 조용해졌다는 것을 느낄 수 있었다.

"박사님! 왜 아무런 소리도 들리지 않죠?"

갑자기 유적지 안이 조용해진 탓에 불안한 생각이 든 메우가 창숙에게 었다.

"모르지. 놈들이 이곳을 노리고 있으니 다른 수단을 강구하고 있을지도. 그렇지만 아무리 놈들이라도 저 문을 쉽사리 열 수는 없을 거다."

창숙도 불안했지만 애써 자위하며 메우를 안심시켰다.

"언제나 사람들이 도착할 수 있을까요?"

"건수 씨가 연락을 할 테니까, 빨라야 내일 아침에나 사람들이 올 거다."

“큰일이군요. 놈들이 극단적인 생각을 하지 말아야 할 텐데
요.”

“이곳을 없애진 않을 거야. 사람들이 올 때까지 버티면 될
테니 너무 염려하지 마라. 그리고 어서 비밀 통가 있는지 찾아
야 한다. 만약의 경우 놈들이 정말로 이곳을 폭파할지도 모르
니까.”

“알겠습니다, 박사님!”

명색이 무에타이의 계승자인 자신이 이렇게 떨고 있는 모습
을 보일 수는 없는 노릇이었다.

여자임에도 자신을 위로하려 애쓰는 창숙을 보며 메우는 마
음을 다잡았다.

메우가 다시금 벽을 두드릴 때였다.

쿵!

불안감을 자극하는 갑작스러운 충격음이 유적지 안을 울렸
다. 유적지 전체에 이는 진동 때문이었다.

“어?”

“뭐지?”

두 사람의 시선이 돌문으로 향했다.

뭔가 돌문에 충격이 가해졌다는 것을 알 수 있었다. 돌문 주
위에 먼지가 떨어져 내리고 있었던 것이다.

“별일 아닌 것 같다. 어서 비밀 통로나 찾자.”

첫 번째 진동음이 들린 후 시간이 흐른 뒤에도 다른 소리는
들려오지 않았기에 창숙이 메우를 재촉했다.

“예, 박사님.”

두 사람은 빠르게 벽을 두드리기 시작했다.

밖에 있는 자들이 정말로 폭파할 수도 있을 것이라는 생각이 든 두 사람의 행동은 무척이나 다급했다.

두 사람은 폭발이 일어나지 않았다고 생각하고 있었지만 폭발은 일어났다.

십층 건물을 산산이 부숴 버릴 만큼의 강력한 폭발이 일어났던 것이다.

일반적인 경우라면 유적지 안도 완전히 부서져야 정상이었지만 잠들어 있는 두영의 노력으로 폭발력이 완전히 감소한 탓에 유적지에는 약간의 진동만 일어나 두 사람은 폭발이 일어났는지 몰랐던 것이다.

동굴이 발견된 산 중턱이 거의 다 날아가 버리고 그곳으로부터 튀어나간 돌무더기들이 마을 일부를 폐허로 만들 만큼 대단한 폭발이었다. 폭발은 무척이나 대단했다. 폭발하는 것을 본 라온 대령은 잔해를 확인하지도 않고 그대로 철수해 버렸다. 이런 폭발에서 유적은 흔적도 없이 사라졌을 것이라 생각한 것이다.

하지만 그도 두영이 조치를 취했다는 것은 알지 못했다. 두영의 조치로 인해 유적지로 들어오는 동굴은 입구 부분만 부서져 나갔다. 두영이 싸이킥 배리어를 유적지 안을 보호하기 위해서만 치지 않았기 때문에 가능한 일이었다.

두영은 유적 안을 보호하는 것과 동시에 들어오는 입구의 동굴 벽과 천장에 달라붙어 나팔꽃 모양이 되도록 이중 구조로 싸이킥 배리어를 설치했다.

그중 나팔꽃 모양으로 밖에 펼쳐 놓은 싸이킥 배리어는 폭발력을 모아 밖으로 퍼져 나가게 만들었다.

그로 인해 동굴 입구 주변의 겉 부분이 강력한 폭발력을 감당해야 했고, 라온 대령도 속아 넘어갈 만큼 화려한 폭발을 연출했던 것이다.

그렇게 커다란 폭발이 일어났지만 동굴이 무너지는 것을 방지하기 위해 바깥쪽으로도 싸이킥 배리어를 친 탓에 유적 안에는 진동음만 일었던 것이다.

그런 폭발이 있는지도 모르고 두 사람이 비밀 통로를 찾기 위해 안간힘을 쓰고 있는 동안 유적지 안이 묘한 변화를 일으키고 있었다.

그것은 누구도 예상하지 못한 변화였다.

위잉!

작은 진동이 일었다.

미세한 진동은 작은 소음과 함께 금방 사라졌다. 집중하지 않으면 알아차리지 못할 작은 진동이었다.

설사 느꼈더라도 그저 조금 전의 진동의 여파라고 생각할 만큼 너무도 미세했다.

게다가 유적지에는 아무런 변화가 없었기에 알아차리기 힘들었다.

위잉!

다시 한 번 진동이 일었다.

이번에도 아주 미세한 진동이었다.

그러나 처음 것과는 달리 유적지에 변화가 일어났다. 중심이 되는 곳에 있던 검은 거울을 중심으로 파문이 일기 시작한 것이다.

잔잔한 호수에 던져진 돌로 인해 물결이 동심원을 그리며 밀려가듯 검은 오석의 중심에서 시작한 파문은 바깥으로 퍼져 나가고 있었다.

찰칵!

좌우와 상단에 있는 괴수처럼 보이는 고양이 문양이 회전했다. 바깥쪽으로 향했던 머리 부분이 검은 오석의 중심 부분으로 백팔십도 회전한 것이다.

비밀 통로를 찾던 메우는 귓가로 들려오는 소리에 무엇인가 이상한 예감을 느끼고는 고개를 돌렸다.

"박사님!!"

메우가 다급한 목소리로 창숙을 불렀다.

비밀 통로를 찾기 위해 바닥에 뉘어놓았던 두영이가 허공에 둥둥 떠 있었던 것이다.

"아악! 두영아!!"

타다닥!

두영의 모습을 본 창숙이 비명을 지르며 두영을 향해 달려갔다.

쑤욱!!

적지 않은 거리를 단숨에 가로질렀지만 창숙의 노력은 간발의 차이로 허무하게 종말을 고해야 했다.

두영의 몸이 검은 오석 속으로 빨려들어 가듯 순식간에 사라져 버렸던 것이다.

"아아악! 두영아!!"

두영이 사라져 버리자 창숙이 자신의 머리카락을 잡고는 절망적인 비명을 지르며 두영을 불렀다.

"두영아!!"

애타게 자식을 부르며 두영이 스며들 듯 사라져 간 검은 오석을 두들겼지만 작게 일던 파문은 어느새 사라지고 없었다.

"두, 두영아!"

털썩!!

애타게 아들을 부르던 창숙이 무너져 내렸다.

"박사님!!"

어느새 달려온 메우가 창숙을 불러봤지만 이미 정신을 잃은 상태였다.

CHAPTER 07
영혼의 계승자

TIME SLICE 타임 슬라이스
TIME SLICE 타임 슬라이스

알 수 없는 곳이다.

잠에서 깨어나면 환하게 웃고 있는 어머니의 얼굴을 볼 수 있을 것이라 기대했는데 이런 곳이라니!

내가 계산을 잘못한 것이 아닌지 의심이 들었다.

"아니야!"

죽은 것은 아닌 것 같다.

남아 있는 RX−1000의 기능들이 전해오는 감각대로라면 폭발로 인해 죽은 것이 아닌 것은 분명했다.

이질적인 공간이기는 하지만 사람이 죽어서 간다는 그런 곳은 분명 아니었다.

공간이동인가?

어리둥절한 상태라 잠시 놓치기는 했지만 시시각각 좌표점이 바뀌는 것을 보면 공간을 건너뛰어 어디론가 가고 있는 것이 분명했다.

지금 시기의 지구에 이런 기술이 있었다니 놀라운 일이 아닐 수 없다.

설마!!

삼묘족이 이런 기술을 가졌을 리가…….

의심이 들기는 하지만 유적 안에 있는 유물 중에서 공간이동을 할 수 있게 하는 것이 있었을지도 모른다는 생각이 들었다.

어머니가 연구하고 있는 삼묘족은 불가사의한 종족이었으니까 이런 기술을 가졌을 수도 있는 것이다.

내가 삼묘족에 관심을 가지게 된 것도 그들의 불가사의한 인체 능력을 향상시킬 방법 때문이었으니 공간이동이라고 하지 못할 이유는 없었다.

"도착할 때까지 기다려야겠군. 내가 원하는 것을 찾을 수도 있을지 모르니까."

삼묘족의 실체에 더 가까워질 수 있다는 사실에 조금 흥분이 되기는 하지만 아직은 공간이동 중이니 조금 여유를 갖기로 했다.

신전처럼 보이는 유적 안에서 공간이동을 해서 가야 하는 장소라면 삼묘족에게 아주 중요한 곳일 가능성이 컸다.

그런 곳이라면 내가 찾아냈던 단서를 실현시킬 수 있는 것이 있을 수도 있기에 조심스러운 마음으로 공간이동이 끝나기를 기다렸다.

번쩍!!

눈앞이 갑자기 밝아졌다. 상당히 오랜 시간 지속된 공간이동이 끝난 것이다.

수많은 좌표점을 거치고 온 것을 보면 한 번에 이동하기에는 무척 먼 거리가 분명했다.

기억해 놓은 좌표점은 모두가 지구의 테두리 내에 있는 것들이었다. 아마도 삼묘족이 남긴 거점들이 분명했다. 시간이 나면 한번쯤 돌아봐야 할 것들이다.

어머니가 아시면 무척 좋아할 것 같다. 수많은 삼묘족의 유적들을 세계 최초로 발견하게 되실 테니까 말이다.

빛이 가시며 시야가 확보되었다.

내가 도착한 곳은 이름 모를 숲의 한복판이었다. 가장자리를 빙 두르듯 커다란 나무들이 빽빽이 솟아 있는 공터의 중앙이다.

주위를 살펴보니 공터를 두르고 있는 것은 나무들만이 아니었다. 어른 키가 훨씬 넘는 검은색의 수많은 기둥들이 원형을 이루며 땅에 박혀 있었다.

'으음, 특이한 공간이다. 좌표점의 이동으로 보면 지구를 한 바퀴 돌아서 내가 들어갔던 동굴 유적지 근처로 온 것 같기는 한데, 어딘지 모르겠구나.'

계산상으로는 라오스와 태국, 미얀마가 만나는 트라이앵글 근처로 생각되지만 정확한 위치를 찾을 수 없다.

미세한 오차가 나지만 RX—1000이 알려주는 좌표점이 계속해서 변동하고 있었기 때문이다.

"주변은 변함이 없지만 스스로 이동하는 공간이라!!"

"맞네. 공간 축을 변동시키는 환상 결계가 쳐져 있는 탓이지!"

"누구냐?"

갑작스러운 목소리에 놀라지 않을 수 없었다.

이곳에 사람이 있을 것이라고는 전혀 생각하지 못했기 때문이다.

"놀라게 했다면 미안하네, 백두영 군."

"헉!!"

내 이름까지 알고 있다니 헛바람이 저절로 나왔다.

두렵기는 하지만 목소리에 그나마 호의가 담긴 것 같아 어느 정도 안심할 수 있었다.

그렇다고 경계심을 풀지는 않았다. RX—1000의 기능을 이용해 목소리의 주인공을 찾았다.

"당신은 누구십니까?"

아무리 해도 모습은커녕 종적조차 찾을 수 없기에 정체를 물었다.

"내가 누군지 궁금한 모양이군. 내 이름은 오렌 스미스라고 하네!"

"오렌 스미스!! 어, 어떻게??"

이런 황당무계한 이름이라니!

어째서 GX사의 회장인 오렌 스미스의 이름이 이곳에서 튀어나오느냐는 말이냐!

제기랄!!

*　　　*　　　*

두영이 알 수 없는 현상으로 사라지고 난 뒤 메우는 창숙을 깨우기에 여념이 없었다.

갑작스러운 일이었지만 정신을 잃은 창숙을 깨워 두영을 찾고 어떻게 해서든지 밖으로 나가야 했던 것이다.

"박사님! 정신 차리세요, 박사님!!"

창숙의 얼굴을 두드리다가 그녀의 손발을 주물렀다.

"이제 어떻게 하지? 박사님, 정신 차리세요."

창숙이 쉽게 깨어날 기미를 보이지 않자 메우는 무척이나 당황스러웠다.

유적지 안에서 일어나는 변화가 심상치 않았기 때문이다.

두영이 사라지고 난 뒤, 시간이 얼마 지나지 않아 유적지 안에 변화가 시작됐다.

물속으로 들어가듯 두영이 빨려들어 간 검은 오석의 돌로 만든 거울로부터 시작된 변화는 무척이나 기괴한 것이었다.

검은 빛!

안개도 아니고, 그렇다고 검은 오석이 자라난 것도 아니었다.

정의하기는 힘들지만 그것은 한마디로 검은색의 빛이었다. 검은색의 빛이라는 것이 있을 수 없는 일이었지만 메우는 그렇게 느꼈다.

검은 오석으로부터 검은색의 빛이 유적지 안을 비추자 석상들이 진동하기 시작했다. 바이브레이터에 의한 진동처럼 미세하게 진동하기 시작한 것이다.

그뿐만이 아니었다.

사방 벽면을 감싸고 있는 부조들도 변화를 보이고 있었다. 돌 거울에서 나오는 빛이 검은색이었다면 부조에서는 흰 채광에 푸른 기운이 담긴 빛이 새어 나오고 있었다.

메우는 겁이 났다.

집안에서 대대로 전해지고 있는 무에타이를 수련하여 강건한 육체와 정신을 소유한 메우였지만 알 수 없는 초자연 현상은 이제 갓 스무 살이 된 그로서는 감당하기 힘든 현상이었다.

메우는 다급하게 창숙을 깨웠다.

삼묘족에 대해 그녀만큼 알고 있는 이가 드물었다. 아니, 거의 유일하다고 해도 과언이 아니었다.

유적지 안에서 일어나고 있는 알 수 없는 현상을 해결할 수 있는 사람은 창숙이 유일했던 것이다.

메우의 노력 덕분인지 창숙이 신음을 흘리며 정신을 차리기 시작했다.

"으… 으음!"

"박사님!!"

창숙이 눈을 뜨자 메우는 반색을 하며 불렀다.

"두영이는?"

간신이 정신을 차린 창숙은 두영이 어떻게 된 것인지부터 메우에게 물었다.

"저, 저도 모르겠어요. 두영이가 저 검은빛이 뿜어져 나오는 곳으로 사라지고 난 뒤부터 이런 일이 일어났어요."

"음!!"

창숙은 아들이 사라진 직후 자신이 정신을 놓았다는 것을 상기할 수 있었다.

아들이 사라진 이유가 지금 유적지 안에 일어나고 있는 현상과 관련이 있는 것이 분명했다.

'찾아야 한다. 어쩌면 삼묘족의 문명이 일으킨 조화일지도 모르니 단서부터 찾아야 한다.'

정신을 잃었을 때와는 달리 그녀의 눈은 침착했다.

자신이 정신을 차려야만 아들을 찾을 수 있다는 생각이 그녀를 차분하게 만든 것이다.

삼묘족이 찬란한 정신문명을 이룩했을 것이라는 것이 그녀의 가설이었다.

인간을 초월한 정신문명을 가지고 있었다면 이런 현상도 가능하리라고 판단을 내린 창숙은 변화의 중심지로 보이는 거울로 다가갔다.

처음 보았을 때와는 달리 거울은 변해 있었다. 문양의 위치가 달려졌고, 느껴지는 기운이 달랐다.

창숙은 조심스럽게 문양이 위치한 곳에 손을 가져다 대었다.

"앗! 뜨거!!"

처음 만졌을 때 느껴졌던 온기와는 차원이 다른 열기가 문양에서 느껴진 탓에 창숙은 급하게 손을 떼며 소리를 질렀다.

유적 안에서 일어나는 변화는 거울로부터 비롯된 것이 분명했다. 강력한 열기를 보면 에너지가 사용되고 있는 것이 틀림없었기 때문이다.

창숙은 주머니에서 작은 볼펜을 꺼내 조심스럽게 검은 빛에 가져가기 시작했다.

'나 같으면 그런 짓은 안 할 것이다.'

"헉!!"

갑작스럽게 뇌리를 울리는 목소리에 창숙이 헛바람을 삼켰다.

"박사님!! 무슨 일입니까?"

메우가 황급히 창숙을 불렀다.

"메우야! 넌 들리지 않는 거니?"

"예?"

갑작스러운 물음에 메우는 할 말이 없었다. 갑작스럽게 들리지 않느냐고 물으니 정말이지 모를 일이었다.

‘너에게만 들릴 뿐 그 아이는 내 목소리를 듣지 못한다. 너 또한 삼묘를 이을 아이의 어머니가 아니었다면 내 목소리를 듣지 못했을 것이다.’

“우, 우리 두영이가 어떻게 된 거죠?”

두영의 이야기가 분명했기에 창숙이 주위를 둘러보며 다급하게 물었다.

‘무슨 일이지?’

아무것도 들리지 않는데 누군가에게 묻고 있는 창숙을 보며 메우는 긴장한 안색으로 주변을 살폈다. 누군가 숨어서 창숙에게 말을 걸고 있을지도 모른다는 생각이 들었던 것이다.

하지만 아무리 주변을 살펴도 사람의 기척은 느낄 수 없었다.

‘그렇게 두리번거리지 마라. 아무리 찾아도 나를 찾을 수는 없을 테니까. 그리고 삼묘의 주인은 무사하다.’

“삼묘의 주인이라니 무슨 말이죠?”

‘네 아들이 바로 삼묘의 주인이다.’

“우리 두영이가 살아 있는 건가요?”

‘그렇다. 나는 삼묘의 영혼, 거짓을 말하지 않는다. 그러니 허튼짓하지 말고 기다려라. 잘못하면 삼묘의 주인이 목숨을 잃을 수도 있으니 쓸데없는 짓을 하지 말고 기다리라는 뜻이다.’

목소리의 주인공은 차분한 어조로 창숙을 달랬다.

“흑흑흑!!”

목소리에서 아들이 무사하다는 것을 확인할 수 있었다.

비록 보지는 않았지만 창숙은 두영이 살아 있음을 분명히 느낄 수 있었다.

그것은 참으로 설명하기 어려운 느낌이었다.

목숨보다 소중한 아들이 무사하다는 것을 확인하고, 목소리의 주인공이 자신을 진정시키려 한다는 것을 알게 된 창숙은 자신도 모르게 눈물을 흘렸다.

"흑흑! 기, 기다리면, 우리 두영이가 다시 돌아오는 건가요?"

아들이 무사한 것을 확인한 창숙은 두영이 언제 돌아올 것인지 물었다.

'시간은 언제일지는 모르지만 삼묘의 주인은 반드시 너에게로 돌아갈 것이다.'

"그, 그런데 삼묘의 주인이라니 그것이 무슨 말이죠?"

두영의 일에 대해 좀 더 알아야겠기에 애써 눈물을 닦은 창숙이 물었다.

'그것은 말해줄 수가 없다. 다만 삼묘의 주인이 무사하다는 것과 반드시 너의 품으로 돌아갈 것이라는 것만 알려줄 수가 있다.'

"그럼, 어디로 돌아오는 것이죠?"

'이곳으로 올 거다.'

"하지만 이곳을 노리는 자들이 있었어요. 이곳으로 돌아온다면……."

누군가 이곳을 노리고 있다는 사실에 창숙은 불안감을 감출 수 없었다.

‘걱정하지 마라. 이곳에 이르는 길은 얼마 후 사라질 것이다. 길이 사라진 후에는 누구도 이곳을 찾지 못할 것이다. 네가 생각하는 일은 일어나지 않을 것이다.’

창숙은 목소리의 주인공이 이곳에서 벌어졌던 일을 알고 있다는 생각이 들었다. 어떻게인지는 모르지만 어딘가에서 보고 있을 것이 분명했다.

“그럼 우리 아들이 어떻게 내 품으로 돌아온다는 것이죠?”

‘너에게 이곳을 찾을 수 있는 징표를 주도록 하겠다. 때가 되면 내가 주는 징표에서 푸른빛이 솟아날 것이다. 징표가 너를 이곳으로 인도할 것이니 염려하지 말고 기다리도록 해라.’

툭!

뇌리로 들려오는 목소리가 끝나기가 무섭게 검은 빛 속에서 무엇인가 나타나 창숙의 발치로 떨어져 내렸다.

그것은 돌 거울을 둘러싸고 있던 고양이 괴수의 모습을 닮은 조각이 새겨진 검은색의 작은 반지였다.

창숙은 혹시라도 사라질까 봐 재빠르게 집어 들고는 손가락에 끼웠다.

‘시간이 없으니 길게 이야기할 수가 없다. 우선, 너와 저 아이를 이곳에서 내보내겠다. 나중에 보도록 하자.’

“잠시만이요.”

번쩍!!

창숙이 목소리의 주인공을 다급히 불렀으나 듣지 못한 듯 강렬한 섬광이 유적지 안을 뒤덮었다.

"아!!"

"박사님!!"

빛이 사라지고 난 뒤 창숙은 자신들이 유적지에서 나온 것을 알 수 있었다.

그들의 시야에 거의 폐허가 되어버린 마을이 들어왔던 것이다.

"어떻게 된 건가요?"

메우가 창숙을 향해 물었다.

"메우야, 어떻게 이런 일이 일어났는지 나도 잘 모르겠다. 그렇지만 유적지 안에서 일어난 일은 비밀에 붙이는 것이 좋겠다. 아직 무슨 일인지 정확히 모르니까 말이야."

"그러는 것이 좋을 것 같습니다. 우리가 겪었던 일은 말해봐야 믿어주지도 않을 테니까요."

메우는 미련하지 않았다. 유적지 안에서 일어났던 현상을 말한다면 정신병자 취급을 받을 것이 분명했다.

"그래야겠지. 사람들이 오면 유적을 노리고 습격한 자들이 있었다는 이야기는 해야 할 거다. 우리는 놈들을 피해 숲에 숨어 있다가 놈들이 돌아간 뒤에 나타난 것으로 하자."

"그러는 것이 좋겠군요."

주위를 둘러보니 마을에 있던 사람들은 전부 죽은 것이 분명했다. 살아 있는 것은 두 사람뿐이었다.

"그런데 사람들에게 두영이에 대해서는 어떻게 말하지요?"

"묻지 않으면 좋겠지만 만약 사람들이 묻는다면 이곳에 오기 전에 내 친척에게 맡겼다고 이야기해라. 그럼 어느 정도 믿어줄 거다."

"그럼, 소장님한테는 뭐라고 말해요?"

"내가 이야기하겠다. 너는 이곳에서 일어난 일에 대해서 비밀을 지켜주기만 하면 된다."

"알았어요, 박사님."

사람들이 많이 죽었으니 유물을 노리는 자들의 습격이 알려지는 것은 막을 수 없었다.

하지만 유적 안에서 벌어졌던 현상에 대한 것이 알려지는 것은 좋을 것 같지는 않았다.

메우는 창숙의 말대로 비밀을 지키기로 했다.

혼자서 중얼거리듯 말하기는 했지만 창숙이 누군가와 대화한 내용을 생각해 보면 자신이 동생처럼 아끼는 두영이 돌아올 때까지는 비밀을 지키는 것이 나을 것 같았던 것이다.

다음날, 조사단의 후발대가 물품과 사람을 싣고 마을에 도착했다.

두 개의 트럭에 나누어 타고 도착한 후발대는 처참하게 변해 버린 마을을 보고는 아연실색했다.

창숙의 남편인 건수 또한 후발대와 같이 도착했는데, 마을의 참사를 보고는 얼굴색이 백지장보다 하얗게 변해 버렸다. 그러다가 반가운 얼굴을 볼 수 있었다.

"여보!!"

건수는 마을 가운데 공터에서 메우와 함께 시신을 나르고 있는 창숙을 불렀다.

"여, 여보!!"

창숙은 건수를 보자 눈물을 흘리며 달려왔다.

"어떻게 된 일이야?"

눈물을 흘리고 있는 창숙을 안으며 건수가 물었다. 후발대의 선임을 맡은 아보닉 교수도 창숙의 곁으로 다가왔다.

"어떻게 된 일입니까?"

아보닉 교수는 미국인으로 쿤 교수와 함께 동남아시아 문화권에 대한 연구를 진행하고 있는 고고학 교수였다.

창숙도 몇 번의 유적 조사를 통해 잘 알고 있는 처지였다.

"아보닉 교수님, 그러니까 어제였어요. 쿤 교수님과 함께 유적을 한번 둘러보고 나온 뒤였는데……."

창숙은 어제 일어난 일에 대해 이야기를 했다.

메우와 사전에 말을 맞춘 대로 유물을 노리는 자들이 습격을 해왔고, 자신과 메우는 숲에 들어간 탓에 화를 모면했다는 이야기였다.

습격한 자들이 연락할 수 있을 만한 것들을 모두 부숴 버리는 통에 미처 연락을 하지 못하고 메우와 함께 숲에 숨어 있다가 날이 밝자 시신들을 치우기 시작했다는 것을 알려주었다.

무서운 일이 벌어졌음에도 아내가 무사하다는 사실에 안도한 건수는 다시 한 번 창숙을 꼭 안았다.

"어떻게 그런 일이!! 일단 대학 당국과 경찰서에 알려야겠군요. 사람이 저렇게나 많이 죽어 나가다니 말입니다."

아보닉 교수는 연락을 하려는 듯 다급하게 트럭으로 달려갔
다.

"어떤 놈들인지 반드시 찾아내서 죽은 사람들의 원한을 풀
어주어야 할 것입니다. 그까짓 유물이 뭐라고!!"

건수는 무척이나 화가 난 듯 달려가는 아보닉의 뒤를 향해
목소리를 높였다.

"여보, 두영이는?"

아들이 모습이 보이지 않자 건수는 두영을 찾았다.

"저리로 가요."

사람들에게 알려져서는 좋을 일이 없기에 창숙은 건수를 이
끌었다.

"메우야, 사람들이 오나 살펴봐 줘."

"알겠습니다, 박사님."

메우에게 감시까지 부탁하며 사방을 살피는 아내의 표정이
심상치 않자 건수의 얼굴도 굳어졌다.

아들의 일이 분명했기 때문이다.

"두영이는 이곳에 없어요. 그러니까……."

창숙은 건수에게 유적지 안에서 벌어진 일을 이야기해 주었
다.

"그, 그 이야기, 정말이야?"

"그래요. 놈들이 노리는 것도 아마 두영이에게 일어난 일과
관련이 있을 거예요. 그러니까 두영이가 돌아올 때까지 이 일

은 철저히 비밀에 붙였으면 해요."

"하지만!"

어떤 자인지는 모르지만 건수는 아내에게 들려왔던 목소리의 주인공이 아들을 돌려보낼지 의심이 들었다.

"알아요. 하지만 분명히 돌아올 거예요. 그는 저에게 약속했어요. 그 약속은 마치 영혼으로 울리는 것 같았어요. 그리고 목적이 있어 두영이를 데리고 갔다면 나에게 그런 이야기를 해줄 필요는 없었을 거예요."

"그렇긴 하군. 그냥 데리고 가면 그만이지, 당신에게 이야기해 줄 필요는 없었을 테지."

건수도 아들이 돌아올 것이라는 사실을 믿을 수 있었다. 창숙의 이야기대로 굳이 이야기해 줄 필요가 없었던 것이다.

"그런데 여보, 이야기를 들어보면 우리 두영이가 삼묘의 주인으로 선택되었다는 소리인데, 도대체 삼묘의 주인이라는 것이 뭐야?"

"저도 잘 몰라요. 삼묘족에 관한 것은 거의 알려진 것이 없으니까 말이죠. 그렇지만 지금부터 알아봐야겠어요."

"알아낼 수 있겠어?"

"어느 정도는요. 내가 보았던 것들을 거의 기억하니 알아낼 수 있을 거예요. 두영이를 돌려준다고는 하지만 만약의 경우라는 것이 있으니까요."

"그러자고. 이제 병원 일도 마무리되었으니 내가 도울게."

"그래요."

아보닉 교수에 의해 마을의 참사가 알려지고 난 후, 많은 사람들이 오후에 도착했다.

사건의 심각성 때문인지 경찰과 군부대, 그리고 대학 당국에서 거의 100여 명의 사람들이 도착했다.

창숙은 아보닉 교수에게 말한 것처럼 마을에서 일어난 일에 대해 이야기를 했고, 범인들을 찾기 위한 대대적인 수색이 이루어졌다.

거의 40여 명의 사람들이 비참하게 죽은 일이었다.

언론은 나는 듯이 이 소식을 전 세계에 타전했고, 범인들에 대해 강력한 조치를 해야 한다는 여론이 높아졌다.

하지만 범인들의 행방에 대해서는 오리무중이었다.

범인들이 이용했던 차량도 발견되지 않았고, 마을로 들어오는 인근을 전부 탐색했지만 그들을 본 사람이 전무했다.

다행히 창숙이 염려했던 것과는 달리 두영에 대해 물어오는 이는 없었다.

당국과 주변 사람들에게는 아는 친척들에게 맡겼다고 말한 때문이었다.

그렇게 1개월이 넘도록 정밀하게 수사가 진행되었지만 범인을 찾을 수 없자 일단 인근에 대한 수색이 중단되었다.

조직적이고 치밀하게 진행된 범행에 단서가 없자 수사는 장기화되는 국면으로 접어들었던 것이다.

군대부와 대부분의 경찰들이 떠났지만 유적지에 수사관 몇과 경찰 병력이 남았다.

또다시 유적을 노릴 가능성을 배제할 수 없었던 것이다.

그리고 유적에 대한 조사가 다시 재개되었다. 분명 유물을 탈취해 갔을 것이고, 혹시 남아 있을지도 모를 유물의 종류를 파악한다면 범인이 유통시키는 유물을 통해 실마리를 얻을 수 있을지도 모른다는 생각에서였다.

하지만 기대했던 것과는 달리 유물을 발견할 수는 없었다. 모두 탈취해 가고 폭파를 시킨 것인지, 일부 남아 있던 동굴의 잔해를 굴삭기까지 동원해 가며 파헤쳤지만 아무것도 발견할 수 없었던 것이다.

2개월이 지나갈 무렵에는 발굴조사단도 철수하고, 주재하던 경찰관들도 마을을 떠나 버렸다.

예전에 살던 주민들이 모두 사망한 터라 졸지에 마을은 폐허로 변해 버렸다.

그렇지만 마을이 폐허로 남아 있는 것은 그리 오랜 시간이 아니었다.

병원 설립을 끝내고 목적했던 의료 봉사가 끝났음에도 한국으로 돌아가지 않은 건수 부부가 한국에 있는 재산을 처분해 마을을 몽땅 사들이고 개발을 시작한 때문이었다.

마을에 살던 사람들의 친인척들이 주변 마을에 있었지만 대규모 살상이 일어났던 곳이라 거주하기를 주저하는 탓에 싼값으로 매입할 수 있었던 것이다.

건수와 창숙은 유적이 있던 곳을 제외하고 마을을 전부 리조트로 개발했다. 주변 경관이 수려한 터라 잘만 하면 좋은 관광지가 될 것이 분명했다.

그렇게 건수가 리조트 개발 사업에 매달리는 동안 창숙은 아들인 두영 때문에 삼묘족에 관한 연구를 진행했다.

메우를 조수로 삼아 동남아시아 각지를 돌아다니며 삼묘족에 대한 단서를 찾았고, 그것을 통해 유적지에서 그녀가 본 것들을 해석하기 위한 연구를 시작했던 것이다.

많은 노력을 기울였지만 삼묘족의 문자에 대한 해석은 좀처럼 이루어지지 않았다. 단서를 찾았다고는 하지만 바탕이 워낙 없어 지지부진했던 것이다.

3년에 걸쳐 연구한 결과 얻은 것이 있다면 삼묘족이 아주 광대한 영역에 걸쳐 존재했다는 사실이었다.

그리고 지금과 비교해 봐도 뒤처지지 않을 정도로 상당한 수준의 정신문명을 이룩했다는 것을 확인할 수 있었다.

창숙이 연구에 매달리는 동안 리조트 개발이 거의 완료가 되었다. 근사한 리조트가 만들어지고, 3년의 시간이 흐른 탓인지 마을에서 일어났던 참사는 세간에서 잊혀져 갔다.

3년 동안 창숙이 제공한 삼묘족 유물에 대한 정보를 통해 도굴범과 문화재 밀수출업자들에 대한 수사가 진행됐지만 아무런 결과가 없자 경찰에서도 사건을 영구 미제로 남겨야 했다.

리조트 개장이 얼마 남지 않은 어느 날 저녁, 건수와 창숙은 사택의 이층 테라스에서 언덕배기에 있는 자그마한 목조건물을 바라보며 대화를 나누고 있었다.

3년 전 기이한 현상과 함께 사라져 버린 아들에 대한 대화였다.

"언제쯤 돌아올까요?"

"모르지. 아직 시간이 더 걸려야 할 거야."

"흑!"

창숙의 눈에서 맑은 눈물이 떨어졌다. 오늘은 아들인 두영의 생일이었던 것이다.

지난 3년 동안 생일 한번 챙겨주지 못한 창숙으로서는 가슴이 아프지 않을 수 없었다.

"두영이가 어디에 있는지 모르지만 우리가 얼마나 사랑하는지는 알고 있을 테니 너무 걱정하지 마. 당신이 찾은 단서라면 두영인 위대한 유산을 물려받고 있을지도 모르니까."

"그렇겠지요?"

"그럴 거야."

모두가 사건을 잊어갔지만 창수과 건수, 그리고 메우는 사건을 잊을 수 없었다. 사라져 버린 두영이 아직까지 돌아오지 않았기 때문이다.

특히, 창숙은 두영이를 데려간 삼묘의 영혼에 대해 깊이 파고들었다.

연구를 지원하는 사람들이나 다른 이들에게는 별다른 성과를 보여주지 않았지만 창숙은 한 가지 특별한 성과를 얻을 수 있었다.

그것은 삼묘의 영혼이라는 것이었다.

삼묘의 영혼에 대한 단서는 메우에게 무에타이를 가르치는 그의 할아버지에게서 얻을 수 있었는데 무척이나 흥미로운 것이었다.

몇 달 전 창숙은 메우를 한국으로 데리고 가기 위해 그의 집을 찾았었다.

자신이 먼 옛날의 역사를 전공한 사람이라는 이야기를 들은 메우의 할아버지가 부족에서 전해지던 전설 같은 이야기를 들려주었다.

처음 들었을 때는 그다지 끌리지 않았었다. 동남아 역사를 전공한다고 하니 도움을 주고 싶은 것이라고만 생각했다.

하지만 이야기를 다 들은 후 창숙은 그 전설이 삼묘족의 중요한 의식에 관한 것이라는 것을 알 수 있었다.

전설이라는 것이 그렇듯이 메우의 할아버지가 들려준 전설은 기이하면서도 신비로웠다.

까마득히 오래전, 이 땅을 다스리는 지배자들은 특별한 능력을 가지고 있었다고 한다.

그들은 자신들의 문명과 지혜를 말이나 글이 아닌 영혼의 전이로 후손에게 전해주었다는 것이다.

영혼의 메아리라고 알려진 그 능력은 제사장의 권능을 타고난 사람들만이 사용할 수 있으며, 전수받는 자들도 그러한 권능을 타고나야만 가능하다는 것이었다.

여기까지는 여타 전해지는 전설처럼 평이했으나 다음부터가 창숙의 흥미를 끌었다.

제사장의 힘을 전수받은 자는 특별한 문을 지나 안식의 거처에 도착해야 하는데 그 문은 성스러운 영물 세 마리가 지키고 있다는 것이었다.

괴수의 형상을 하고 있지만 하늘과 땅, 그리고 인간의 지혜를 관장하는 영물들이 제사장의 자질을 심사하고 안식의 거처로 인도하는데 그곳에서 지혜의 힘을 얻게 된다는 것이었다.

전설을 끝까지 듣고 난 후, 같은 자리에 있었던 창숙과 메우는 동시에 상대를 쳐다보았다. 유적지 안에서 일어났던 일을 설명하는 것이었기 때문이다.

그 후로 창숙은 두영이 살아 있음을 좀 더 확신할 수 있었다.

자신이 보았던 신비로운 현상대로라면 메우의 할아버지가 말한 지혜의 전수가 이루어지는 의식이 일어났던 것이 틀림없었기 때문이다.

그동안 고된 시간을 보내며 연구를 진행해 왔다. 그러나 노력에 비해 거의 성과가 없어 초조했었는데 메우 할아버지의 이야기를 듣고 이제는 그런 것도 사라졌다.

전설이 사실이라면 아들은 정말이지 특별한 인연을 얻게 된 것이기 때문이었다.

삼묘의 영혼이 말한 대로 이제는 그저 기다리는 일만 남았다.

하지만 오늘같이 두영의 생일인 날은 그녀로서도 울적해지는 것은 어쩔 수가 없었다. 어린 아들이 그런 인연을 이었다는 것이 그렇게 원망스러울 수가 없었다.

그래서 마음을 달래기 위해 오랜만에 남편과 함께 와인 한 잔을 하고 있었던 것이다.

*   *   *

삼묘족의 성지가 몇 천 년 만에 외인의 침입을 받은 지 10년 정도 흐른 것 같다.

이곳에 온 후, 놀랍게도 칼 녀석의 아버지를 만났다. 무척이나 황당하면서도 당혹스러운 일이었다.

오렌 회장이 이곳 성지에 있는 이유는 정말이지 쓰레기만도 못한 칼 녀석 때문이었다.

녀석이 나를 이용하여 그랜드홀을 얻으려 했던 계획이 실패하자 음모를 꾸며 자신의 아버지를 제거하려 했기에 일어난 일이었던 것이다.

내가 그랜드홀을 가지러 알 수 없는 공간으로 간 후, 얼마 지나지 않은 시간에 오렌 회장도 워프 게이트를 이용했다고 한다.

하지만 에너지 계측기가 임계점 이하로 조작되어 있었고, 풀 에너지를 채우는 순간 폭발을 일으켜 오렌 회장은 물론 나까지 타임 슬라이스를 타버렸다는 것이다. 오렌 회장은 나와는 다른 타임 슬라이스를 탔다고 한다. 폭발한 신전이 다른 시

간대의 타임 슬라이스로 오렌 회장을 보냈다는 것이다. 나와
는 달리 오렌 회장은 나보다 한참 앞선 시간대의 타임 슬라이
스를 타버렸던 것이다.

　오렌 회장은 지금부터 4천여 년 전에 이 세상으로 왔고, 지
금까지 나를 기다렸다고 한다.

　어떻게 내가 있는 줄 알고 기다렸냐고 물어보니, 타임 슬라
이스를 타려면 그랜드홀과 신전이 연계되어야 하는데 신전 안
에는 자신이 있었고, 그랜드홀을 누군가 가지고 있어야 하기
에 알게 됐다고 한다.

　그래도 정확히 나를 지목한 것이 의문스러워 다시 물으니,
칼 녀석을 통해 나에 대한 정보를 이미 알고 있었고, 그로 인해
쉽게 추측할 수 있었다고 한다.

　인간이 4천여 년을 살아 있다는 것은 불가능한 일이었지만
그는 새로운 형태로 나를 기다리고 있었다.

　정신을 이용한 문화를 쌓았던 삼묘족의 제사장으로 태어난
오렌 회장은 그들의 특별한 능력을 이용해 정신체로 지금까지
나를 기다리고 있었던 것이다.

　지난 10년간 난 이곳에서 오렌 회장에게 많은 것을 배웠다.
삼묘족의 제사장이 갖추어야 할 거의 모든 능력을 배웠다.

　그로 인해 오렌 회장과 나와의 관계는 묘하게 정립되었다.
인연이란 묘한 것인지 삼묘족의 특별한 능력을 배우기 위해
어쩔 수 없이 성립된 관계였다.

　바로 스승과 제자의 관계로 말이다.

검은 기둥으로 둘러싸인 이곳 삼묘족의 성지에는 지금 불안한 기운이 감돌고 있었다.

얻어야 하는 것은 거의 얻지 못했는데 이제 볼일 다 봤으니 가라고 하니 열이 받지 않을 수 없었다.

"이제는 가야 할 때가 됐는데 왜 안 가는 거냐?"

여전히 투덜거리는 목소리는 까칠하다.

정신체로 남아 있기에 4천 년을 한곳에 묶여 있으니 괴팍해지지 않을 수 없다지만 내가 무엇을 얻으려 하는지 알고 있으면서도 내치지 못해 저런 소리를 하니 말이다.

그래도 한 고집 하는 나다. 원하는 것을 얻기 전까지는 절대로 가지 않을 것이다.

"못 가요. 해결해 주지도 않고, 특별히 나한테 준 것도 없으면서 이대로요? 에이, 난 절대 못 가요."

"어쩔 수 있냐? 네놈이 알아서 해야지. 네놈이 자꾸 얻은 것이 없다고 하는데 내가 안 준 건 또 뭔데?"

몰라서 묻는 건지, 참 어이가 없다.

"이것 참! 네 살밖에 안 된 어린아이를 강제로 데려와서는 시시껄렁한 거 몇 개 가르쳐 주고 그냥 가라는 말입니까? 난 절대 못 가니까 알아서 하세요."

"에그!! 육시를 할 놈! 저 성질머리 하고는. 좋다, 한 가지만 더 주겠다. 더 이상은 안 되니까 이것만 받고 간다고 약속해라!"

"진즉에 그럴 것이지 왜 자꾸 뻗대고 그래요? 열 받으면 쓰러지는 양반이 말이야."

"아이고, 두야! 내가 말을 말아야지. 어쩌다가 저런 놈을 선택해 가지고는……. 에휴! 이게 다 못된 아들놈 만난 죗값이니 누굴 원망할까."

탄식하는 폼이 그럴싸하지만 넘어갈 내가 아니다. 어느 정도 넘어온 것 같으니 고삐를 확 잡아챌 차례다.

"칼 그 자식 원망은 그만하고 얼른 알려주기나 해요. 나도 바쁘니까."

"알았다, 이 녀석아! 하지만 지금까지 너에게 알려준 것들은 지금 알려주는 것보다 더 중요한 것들이니 수련을 게을리 하지 말아야 한다는 것을 명심해라. 그렇지 않으면 오히려 독이 될 수도 있으니까."

"걱정 말아요. 알아서 할 테니까."

"이놈이!! 어른이 말하면 알겠습니다, 할 것이지."

"네, 스승님!! 명심 봉행하겠나이다."

"오냐, 제자야!"

근엄한 표정으로 고개를 끄덕인다. 스승님이라 말하니 금방 기분이 풀어진 모양이다.

"파워슈트나 RX-1000에 어찌 그리 목을 매는 것인지는 모르겠지만 네가 배운 삼묘족의 유진들은 진짜 중의 진짜니까 수련을 게을리 하지 말아야 한다."

"알았어요. 그렇지 않아도 한시도 쉬지 않고 수련하고 있으니까 염려 말고 알려주기나 하세요."

“좋다. 결론적으로 말하자면 그 두 가지는 모두 네가 가지고 있다.”

실체가 사라졌는데 내가 가지고 있다니 모를 말이었다.

“녀석, 의심하기는! 내 말은 사실이다. 너무 완벽하게 너와 융합되어 있는 탓에 확실히 인지하지 못하고 있을 뿐, 둘 다 네 안에 남아 있다. 만약 실체가 완전히 사라졌다면 네가 그런 능력을 가지고 있지는 못할 테니까 말이다. 그리고 네가 파워슈트와 RX—1000을 확실히 인지하지 못하는 것은 그것을 가동할 만한 에너지가 절대적으로 부족하기 때문이다. 타임 슬라이스를 타고 오느라 가동할 만한 에너지가 사라진 탓이기도 하지만, 일전에 이야기해 주었듯이 네가 이곳으로 오기 전 RX—1000의 불완전한 기능을 한번 사용한 탓에 다시 사용하기 어려워진 것이다. 신체가 불안정해진 것이지. 만약 네 신체가 안정을 되찾고 충분한 에너지만 있다면 어째서 그 두 가지를 네가 가지고 있다고 말하는지 알 수 있을 것이다.”

이건 정말 예상외의 말이다. 어머니와 메우 형을 구하느라 RX—1000의 기능들이 사라졌다고 생각했는데 사라진 것이 아니라니 말이다.

어!! 그렇다면 여태까지 나를 속였다는 이야기 아냐?

삼묘족의 능력을 모두 배운 것은 정확히 삼 년 전이다. 그럼에도 내게 파워슈트나 RX—1000에 대해 알려주지 않고, 반복해서 삼묘족의 권능을 수련시킨 것을 보면 나를 붙잡아두기 위해 일부러 말하지 않은 것이 분명했다.

화가 났지만 그냥 참기로 했다. 이제 겨우 마음을 돌려놨는데, 내가 대들기라고 하면 절대 이곳에서 내보내지 않을 것이 분명하기 때문이다.

"그럼 에너지만 얻을 수 있으면 두 가지 다 운용이 가능하다는 말이군요."

"그렇다. 하지만 문제는 그런 에너지원을 찾기가 쉽지 않다는 것이다. 너에게 들은 이야기대로라면 지금 네가 있는 시대는 그것을 만들 만한 기술 수준이 아니니까."

"쳇!! 좋다 말았네."

"후후후, 실망하지 마라. 이용할 방법이 아주 없는 것은 아니니까."

"방법이 있는 것입니까, 스승님?"

여차하면 가르쳐 주지 않을 태세라 난 잽싸게 밑밥을 던졌다.

"물론이지. 지금 네가 익히고 있는 삼묘족의 수련법도 그렇지만 자연의 기운을 수련할 수 있는 수련법이라면 훌륭한 에너지원이 될 수 있을 것이다."

어느 정도 예상한 것이기에 스승의 답변은 내가 생각한 범위를 벗어나지 않았다.

"그렇군요."

"삼묘족의 것처럼 그런 수련법이 아직 세상에 남아 있을 것이다. 그러니 이곳을 나가면 반드시 찾아봐라. 지금 네가 가진 능력이라면 한두 가지는 찾을 수 있을 것이다."

"알았어요. 그나저나 이제는 스승님 말대로 떠나야겠군요."

"후후, 너무 섭섭해하지 마라. 어차피 우리는 다시 만나야 하니까 말이다."

"그렇지만……."

"쯔쯔! 사내자식이 미련을 그리 버리지 못하다니……."

"내가 언제요!"

"그만 가봐라! 미련을 떨어보았자 남는 것은 아무것도 없으니까."

"알았어요. 그렇게 죽어라 가라고 하니. 내가 떠나면 외로울 텐데 그래도 괜찮아요?"

"상관없다. 이런 상태로 4천 년을 넘게 버텨온 나다. 네가 부여받은 사명만 완수할 수 있다면 난 아무런 원이 없다."

저렇게까지 말씀하시니 이제는 정말 떠나야 할 것 같다. 그리고 원하는 것을 모두 얻은 것 같으니 말이다.

가야 한다고 생각하니 부모님 얼굴이 눈에 아른거린다. 말이 10년이지, 자식을 잃어버리고 애간장이 다 녹았을 텐데.

너무 내 욕심만 찾은 것 같다. 내가 가면 어리둥절하실 거다. 네 살 때의 모습은 온데간데없고 변해 버린 지금의 모습을 보시면 무척이나 놀라실 것이 뻔하니까 말이다.

"지금부터 공간의 문을 열겠다. 세상이 어떻게 변했는지 모르니 그곳으로 가면 반드시 나를 세상과 연결시켜야 한다. 그리고 네 부모님 되신 분들께는 정말 미안하게 생각한다고 전해다오. 그동안의 시간은 두 사람에게는 정말이지 못할 짓이었으니까 말이다."

"알았습니다, 스승님!"

"하하하! 이제야 나를 진정으로 스승으로 여기는 모양이로구나. 그럼, 다음에 보자. 공간의 문이여, 그 품을 열어라!"

우우웅!!

말이 끝남과 동시에 숲을 에워싸고 있는 영혼의 각인들이 공명을 시작한다.

삼묘족의 역사가 모두 기록된 영혼의 각인은 바로 검은 기둥을 말하는 것이다.

한번 작동시킬 때마다 엄청난 에너지가 소모되는 것이라 무척이나 힘이 들 텐데 하나 있는 제자에게 추락하는 권위를 보여주기 싫은 듯 애써 태연한 모습이 안쓰럽다.

어차피 세상과 연결시키면 스승이 된 회장님과는 언제든지 연락이 가능한 일이기에 이별의 순간이 찾아왔지만 특별한 감정은 없다. 이제는 돌아가 부모님을 만나는 기쁨만 누리면 되는 것이다.

그런데 어찌 알았으랴!

이때까지만 해도 집으로 돌아가면 무척이나 기쁘고 즐거울 줄 알았는데.

제기랄!!

엄청난 지옥이 나를 기다리고 있을 줄이야.

CHAPTER 08
삼묘족의 가지들

TIME
SLICE 타임 슬라이스

10년이면 강산이 변하는 세월이지만 건수와 창숙은 두영이
돌아올 것임을 한 번도 의심하지 않았다.

아들이 돌아올 것을 대비해 시간이 흐르는 동안 많은 것을
준비했다. 방을 꾸미고 변해 있을 아들을 위해 옷을 장만했다.

오늘도 아들에게 줄 여러 가지 물건들을 쇼핑하고 리조트로
돌아오는 길이었다.

웅!!

이제는 잘 닦인 도로를 따라 운전을 하던 건수는 이상한 진
동음에 고개를 돌렸다.

"여보!!"

경악한 표정으로 할 말을 잃은 채 입을 벌리고 있는 창숙의

얼굴을 보며 건수가 놀라 불렀다.

"이, 이거!!"

창숙이 떠듬거리며 손가락을 가리켰다. 건수의 시선이 아래로 향했다. 창숙의 손가락에 이어진 작은 반지가 푸른빛에 휩싸인 채 진동하고 있었다.

"그럼!!"

"어, 어서 가요. 우리 두영이가! 우리 두영이가 오려나 봐요."

창숙의 재촉에 건수는 액셀러레이터를 힘껏 밟았다. 오매불망 돌아오기만을 기다리던 아들이 온다는 신호였기에 마음이 무척이나 다급했던 것이다.

시속 100킬로미터가 넘는 속력으로 20여 분을 달린 두 사람은 리조트에 도착하자마자 차에서 내려 뒤편에 있는 목조건물로 향했다.

두영이 사라져 버린 유적이 있던 동굴로 들어가는 입구가 있었던 곳이다.

자물쇠를 열고 문을 연 뒤에 안으로 들어선 두 사람은 두영이 돌아오고 있다는 사실을 확신할 수 있었다.

"아! 정말 돌아오는구나. 흑!!"

창숙의 눈에 눈물이 흘렀다.

십 년 만에 아들을 볼 수 있다는 사실이 감정을 복받쳐 오르게 만든 것이다.

"그냥 바위로 된 언덕이었는데 이제 이렇게 전에 없던 동굴이 생긴 것을 보니 우리 두영이가 돌아오는 것이 틀림없는 것 같아, 여보.”

　건수 또한 아들이 돌아온다는 사실에 흥분되는지 상기된 목소리와 함께 주변을 살피기에 여념이 없었다.

　두 사람은 이곳에 목조건물을 지었다.

　이층은 전망대로 쓰이고 일층은 전망대를 지지하기 위한 구조물로 지었다. 동굴이 있었던 위치를 감추기 위해서다.

　처음 지을 때 입구가 있는지 철저히 확인했다. 그렇지만 발굴단이 포기한 것처럼 아무것도 없었다. 목조건물을 짓기 전 눈앞에 보이던 공간은 그저 커다란 바위 언덕이었을 뿐이다.

　원래 유적지로 들어가는 동굴이 있었던 곳이었지만 삼묘의 영혼이 창숙에게 말한 대로 아무것도 없는 곳이 되어버렸던 것이다.

　그런데 지금은 동굴이 생겼다. 창숙이 처음 유적지로 들어갔을 때 보았던 것과 같은 동굴이 눈앞에 있었다.

　“어서 들어가요.”

　“잠깐! 전등 좀 가지고 올게.”

　건수는 한쪽 구석으로 달려가 만약을 위해 비치해 놓았던 전등을 가지고 왔다.

　전등을 켠 두 사람은 조심스럽게 동굴로 들어가기 시작했다. 그렇게 발걸음을 옮긴 두 사람은 닫혀 있는 커다란 돌문을 볼 수 있었다.

　건수는 앞으로 달려가 돌문을 열려고 했다.

"여보, 그렇게 해서는 열리지 않아요. 안에서 열어야만 돼요."

"아차! 그렇다고 했지. 너무 급해서 그만!"

건수는 자신의 급한 마음을 탓했다. 창숙에게 이야기를 들었음에도 너무 마음이 급했던 것이다.

"여기서 기다리면 될 거예요. 우리 두영이가 돌아온다면 저 문을 열고서 나올 테니까요."

"어떻게 자랐을까? 많이 컸을 텐데."

"잘 자랐을 거예요. 나에게 말했던 삼묘의 영혼에게서 따뜻한 느낌을 받았으니까요."

"그렇겠지? 그랬을 거야."

그르륵!

서로의 손을 잡고 흥분된 마음으로 대화를 나누던 두 사람은 돌이 긁히는 소리에 시선을 돌렸다.

조금씩 문이 열리고 있었다. 그리고 사람의 실루엣이 보이기 시작했다.

건수가 문을 열고 있는 사람에게 조명을 비추었다.

"흐흐흑! 두, 두영아!"

"두영아!!"

두 사람은 불빛에 환하게 드러난 얼굴을 보며 목 놓아 아들을 불렀다.

네 살 때 알 수 없는 곳으로 가버린 아들의 얼굴이 거기에 있었다. 무척이나 큰 키였지만 어렸을 때 보았던 귀여운 모습이 고스란히 남아 있었다.

"어, 엄마! 아빠!"

"두영아!"

"두영아! 이놈!!"

두 사람은 달려들 듯 다가가 두영을 껴안았다. 세 사람은 얼싸안고 서로를 느꼈다.

십 년 만에 느끼는 서로의 체온은 눈물이 되어 얼굴을 적시고 있었다.

'치!! 울지 않으려고 했는데 왜 이렇게 눈물이 나는 거야. 다 큰 놈이 말이야. 이래서 가족이라는 건가?

두영은 원래 있었던 세계에서도 흘리지 않던 눈물이 흐르는 자신을 느끼며 이런 느낌도 괜찮다는 생각이 들었다.

가족이라는 것이 이렇게 좋은 것이라는 것을 두영도 진정으로 느끼고 있었다.

*　　　　*　　　　*

"꺼억!"

벌써 몇 공기인지 모르겠다. 하얀 쌀밥에 고추장을 넣어 볶은 돼지고기, 그리고 알맞게 익은 김치가 입 안에서 환상적으로 놀고 있기 때문이다.

어머니와 아버지는 흐뭇한 모습과 함께 어딘지 안쓰러운 모습으로 나를 바라보고 계신다.

"아, 잘 먹었다."

“좀 더 줄까?”

“아니요. 이제 더 이상 들어갈 곳이 없어요, 엄마.”

“그래.”

엄마가 조심스럽게 상을 치웠다. 싱크대로 다가가 설거지를 하시는데 어깨가 들썩이는 것을 보니 무척이나 속상하신 모양이다.

하긴, 네 살 때 잃어버린 아들이 십 년이 지나 나타났는데 제대로 밥 한번 못 먹은것만 같은 모습을 보여 드렸으니 속이 상하실 만도 할 것이다.

“두영아.”

“예, 아빠!”

“이렇게 돌아와 주니 기쁘구나.”

눈자위가 붉어진 아버지를 보니 나도 눈시울이 시큰거린다.

“저도 기뻐요.”

“그래, 그런데 그곳에서는 무슨 일이 있었니?”

“어머니가 설거지 끝내시면 다 말씀드릴게요.”

“그래, 그러자. 네 엄마도 들어야 하니까.”

잠시 후, 어머니가 설거지를 끝내시고 식탁에 앉으셨다. 좀 우신 모양인지 눈이 토끼눈이다.

두 분 다 차분해지신 것 같아 이야기를 시작했다. 물론 사실대로 이야기할 수 없어 스승님과 내 이야기는 빼고 삼묘족에 대한 것만 이야기했다.

삼묘의 영혼과 영혼의 각인, 그리고 어째서 내가 그곳에 갔는지 적당히 시나리오를 썼다.

"삼묘의 영혼은 인연자를 찾는 역할을 하고, 영혼의 각인은 삼묘족이 남긴 유산을 너에게 전하는 역할을 하는 거라는 말이구나."

"그래요."

"아! 나도 삼묘족을 연구하고 있지만 그토록 높은 정신문명을 이룩하고 있었다니 놀라운 일이구나."

어머니는 상당히 놀라는 눈치시다. 그러실 만도 하다. 내가 이어받기는 했지만 아직도 실감이 나지를 않으니 말이다.

"그렇긴 하지요. 그런데 이 사실은 비밀로 해주셔야 해요. 엄마가 연구하는 데는 도움을 드리겠지만 말이죠."

"알았다. 알려져서 좋을 일은 없는 것 같으니까."

순순히 수긍하시는 것을 보니 어느 정도 안심이다. 사실 다시 이곳으로 와서 제일 걱정이 되는 것이 어머니의 관심이었으니 말이다.

"피곤할 텐데 이제 그만 자거라. 너 없는 동안 방을 꾸며놨단다."

"그래요?"

"그래, 어서 가보자."

내 방을 꾸며놓았다는 소리에 가슴이 설렌다.

어머니를 따라 방으로 갔다. 방 안으로 들어서니 어머니가 얼마나 정성을 쏟았는지 한눈에 알 수 있었다.

은은한 블루 톤 계열의 벽지와 아늑하게 자리 잡은 침대, 그리고 한쪽에 서 있는 책장에는 내가 관심을 가질 만한 책들이 가득했다.

그동안 나를 기다리신 어머니의 마음과 정성이 보이는 듯했다.

"마음에 드니?"

"와!! 정말 마음에 들어요."

"그래, 내일부터는 바빠질 테니 어서 쉬어라!"

"알았어요."

방을 나서시기 전에 어머니께서 다가오시더니 나를 안아주신다. 오랜 만에 만난 아들의 체온을 다시 한 번 느끼고 싶으신 모양이다.

아버지도 나와 어머니를 그 큰 품으로 한번에 안으신다.

"무사히 돌아와 줘서 고맙다, 두영아."

"사랑한다, 두영아!"

"사랑해요, 엄마! 아빠!"

다음날 아침, 구수한 된장찌개 냄새에 잠이 깼다. 어머니가 나를 위해 끓이시는 것 같다.

이곳 태국에서는 구하기 쉽지 않을 텐데 고마운 일이다.

간만에 느껴보는 포근함에 정신없이 자서 그런지 몸이 개운하다. 얼른 이불을 걷고 침대에서 일어나 방에 딸린 욕실로 갔다.

샤워를 끝내고 식당으로 가니 어머니가 나를 반긴다.

"호호, 두영아. 일어났니? 어서 와서 앉아라!"

"아버지는요?"

"리조트 일 때문에 일찍 나가셨다. 시간 맞추어 오신다고 했으니 곧 오실 거다."

"그러시군요."

리조트 건물에서 느껴지는 사람들의 기운이 상당히 많았다.

나를 기다리기 위해 리조트를 만들었다고 하신 것 같았는데 상당히 잘되는 것 같다.

"야, 된장찌개네?"

호랑이 사촌이신가 보다. 식탁에 앉자마자 아버지가 코를 킁킁거리며 식당으로 들어왔다.

"트레킹 떠나는 손님들은 잘 갔어요?"

"그래. 그 학생들, 어제 늦게까지 노느라고 피곤할 텐데도 일찍 출발하더군."

"부지런한 사람들이네요. 역시 젊음이 좋은가 봐요. 어서 앉아요. 시장할 텐데."

"그럼 앉아볼까?"

아버지가 앉으신 후 밥을 퍼서 식탁에 놓은 어머니도 자리에 앉았다.

"어서 먹어라."

아버지가 수저를 드시며 어서 먹기를 권했다.

"잘 먹겠습니다."

아버지가 식사를 시작하자 나도 수저를 들었다. 일단 구수한 된장찌개를 한 수저 떠서 입에 넣었다.

"우와! 죽인다!"

고춧가루를 조금 넣은 것인지 매콤한 맛이 감도는 된장찌개가 입에 붙는다.

이런 웰빙 음식을 마음껏 먹을 수 있다니 전에 같으면 꿈도 꾸지 못할 일이다.

"호호, 녀석. 그렇게 맛있니?"

"응, 엄마!"

안타까우신지 눈에 눈물이 그렁그렁하다. 가슴이 짠하다. 이런 때는 그저 맛있게 먹어주는 것이 최고다.

순식간에 밥 두 공기를 비웠다. 맛있게 먹는 나를 보며 부모님은 즐거운 듯 미소를 지으며 식사를 하셨다.

식사가 끝나고 난 뒤 어머니가 차를 내오셨다. 향긋한 재스민 차가 입 안을 개운하게 했다.

차를 다 마신 후, 어머니는 방에 갔다 오시더니 대여섯 장짜리 종이 묶음을 내게 보여주셨다.

"뭐예요?"

"앞으로 네가 공부해야 할 것들이다, 두영아. 다행히 말과 글자는 잊어버리지 않은 것 같으니 오늘부터 공부를 다시 시작해 보자."

"하지만……."

“네가 없어진 시간이 장장 10년이란다. 지금부터 바짝 서두르지 않으면 늦어.”

“아, 알았어요.”

어머니의 눈빛을 차마 외면할 수 없었다. 어머니에게 잃어버린 10년이 얼마나 소중한지 아는 까닭이다.

그래도 이건 좀 너무한 것 같다.

실종되기 전에 내가 좀 천재로 알려지긴 했지만 여섯 장짜리 공부 계획서는 질리지 않을 수 없었던 것이다.

그래도 어쩔 수 없을 것 같다.

이번 기회에 어머니께 조금 기쁨을 드려볼까 한다.

태국의 대학 수준도 상당히 높은 편이니 어머니가 만족하실 만큼 보여 드려야 안심하실 것 같으니 말이다.

어머니가 내게 주신 공부 계획서를 살폈다. 눈이 붉어서 나 때문에 우셔서 그런 줄 알았는데 아닌가 보다.

이 정도면 거의 밤을 새워 준비하신 모양이다.

계획서대로라면 어머니는 얼마 안 있어 나를 한국에 데리고 가실 모양인 것 같다.

한국에 가서 검정고시를 통해 각 급 학교의 졸업 자격을 취득해 오려는 것이 분명했다.

어제 스치듯 보았지만 책장 안에 있던 책들 중에 초중고 관련 학습서가 있었던 것을 보니 내가 돌아올 때를 대비해 미리미리 준비하셨던 것이 분명했다.

　예상대로 식사를 마친 후 어머니는 내 학력 수준에 대해 테스트를 하셨다.

　수준에 맞추어 학습을 진행시키실 계획인 것이다.

　테스트는 상당히 준수하게 끝냈다. 언어 및 수리, 그리고 인문사회 등을 테스트하셨는데 어머니께서 상당히 놀라시는 눈치였다.

　그도 그럴 것이, 대학원 수준 이상의 공부는 이전의 삶에서 모두 끝내고, 거의 박사 급의 실력을 갖추고 있으니 기초 학력은 테스트해 보나마나였던 것이다.

　세계사나 역사가 내가 알던 것과는 많이 달라 조금 애를 먹었지만 아버지가 전공하고 있는 의학이나 어머니가 연구하시던 삼묘족에 대해서만 관심이 있었다는 사실 때문인지 어머니는 그리 큰 의문 없이 넘어가셨다.

　테스트가 끝난 후 어머니는 아버지와 의논을 하신 후 넉 달 후에 한국으로 가자고 말씀하셨다.

　넉 달 동안 학습서를 참고로 검정고시 준비를 하고, 한국에 가서 중학교 입학 검정을 치르겠다는 뜻이었다.

　아무 문제가 없는 일이지만 난 어머니에게 한 가지 부탁을 드렸다.

　어머니는 중학교 입학 검정을 치른 후 중학교에 진학시키고 싶으신 생각이겠지만 학교에 투자할 시간을 줄여야 했기에 고등학교 입학 검정까지 치르겠다고 말씀드린 것이다.

　중학교 입학 검정이 끝난 후 석 달 뒤에 다시 검정고시가 있었기 때문이었다.

어머니는 무리하지 않는다는 조건하에 허락을 하셨다.

내 인지 능력이 천재의 범주도 넘어서니 능력이 된다면 그것도 괜찮다고 생각을 바꾸신 것이다.

그렇게 허락은 하셨지만 한 가지 조건을 거셨다.

중학교 입학 검정에 합격하면 시험을 준비하는 것도 괜찮지만 한국에 대해서 공부를 해야 한다는 말씀도 하셨다.

인문과 사회 분야에 취약하다는 것을 느끼신 것인지 한국의 역사와 문화를 제대로 알아야 한다는 뜻이었다.

어차피 역사에 대해서 제대로 공부할 생각이었다. 삼묘의 성지에 있는 스승님의 말씀대로라면 내가 알고 있는 역사와 지금의 역사는 달라도 한참 달랐기에 거의 전문가 수준으로 익혀볼 생각이었던 까닭에 어머니의 뜻을 순순히 따르기로 했다.

다음날부터 곧바로 공부가 시작됐다.

불행하게도 한국 어머니의 교육열을 반영하듯 어머니도 한국 사람이라는 것을 잊지 않으셨나 보다.

어머니는 내 곁에서 떨어지지를 않으셨다. 국어와 사회, 국사 등 각종 인문 관련 공부를 직접 가르치셨다.

그동안 제대로 준비를 하셨는지 상당한 수준을 요구하는 것들이었지만 무리없이 소화할 수 있었다.

그렇다고 쉬운 것만은 아니었다.

　인문 분야에는 이전에 내가 알고 있던 것과는 상당히 다른 부분도 많았기에 나도 상당한 노력을 기울여야 했다.

　오전과 오후로 나누어진 공부를 끝내고 저녁 식사를 마치고 나면 이번엔 아버지께서 나섰다.

　리조트 일을 일찍 끝마치고 돌아와 나와 함께 시간을 보내고 싶어 하셨기에 아버지도 나를 가르치셨던 것이다.

　아버지는 수학을 중심으로 영어를 가르치셨고, 중국어와 일본어 등 한국과 관계가 깊은 언어를 가르치셨다.

　수학은 미적분은 물론, 대수와 고도 함수까지 이곳으로 오기 전에 끝마쳤던 터라 문제가 없었다.

　그리고 웬만한 언어도 마스터한 처지라 아버지와의 공부는 그리 어렵지 않았다. 거의 대화하는 것으로 공부를 진행할 수 있었다.

　그렇게 시간은 차츰 흘러갔다.

　오전 아홉 시부터 저녁 아홉 시까지 식사 시간을 제외하고 거의 열 시간을 공부에 매달렸다.

　아버지와 어머니는 잘 따라가는 나를 보며 무척 좋아하셨다. 지금 가르치고 계시는 것들이 중학교는 물론 고등학교 수준을 훨씬 뛰어넘는 것이다.

　하지만 내가 대부분 이해하고 있었기에 아들의 천재성에 대해 흡족해하셨던 것이다.

　시간이 되자 난 어머니와 함께 한국에 갔다.

　아버지는 이번 기회에 한국에서 푹 쉬면서 아들과 함께 즐

겹게 보내라고 하셨기 때문에 어머니도 그리 싫어하시는 눈치
는 아니었다.

　아버지에 대해서만큼은 언제나 닭살 같은 행동을 보여주는
어머니가 얼마 동안 떨어져 있는 것을 좋아하시는 것을 보면
고향이 그리우셨나 보다.

　시간이 흘러 검정고시 날짜가 다가왔고, 한국으로 건너가
시험을 치렀다.

　중학교 입학 검정이야 당연히 붙었다.

　그리고 시작된 어머니와의 여행!

　두 달여 남짓의 여행은 나에게 많은 기쁨을 선사했다. 언제
나 머릿속에만 머물던 한국이라는 곳에 대한 애정을 가슴 깊
이 간직할 수 있었다.

　석 달이 지난 후에 고등학교 입학 검정을 치렀다.

　얼마 지나지 않아 합격자 발표 명단 맨 상위에 내 이름이 있
었고, 이로 인해 뉴스에 내 이름이 실렸다.

　연거푸 전체 수석을 차지하며 두 단계 시험을 통과했기 때
문이다.

　하지만 언론사에서는 나를 취재할 수 없었다.

　시험이 끝나자마자 곧바로 여행을 떠나 다시 한 번 방방곡
곡을 돌아다녔기 때문이다.

　다시 석 달여의 여행을 끝내고 늦가을이 되었을 무렵, 어머
니와 나는 한국을 떠나 태국으로 돌아왔다.

어머니는 더 있고 싶어하셨지만 아버지가 외로워하실 거라
며 여행의 발길을 멈추셨던 것이다.

그렇게 태국으로 돌아온 후에도 난 공부를 멈출 수 없었다.
어머니가 이왕 내친김에 대입 검정도 마무리하고 미국으로 공
부를 하러 떠나라고 하셨다.

미국의 대학 입학 고사인 SAT를 준비해 미국에 있는 대학에
들어가 하고 싶은 공부를 마음껏 하라는 말씀이셨다.

취업 준비가 대부분인 한국의 대학에서는 참다운 공부를 할
수 없다는 생각에서 였다.

한국에 가 있는 동안 어머니의 행동을 통해 어느 정도 짐작
은 하고 있는 일이었기에 큰 부담은 없었다.

아직 시간도 많이 남았기에 충분한 준비를 할 수 있을 것이
기 때문이다.

준비는 조금 쉬고 난 뒤 차차 하기로 했다. 대입 검정을 치
른 지 얼마 되지 않은 터라 조금 쉬고 싶다고 말씀드리고 휴식
을 취했다.

집에서 책을 읽으며 한가로이 시간을 보냈다. 내가 읽은 책
대부분이 세계사와 역사책이었다.

한국으로 갔을 때 구입한 것들로 고대로부터 현재까지 다양
한 방면에서 역사를 해석하고 있는 책들이었다.

나에게는 무척 소중한 시간이었다.

타임 슬라이스가 떨어져 나가 왜곡된 역사를 살았던 예전의
나와 이제는 맞춰져 진실된 역사를 살아가야 하는 지금의 나

를 일치시킬 수 있는 시간이었으니 말이다.

내가 역사서에 심취해 있는 동안 어머니도 분주한 시간을 보내셨다.

어머니도 아버지만 두고 한국에 갔다가 온 터라 할 일이 많으셨던 것이다.

일도 일이지만 두 분 사이의 애정 전선도 매우 바쁘셨기에 비록 며칠이지만 난 오랜만에 한가로이 혼자서 시간을 보낼 수 있었다.

그렇게 리조트로 돌아와 일주일이 되었을 때 참 반가운 얼굴을 볼 수 있었다.

이제는 어엿한 아저씨가 되어버린 메우 형이었다.

"두, 두영아!!"

서재에 들어서자마자 눈물이 떨어질 듯한 벌건 얼굴로 나를 부르는 메우 형을 보니 가슴이 짠했다.

"형, 오랜만이야."

"이 녀석!!"

커다란 덩치로 한가득 나를 안으니 가슴이 답답하다.

그런데 탄탄한 근육을 보니 수련을 제대로 끝낸 것 같아 보였다.

내가 돌아왔을 때 메우 형은 한동안 메우 할아버지와 수련을 위한 여행을 떠났다고 했다.

삼묘의 성지에서 이곳으로 와서 메우 형을 볼 수 없어서 무척이나 섭섭했었다.

꾀죄죄한 모습이 아마도 수련 여행을 마치자마자 이곳으로 온 것이 분명해 보였다.

그런데 형, 이렇게 안으면 연약한 난 찌부러진다고. 이렇게 무식하게 안아서야, 원!!

반가움이 넘치는지 힘껏 나를 안은 메우 형의 힘에 가슴이 답답했다.

"에휴, 죽겠다. 챔피언이 이렇게 안으면 나 같은 사람은 눌러놓은 만두가 된다고, 형!"

"어, 아팠냐?"

메우 형은 미안한 표정으로 다급히 팔을 풀었다.

"형, 챔피언 먹었다며?"

"쩝! 뭐, 그렇지."

무에타이의 고수들만 출전한다는 국왕컵 대회에서 3년 연속 챔피언에 오른 유일한 양반이 꼭 바보 같은 표정이다.

"여전하네. 챔피언씩이나 된 사람이 그런 어리벙벙한 표정이라니."

"너 때문이지 않냐? 그런데 어떻게 된 거냐?"

메우 형도 내 실종에 많이 힘들었는지 불편한 표정으로 내게 물었다.

아무래도 메우 형에게도 부모님께 말씀드린 정도는 말해주어야 할 것 같다.

"자리에 앉아. 다 말해줄 테니까."

메우 형이 자리에 앉은 후 이야기를 시작했다. 부모님에게 들려드렸던 이야기와 그리 다르지 않았다.

삼묘의 성지에 관한 이야기와 그곳에서 몇 가지 삼묘족의 제사장이 얻어야 할 것들은 얻었다는 것을 이야기해 주었다.

그리고 이제는 이곳으로 돌아와 내 삶을 살게 됐다는 이야기였다.

"으음, 그러냐? 뭐 다른 거는 없니?"

이야기를 다 들은 메우 형의 얼굴에는 영 미심쩍다는 표정이 가득했다. 뭔가 알고 있는 것 같은 느낌이 들었지만 사실대로 말해줄 수는 없는 노릇이었다.

"응, 그게 다야."

"그렇구나."

수긍을 하면서도 나를 살피는 메우 형의 시선이 영 불편하다. 역시, 좋아하는 사람에게 거짓말하는 것은 마음에 걸리는 일이다.

"두영아, 우리 할아버지 한번 만나보지 않을래?"

"메우 형 할아버지?"

갑작스럽게 할아버지를 만나보라는 말에 이상한 생각이 들었다. 삼묘족에 대해 알고 있는 것이 틀림없었다.

"그래, 무슨 일인지는 모르지만 오래전부터 네가 돌아오면 만나봐야 한다고 말씀하셔서 말이다."

"메우 형 할아버지시라면 만나봐야겠네. 나도 형에게 무에타이를 가르치시는 할아버지에 대해 무척 궁금했는데 말이야."

어느 정도 짐작이 갔다.

나에게도 그리 나쁜 일이 아닐 것이기에 만나보기로 했다.

"그래, 조금 있으면 오실 거다. 집에 짐을 풀고 곧바로 찾아오신다고 했거든."

"알았어. 오시면 만나 뵙도록 할게"

메우 형의 할아버지가 오기까지 시간이 좀 걸리기에 대화를 나눴다.

주로 메우 형이 어떻게 지냈는지에 대한 이야기였다.

이야기를 들어보니 내가 삼묘의 성지에 있는 동안 메우 형도 무척이나 고되고 특이한 생활을 한 것 같았다.

형은 내가 없는 동안 세계를 돌아다니며 격투가들과 대결을 벌이기도 하고, 주변의 권유로 격투 대회에 나가 챔피언이 되기도 했다고 한다.

그리고 할아버지와 함께 고대의 무에타이를 수련하기도 하는 등 격투가로서의 삶을 충실히 산 것 같았다.

메우 형의 할아버지가 서재로 온 것은 두 시간여가 지날 무렵이었다.

할아버지는 까무잡잡한 피부에 전형적인 동남아시아인의 모습을 하고 있었다. 어디서나 평범하게 볼 수 있는 모습이었다.

그나마 특이한 것은 할아버지의 양미간에 있는 눈썹이 눈처럼 희다는 것이었다.

"하하하, 네가 두영이로구나. 만나보게 되니 반갑다."

환한 미소를 지으며 메우 형의 할아버지가 나를 바라보았다. 정말이지, 눈빛이 좋은 할아버지였다.

"저도요, 할아버지."

"메우에게 안 좋은 일을 겪었다 들었는데 눈빛을 보니 이제 안심이 되는구나."

메우 형이 할아버지에게 나에 대한 일을 말해준 것이 틀림없었다.

비밀을 지켜줄 것을 어머니가 부탁하셨다고 했는데 지켜주지 않은 메우 형에게 조금 실망스러웠다.

"메우에게 섭섭해할 필요는 없다. 저 아이는 나에게 거짓말을 할 수 없으니까 말이다. 특히나 삼묘족에 관한 이야기라면 말이다."

"그렇군요."

할아버지의 말을 듣고 메우 형에 대한 섭섭함이 어느 정도는 가셨다.

가족이기도 하지만 무예를 가르치는 스승이기에 서로에게 거짓이 없어야 한다는 것을 알았기 때문이다.

그리고 삼묘족과 메우의 할아버지가 어느 정도 관계가 있음을 눈치챌 수 있었기 때문이기도 했다.

"저에게 하실 말씀이 있는 것 같은데, 이야기하십시오."

삼묘족에 대해 알고 있고, 수련에서 돌아오자 곧바로 찾는 것을 보면 할 말이 있다는 것을 뜻했기에 메우 할아버지에게 말씀하실 것을 권했다.

"알았다. 메우야, 주변을 살피려무나."

“알았습니다.”

꽤나 중요한 이야기인 듯 할아버지는 매우 형에게 주변을 살피도록 했다.

주변이라고 해봐야 들어오는 입구가 다이니 매우 형에게 자리를 비켜달라는 소리나 다름없었다.

매우 형이 나가자 할아버지는 자리에서 일어났다.

그냥 앉아서 이야기해도 되는데 굳이 일어나다니 모를 일이었다.

“어?”

황당하다.

갑자기 일어서시더니 무릎을 꿇고는 나에게 오체투지를 하시다니 말이다.

“할아버지, 왜 그러세요?”

“파유가 위대한 삼묘의 법을 뵙습니다.”

“아!!”

할아버지를 말리려다가 삼묘의 법이라는 말을 듣고 나서야 어째서 이러는 것인지 알 수 있었다.

폭풍이라는 뜻의 이름을 가진 할아버지가 삼묘의 법을 수호하는 전사일 줄이야.

“어떻게 아신 거죠?”

“영혼의 각인을 통해 이어진 울림은 수호자에게도 전해지게 되어 있습니다. 성지를 떠나 이곳으로 오시게 되면 저도 자연히 알게 되어 있습니다.”

"역시 그러시군요. 그럴지도 모른다고 생각했는데……."

짐작하고 있었던 것이 맞았다.

삼묘족의 가지라고 할 수 있는 이들이 아직까지 명맥을 이어오고 있었던 것이다.

"오시는 즉시 만나 뵈어야 했지만 다음 대 수호자가 수련을 끝마치지 못했습니다. 그리고 오시자마자 곧장 한국으로 떠나셨기에 그 시간 동안 메우를 수련시키고 있었습니다."

"그렇군요."

삼묘의 법이라 일컬어지는 제사장을 모시는 자들은 셋이다. 폭풍, 비, 흙을 뜻하는 파유, 폰, 딘이 바로 그들이다. 그중 삼묘의 법을 지근거리에서 호위하는 이가 바로 폭풍의 파유다.

어차피 만날 줄 알았지만 이렇게 빨리, 그리고 나와 인연이 있는 사람이라는 것이 뜻밖이었다.

"제가 이렇게 찾아 뵌 것은 메우가 앞으로 존가를 호위한다는 말씀을 드리기 위해서이기도 하지만 한 가지 전할 것이 있어서이기도 합니다."

이야기를 들으며 메우 형이 나를 호위할 것이라는 것은 짐작했다.

그런데 나에게 줄 것이라니? 의문이 아닐 수 없다.

"존가께 폭풍의 일족이 드리려고 하는 것은 호령무라는 것입니다."

"호령무라니 무슨 말씀입니까?"

이름이 심상치 않아 물어보았다.

"법을 수호하는 세 부족은 다시 돌아오실 존가를 위해 모두가 각자 선물을 준비했습니다. 그중 폭풍의 부족은 전신타격기인 호령무를 지난 시간 공들여 준비를 해왔습니다."

"그럼 그 호령무라는 것이 무에타이 같은 무술인가요?"

"비슷하지만 아닙니다. 호령무는 그런 것으로는 설명을 드릴 수가 없습니다. 직접 익히고 경험해야만 아실 수 있는 겁니다."

이야기를 들어보니 배워야만 할 것 같다.

메우 형이 익힌 무에타이가 챔피언을 먹을 정도의 실력이라니 그것보다 뛰어난 것으로 보이는 호령무를 익히면 좋겠다는 생각이 들었다.

그렇지만 문제는 시간이었다.

"익히고는 싶지만 내년이면 제가 미국으로 가야 할 것 같은데 가능할 것 같지가 않군요."

"하하하, 걱정하지 마십시오."

"방법이 있다는 것입니까?"

방법이 있다는데 거절할 내가 아니다. 지금은 예전의 실력을 찾을 수 있는 방법이라면 무엇이든지 가릴 수 없는 처지였다.

"그렇습니다. 호령무의 전수는 그리 많은 시간이 필요한 것이 아닙니다. 하루에 한 시간씩 열흘 정도만 저에게 시간을 주시면 됩니다. 그리고 수련도 잠을 자실 때 저절로 이루어지니 걱정하지 않으셔도 됩니다."

"그래요?"

"그렇습니다."

믿기지 않는 이야기였다. 그런 수련법이 있다니……?

그렇지만 믿지 않을 수도 없다. 삼묘족이 여러 갈래로 뻗어 나갔고, 뻗어나간 가지마다 특별한 능력을 지녔다고 하더니 사실인 모양이다.

어찌 되었던 호령무라는 것을 수련하는 것이 나쁘지는 않을 것 같았다.

외부의 기운을 얻어 자연의 기운을 호흡해야 하는 나로서는 어쩌면 반드시 익혀야 될지도 모르는 것이었다.

"알겠습니다. 그렇게 하지요."

"그럼 당장 시작하겠습니다. 방해할 사람도 없으니 지금이 좋을 것 같습니다."

파유 할아버지의 말씀대로다. 어머니는 며칠 동안 아버지의 일을 돕겠다고 하셨다. 그 기간 동안은 내게 휴가나 마찬가지다.

시작할 바에야 빨리 하는 것이 좋을 것 같았다.

내가 파유 할아버지에게 호령무를 전수받는 것을 어머니가 아시면 공부에 방해가 된다며 싫어하실 테니까 말이다.

호령무의 전수는 그리 어렵지 않았다. 폭풍부족도 삼묘족의 일원이라 정신문명의 유산을 가지고 있었다.

미래에 살았을 무렵, 일부 고위 특권층이나 다국적 기업의 후계자들에게만 실시되었던 기억 인식 학습과 비슷한 술법이 폭풍부족에게 전해져 내려오고 있었던 것이다.

원융사령술(圓融寫靈術)!

기억하는 것이 아니라 인식에 각인시키는 것을 목적으로 하는 술법이다.

자신이 전하고자 하는 것을 전하는 술법을 파유 할아버지가 나에게 베푼 것이다.

파유 할아버지는 호령무라는 폭풍부족이 수천 년간 갈고닦아 온 죽음의 춤을 나에게 알려주었다.

호령무의 전수가 끝난 것은 정확히 열흘 만이었다.

전수에 걸린 시간이 무색할 만큼 내게 전해진 호령무는 무척이나 방대한 양이었다.

그도 그럴 것이, 폭풍부족의 수호자들이 그동안 그들이 싸워왔던 자들에 대한 대전 경험과 스스로 깨우치고 닦은 깨달음들이 그 안에 모두 녹아 있었기 때문이다.

파유 할아버지는 전수가 끝난 후 호령무는 스스로 살아 움직이며 나를 수련시킬 것이라고 했다.

수련이 진행되면 무척이나 힘들 것이라고 했다.

호령무에는 총 열 단계에 거친 벽이 존재하는데 단계를 초월하는 것이 그리 만만치 않다는 것이다.

하지만 내가 수련에 성공해 단계마다 가로막는 벽을 뚫으면 기연이 찾아올 것이라고 했다.

단계를 지날 때마다 인간의 한계를 초월하는 능력을 한 가지씩 얻게 될 것이라는 것이다.

어떤 것인지는 모르지만 무척이나 기뻤다.

불완전하기만 한 내 육체를 이곳으로 오기 전의 모습으로 완성시킬 수 있는 방법이었기 때문이다.

좋은 점은 또 있었다.

의식과 잠재의식 사이를 오가는 시간인 잠에 취해 있을 때만 수련이 진행되기에 어머니에게 그다지 질책을 받지 않아도 된다는 것이었다. 어머니의 시선으로는 지금 나에게 공부가 제일 우선이었으니 말이다.

파유 할아버지는 부족으로 돌아가며 메우 형을 내 곁에 남겼다. 이제부터 내 수신호위로서의 역할을 한다는 것이었다.

파유 할아버지는 섭섭해했다. 수많은 전승자들이 있었지만 그동안 삼묘의 법을 수호하는 제사장을 호위한 자는 셋을 넘지 못했다고 한다. 자신이 그 수호자가 되지 못하고 손자에게 그 역할을 넘긴 것이 못내 아쉬운 모양이었다.

하지만 나에게 호령무를 직접 전하고 손자가 수호자가 되었으니 그나마 다행이라고 말했다.

나중에 안 일이지만 호령무의 전수는 메우 형의 역할이었다고 한다.

파유 할아버지는 아쉬움을 달래기 위해 자신을 설득해 그 역할을 일부러 맡은 것이라고 메우 형이 말해주었다.

파유 할아버지가 부족으로 돌아가고 난 뒤 내 휴가도 끝이 났다. 어머니께서 본격적으로 공부를 다그친 것이다.

한국의 교육열이 세계 최고 수준이라고 하지만 어머니의 노력에 비하면 그야말로 새 발의 피라고 할 수 있을 정도였다.

　　RX—1000의 기능이 살아 있어 거의 모든 정보를 실시간으로 쓸 수 있는 나지만 약간이나마 힘들어했으니 말이다.

　　그래도 내게는 소중한 시간이었다.

　　스승님께 들었지만 내가 살던 미래와는 많은 것이 다른 이곳에서 어머니의 교육열로 인해 많은 정보를 얻을 수 있었으니 말이다.

　　어머니의 교육 철학은 조금 남달랐다.

　　입시지옥이 판을 치는 한국의 교육과는 다르게 전인교육으로서의 완성을 목표로 하셨다.

　　그 수준이라는 것이 내 나이 또래는 감당하기 어려웠다.

　　문화와 경제, 그리고 첨단 과학에 이르기까지 거의 학문의 전 분야에 걸쳐 나를 가르치신 것이다.

　　리조트에서 벌어들인 수익금의 절반 이상이 내가 공부할 책을 사는 데 쓰였을 만큼 어머니는 내 교육에 열정적이셨다.

　　나중에 안 일이지만 내가 사서 보았던 책들이 나중에 이 지역에 건립된 도서관에 크게 기여를 했다고 한다.

　　어머니의 기증으로 내가 본 책들이 도서관이 보유한 장서의 반이 훨씬 넘었다고 하니 얼마나 열정적이셨는지 미루어 짐작할 수 있을 것이다.

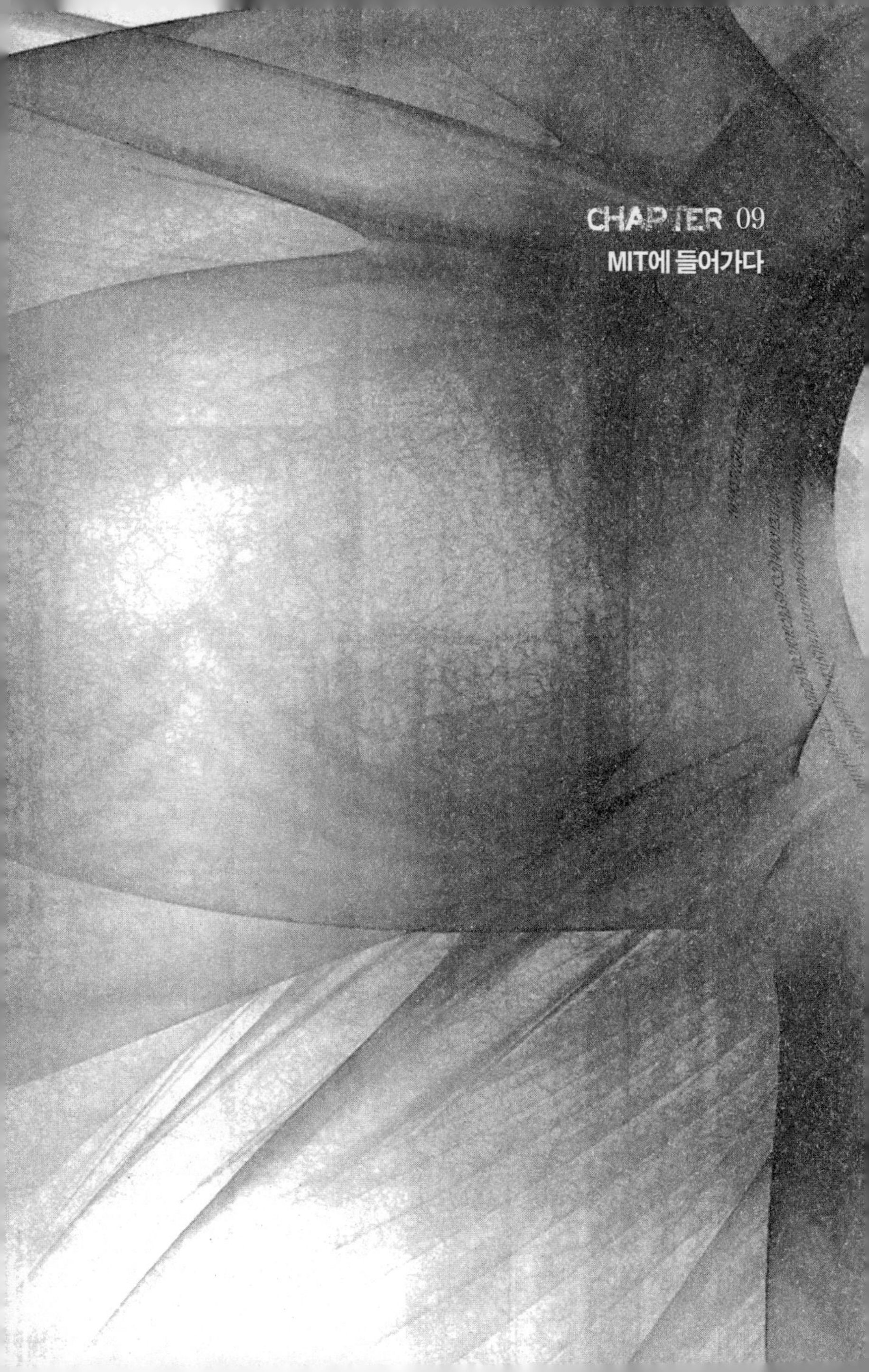
CHAPTER 09
MIT에 들어가다

TIME
SLICE 타임 슬라이스
TIME
SLICE 타임 슬라이스

공부가 진행되는 동안 나는 삼묘의 성지에 있는 스승님과 리조트 뒤편 동굴 속에 있는 게이트를 연결시켰다.

세상과 연결되고자 한 스승님의 염원을 이루어드린 것이다. 스승님과 게이트를 연결한 후 다른 이들은 절대로 들어갈 수 없는 공간으로 만들어 버렸다. 오직 나와 메우 형만이 드나들 수 있도록 해놓았다.

메우 형이 출입을 할 수 있게 만든 것은 스승님의 요청이 있어서였다.

폭풍부족에 대해 스승님도 알고 있었고, 부족해 보이는 메우 형을 위해 별도의 수련을 시킨다는 이유에서였다.

신체를 이용한 능력은 이미 범인을 뛰어넘었지만 삼묘족의 근간이라고 할 수 있는 정신 능력은 현저히 떨어지기에 그에 대한 수련을 시킨다고 하셨기에 난 흔쾌히 수락했다.

메우 형이 나를 위해 몇 가지 해야 할 일이 있기에 삼묘족의 정신 능력을 배울 수만 있다면 많은 도움이 될 것이기 때문이다.

미국으로 떠나기 전까지 메우 형은 정신 능력을, 나는 공부와 호령무를 익히느라 바쁜 시간을 보냈다.

그렇게 시간이 흘러 SAT를 볼 수 있었다.

어머니의 예상과 같이 난 2,400점 만점을 받을 수 있었고, 미국의 어느 대학이라도 갈 수 있는 자격을 획득했다.

15세 나이에 SAT 만점을 받은 탓에 매스컴에서도 난리가 아니었지만 어머니는 나를 언론의 카메라에서 탈출시켰다.

메우 형의 부족인 폭풍부족으로 보내 언론의 시야로부터 나를 감춘 것이다.

폭풍부족의 마을로 간 나는 입학 준비를 했다. MIT에 입학하기 위한 준비였다.

MIT는 SAT 성적뿐만 아니라 개인 성격이나 동기, 대외 활동 등 많은 부분에 대해서도 입학사정관을 통해 심사를 하기 때문에 세심한 준비가 필요했던 것이다.

그렇게 입학 원서를 작성해서 미국으로 보냈고, 두 달여의 시간이 지났을 때 뜻밖의 소식이 미국으로부터 날아왔다.

아버지는 MIT로부터 날아온 편지를 보며 의아한 듯 고개를 저으셨다. 합격통지서가 아니었기 때문이었다.

"합격통지서가 아니라 개인 면담을 하러 오라니? 모를 일이
로군."

MIT에서는 총 네 단계에 걸쳐 학생의 성적과 개인 성향, 그
리고 성취도 등 여러 가지 심사를 하고 합격 결정을 내린다.

그런데 합격이 결정되지 않은 상태에서 나에 대한 면담을
요청한다는 문서가 들어 있었기에 아버지가 고개를 저으신 것
이다.

"호호호, 입학사정관들도 아마 믿기 힘들었을 거예요. 성적
이야 그렇다고 하지만 두영이가 에세이 말고도 논문 하나를
동봉했으니까요."

"논문?"

어머니의 설명에 아버지가 의아한 듯 바라본다.

"사실 두영이가 내 뒤를 잇기를 바랐지만 그럴 필요가 없잖
아요? 누구보다 삼묘족에 대해 잘 아니까요. 그래서 이번에 유
전공학과 관련해서 한 가지 논문을 보냈어요. 매우 할아버지
댁에 갔을 때 두영이가 작성한 거예요."

"그, 그럼!!"

아버지가 기쁨에 찬 눈으로 나를 바라보신다.

"그래요. 두영이가 당신 뒤를 잇겠다고 하네요."

"하하하! 고맙다, 두영아!"

어머니의 말씀에 아버지가 감격스러운 표정으로 나에게 고
마워하셨다. 내가 필요해서 그런 것인데 어머니의 확대 해석

에 아버지의 감격까지, 양심에 조금 걸린다.

하지만 어머니 말대로 아버지 뒤를 잇는 것도 나쁘지는 않을 것 같다. 저렇게 좋아하시니 말이다.

"사실 아버지 뒤를 잇겠다는 생각만 가지고 결정한 것은 아니에요. 나름대로 제가 공부하고 싶었던 거예요."

"그랬구나. 그렇지만 이유가 어찌 되었든 고맙다, 두영아."

얼굴에 웃음이 가득하셨다.

앞으로 어머니 연구를 돕게 될 것이기에 아버지는 많이 섭섭하셨던 모양이다.

"그런데 어떤 것이기에 학교에서 면담을 요청한 것이냐?"

나를 보며 웃으시던 아버지가 에세이와 함께 제출했던 논문에 대해 물으셨다.

"한 부 따로 만들어놓은 것이 있으니까 가져다 드릴 테니 한번 보세요. 너무 실망하지는 마시고요."

약간의 엄살을 떤 후 서재에 가서 논문을 가져다 드렸다.

아버지는 흥미가 동하신 듯 내가 제출한 논문을 찬찬히 읽으셨다.

"두영아! 이게 가능한 것이냐?"

"제 생각에는 가능할 것 같아요."

"하긴, 여기 쓰인 자료와 응용 방법대로라면 충분한 가능성이 있을 것 같구나. 그런데 어떻게 이런 자료들을 얻은 것이냐?"

"이번에 어머니가 구해주신 책들하고 최신 논문이 많은 도움이 됐어요.”

“그랬구나. 어쩐지 책을 사면서도 나에게 목록에 대해서는 말을 안 해 주더니만 놀라게 해주려고 그랬구나.”

아버지의 이야기가 맞다.

이번 일은 어머니와 내가 아버지 생일을 위해 준비한 이벤트였다.

합격통지서가 나오면 함께 보여드리려고 했는데 MIT의 면담 요청 때문에 어쩔 수 없이 미리 알려지게 된 것이다.

“여보, 그럼 언제 출발할 생각이지?”

아버지의 물음에 어머니가 대답했다.

“시간 여유가 있지만 곧바로 가는 것이 좋겠어요. 앞으로 공부할 학교니까 MIT에 대해서도 어느 정도 알아야 하니까요.”

“쩝! 그럼 또다시 홀아비 신세네.”

어머니와 내가 한국에 가 있는 동안 많이 외로우셨던지 아버지가 머쓱한 표정을 지으셨다.

“할 수 없지요. 뭐, 두영이가 입학하고 나면 한참 동안 당신과 한국에서 같이 있을 테니 이번만 참아요.”

“엄마, 아버지가 한국에 가시는 거예요?”

어머니의 갑작스러운 말에 궁금해 물었다.

“그래, 아버지가 한국에 있는 기업 연구소에 연구원으로 가시게 됐단다. 네가 돌아왔으니 아버지도 꿈을 이루셔야겠다는 생각에 지원을 했는데 채용 통보가 왔단다. 넌 이모가 돌볼 테니까 난 아버지를 돌봐야 하지 않겠니.”

“그래요. 나야 이모가 봐주시면 되니까.”

어머니가 미국에 따라가시면 내 계획을 완성하는 데 시간이 더 많이 걸렸을 텐데 다행이었다.

“아들! 으음, 어째 엄마가 같이 따라가지 않는다고 하니 기쁜 표정이네?”

“아, 아니요. 이번 기회에 혹시 동생이 생기지 않을까 하는 기대가 생겨서요.”

속마음을 들키지 않으려고 무심결에 한 말에 두 분이 얼굴을 붉히신다.

사실 나 때문에 동생을 갖지 않으신 두 분이다. 동생이 태어나면 나를 잊어버릴지도 모를까 봐 그러셨다는 것을 메우 형에게 들었었다. 너무 고맙고 마음이 아팠는데 무심결에 그냥 튀어나온 것이다.

“좋아, 아들이 원하니까 이번 기회에 예쁜 여동생 하나 만들어볼까? 당신, 힘내야겠네요.”

어머니의 흘기는 시선에 아버지가 진땀을 흘리신다. 어째 좀 불안한 표정이시다.

걱정하지 마세요, 아버지!

남자의 로망은 내가 지켜드릴 테니까. 그렇게 어머니에게 쩔쩔매지 않으셔도 된답니다. 아마도 몇 달 뒤부터 아침 밥상이 바뀌게 될 거예요.

＊　　　＊　　　＊

마이클 제니언 교수는 오늘도 한 편의 논문을 놓고 천천히 살피고 있었다.

입학사정관들로부터 자신에게 배달된 논문은 지난 한 달 동안 그를 깊은 수심에 젖게 만들고 있었다.

처음 접하고 난 뒤 아무리 천재라고는 하지만 도저히 15세 소년이 작성했다고는 믿겨지지 않는 논문이었다.

세포 복제를 통해 뉴런을 만들어내고 이를 이용해 반도체가 아닌 새로운 개념의 컴퓨터를 만들어낼 수 있다는 가설이 담긴 논문이다.

그저 허황된 공상에 지나지 않을 것이라 치부해 버리면 그만이었다.

하지만 마이클은 그럴 수가 없었다. 기존에 발표된 논문들의 기술을 응용해 가설을 전개한 논문이지만 전개하는 방식을 따라가다 보면 충분히 가능성이 있다는 결론을 내릴 수 있었다.

전개한 방식이 단계별로 철저하게 과학적으로 검증할 수 있도록 피드백 장치가 구현된 논문이었다.

핵 치환이라든지, 이를 이용해 줄기세포를 만들어내는 방법이라든지, 단계별 실험에서 모든 것을 철저하게 검증할 수 있는 방법을 제시하고 있었던 것이다.

"골치가 아프군. 누구 것을 베낀 것이 아닌데……."

보면 볼수록 고민이 들지 않을 수 없었다.

논문 색인을 이용해 표절한 것인지 알아보았다. 조교들은 물론, 박사 학위 과정의 제자들과 학부의 학생들까지 모두 동원했지만 이런 논문은 한 번도 발표되지 않았다.

이번에 새롭게 작성된 논문이라는 것이다.

그나마 의심이 가는 것이라면 백두영이라는 학생이 에세이에 기록한 가족 중에서 발견한 이름이었다.

백건수!

하버드 대학교에서 의학박사 학위를 받은 사람의 이름이었다. 자신이 가르치기도 한 학생이었기에 내일 있을 학생 면담에서 이 부분을 집중적으로 캐볼 생각이었다.

"학창 시절에 보았던 성격상 자신이 연구한 것을 아들에게 내어줄 리는 없겠지만 한번 확인을 해보는 것도 좋겠다. 하지만 만약 백두영이라는 학생이 주도적으로 작성한 논문이라면 반드시 잡아야 할 학생이다. 반드시!"

내일 있을 학생 면담에서 모든 것을 확인하기로 한 마이클은 들고 있는 논문을 금고에 넣고는 교수실의 전등불을 모두 껐다.

"오늘은 한잔하고 자야겠군."

마음을 정리한 이상 지금까지 자신을 고민스럽게 한 논문은 잊는 것이 좋겠다는 생각이었다.

논문에 하자가 없는 이상 더 이상의 고민은 필요없었다.

집으로 돌아가 마티니 석 잔으로 가볍게 술을 즐긴 마이클은 간만에 단잠을 잘 수 있었다.

오랜만에 깊이 잠들었는지 다음날 아침 그가 일어났을 때는 여섯 시 반이 넘어가고 있었다.

평상 시 다섯시 이전에 일어나는 그의 기상 시간에 비해 무척이나 늦잠을 잔 것이었다.

침대에서 일어난 그는 샤워와 함께 세면을 하고, 베이컨과 반쯤 삶은 달걀로 간단하게 아침 식사를 한 후 학교로 향했다.

여덟 시 정각에 자신의 방으로 들어온 마이클은 논문을 꺼내는 한편 그동안 자신이 모아온 자료들은 순서대로 정리했다.

10시에 예정된 면담에 앞서 준비한 질문들에 대해 다시 한 번 검토해 볼 생각이었다.

어느 정도 검토를 마친 마이클은 아홉 시가 넘어 면담실로 향했다.

'의외로군. 학장님까지 나서다니……'

이번 면담의 중요성을 반영하듯 면담실 안에는 학장은 물론 학과장과 입학사정관 등 다섯 명이나 되는 인원이 자리하고 있었다.

면담에 중추적인 역할을 할 사람들의 자리는 학생이 앉을 자리 맞은편에 위치하고 있었기에 마이클은 자신의 자리에 가서 조용히 앉았다.

"알다시피 이번 면담은 특별 케이스입니다."

마이클까지 면담을 진행할 사람들이 모이자 학장인 피트 루이스가 입을 열었다.

그는 이번 면담에 대한 중요성을 다시 한 번 언급한 후 사람들을 둘러보더니 말을 이어갔다.

"그동안 정규 교육의 혜택 하나 없이 부모로부터 교육 받았다는 것과 한국에서 실시하는 학력 자격 시험을 전부 수석으로 통과했다는 것은 사실로 확인되었습니다."

"가짜 서류는 아니었던 모양이로군요."

입학사정관 중 한 명인 데니얼은 한국인 중에 서류를 위조해 입학을 하려 했던 사람들이 꽤 있었기에 퉁명스러운 어조로 물었다.

"그렇습니다. 서류상으로 볼 때나 시험 성적으로 볼 때 가히 천재에 가까운 아이가 틀림없습니다. 여러분이 이곳에 모인 이유는 그 학생이 제출한 에세이와 우리 학교에서 연구해 보고 싶다고 한 논문의 내용이 직접 작성한 것인지 면담을 통해 알아보는 것입니다. 잠시 후 시작하겠으니 모두들 신중하게 임해주시기 바랍니다."

총장의 주의에 다들 긴장된 안색으로 면담할 학생이 들어오기를 기다렸다.

'배포가 대단한 아이로군.'

여섯 명이 자리하고 있는 면담실에 들어오면서도 긴장한 안색 하나 없는 두영을 보며 마이클이 느낀 첫 번째 느낌이었다.

두영이 조용히 자신의 자리에 앉는 것을 보며 마이클은 질문을 하려 했다.

"배……."

"백두영군!"

마이클은 말을 입 밖으로 내려다 멈추어야 했다.

자신보다 앞서 동양사를 가르치고 있는 헨리 창 교수가 먼저 입을 열었던 것이다.

중국 화교로 홍콩 출신인 그는 중국과 아시아 각국의 관계를 통해 역사적 사건이 어떤 식으로 일어났는지를 연구하고 있는 꽤나 잘 알려진 역사학자였다.

"말씀하십시오."

"자네가 쓴 에세이를 보면 고고학 연구를 하시는 어머니를 도왔다는데 무엇을 도운 것인가?"

"어머니가 연구하시는 것은 동남아시아 신화 속에 나오는 삼묘족의 실존에 관한 연구입니다. 전 어머니가 연구하시는 삼묘족의 문자를 해석하는데 약간 도왔을 뿐입니다."

"언어학에 관심이 있는 건가?"

"좀 많은 편입니다."

"자네가 구사할 수 있는 언어는 몇 가지인가?"

"중국어를 비롯해 일본어와 동남아시아 각국의 언어, 그리고 인도어 등 십여 가지 됩니다."

두영의 대답에 면접관으로 나온 사람들이 모두 놀랐다. 마이클도 상당히 놀란 편이었다.

'창 교수가 어째서 저리 집요하게 질문을 하는지 몰라도 대

단하군. 고작 열다섯인데 십여 가지 언어라……'

마이클은 두영의 천재성에 대해 생각하다 이어지는 헨리의 말에 귀를 기울였다.

헨리 창 교수도 동남아시아 언어에 상당한 조예를 가지고 있는 듯 몇 가지 언어로 두영을 시험하기 시작한 것이다.

영어로 시작한 그의 시험은 라오스어와 태국어, 그리고 중국어와 일본어까지 이어졌다.

두영은 헨리의 시험을 무리 없이 통과했다.

오히려 헨리가 두영의 언어 구사 능력을 따라가지 못할 지경이었다.

헨리 창은 두영의 능력이 놀라운 듯 연신 감탄성을 발했다. 대충 다섯 개 국어로 대화를 나누었는데, 두영이 구사하고 있는 언어 수준이 현지에 사는 대학생 이상이었던 것이다.

"대단하네. 솔직히 난 자네의 에세이를 보고 의심이 들었네. 그래서 시험해 본 것이니 이해하게."

"다들 놀라시더군요. 이해합니다, 교수님!"

헨리의 사과에 두영이 담담히 받았다.

"이번에는 내가 질문하겠네."

질문이 끝난 것을 확인한 마이클이 누가 질문할세라 입을 열었다.

"괜찮습니다. 말씀하십시오."

"자네가 제출한 논문 말일세. 직접 작성한 것인가?"

"아마도 이번 면담이 그것 때문인 것 같습니다만 확실히 제가 직접 작성한 것 맞습니다."

"그럼 몇 가지 질문을 하겠네. 솔직하고 성실하게 답변해 주면 고맙겠네."

헨리 창을 제외한 나머지 사람들은 의학이나 유전공학을 전공한 사람이었다.

학장은 물론이고 입학사정관 모두가 전공이 그쪽이었다.

마이클은 자신이 준비한 질문에 대답하는 두영의 답변이 사실인지 아닌지 모두 파악할 수 있는 사람들이었기에 관심을 가지게 된 계기부터 하나하나 질문해 나갔다.

두영은 마이클의 질문에 네 살 때 아버지가 공부했던 책으로 언어를 배운 것과 여러 가지 책을 읽는 동안 의학과 유전공학에 관심이 생겼고, 그동안 수많은 논문을 읽으며 나름대로 많은 가설을 세워봤다고 설명했다.

그 과정에서 아버지가 원래의 꿈인 유전공학을 접고 의료봉사를 하게 된 동기를 이야기했다.

그리고 이번에 자신의 꿈에 도전하기 위해 한국에 있는 연구소에 부임하게 됐다는 이야기도 했다.

그러면서 좋은 경쟁자로서 아버지와 같은 길을 걷고 싶기에 이번에 자신이 연구하고 싶은 것을 정리해 제출했다는 사실을 말했다.

"그러니까, 아버지와 경쟁해 보기 위해 전공하고 싶은 내용을 한번 제출해 봤다는 이야기인가?"

"그렇습니다. 아버지에 비해서는 제가 늦은 편이라 제가 가진 지식이 어느 정도일까 평가받고 싶은 생각도 있었습니다."

자신의 말을 다시 한 번 확인하는 마이클의 말에 두영이 대답했다.

두영이 설명하는 동안 마이클은 이번에 제출된 논문이 직접 작성한 것임을 확인할 수 있었다.

두영이 각종 자료 계측을 어째서 인용한 것인지, 그리고 단계별 검증을 왜 집어넣었는지 전문적인 언어로 차분하게 설명했기도 했지만, 간간이 일부러 약간의 오차가 섞인 학장과 입학사정관들의 질문에 날카로운 비판이 섞인 대답을 내놓았기 때문이다.

자신의 논문을 근거로 던진 한 사정관의 질문에는 논문에 담긴 오류와 그것을 시정하는 방법, 그리고 예상 결과까지 내놓았던 것이다.

자신의 논문에 비판적인 두영의 말에 화가 났는지 요모조모 따지고 들었던 사정관은 오류 가능성이 확인되자 두 손을 들고는 석사 과정이나 박사 과정은 자신과 함께하지 않겠느냐는 부탁까지 할 정도였다.

그렇게 질문이 끝났을 때, 면담실에 모인 사람들은 물론 MIT에 있는 교수라면 탐을 낼 만한 희대의 천재가 입학했음을 알 수 있었다.

세계적인 명성을 지닌 제자를 키워냈다는 커리어는 교수라면 누구나 놓치고 싶지 않은 것이었기 때문이다.

그곳에는 물론 마이클 제니언 교수도 포함되어 있었다.

"수고했네. 이만 면담을 마치도록 하겠네. 자네의 입학은 이미 결정되었네만 에세이와 논문이 너무 놀라워 확인하는 차원에서 진행된 것이네. 그러니 입학 준비를 하도록 하게."

긴 면담이 끝났음을 총장이 알렸다.

"감사합니다. 그럼 입학 후 강의실에서 뵙겠습니다."

"하하하, 그렇게 하도록 하게."

두영이 인사를 하자 총장이 웃으며 받았다.

일반적인 사실을 기술해 놓았지만 검증 시스템을 통해 실현 가능한 것이라는 것을 알았기에 이런 자리를 마련한 것이 분명했다.

꽤나 의심이 많은 양반들이지만 이해가 가지 않는 것은 아니다. 미래 기술이 담긴 논문의 혁신성에 다들 경악을 했을 테니까 말이다.

사람들을 두고 면담실 밖으로 나왔다.

'휴우, 끝난 건가? 어렵다고 생각하지는 않았지만 사람들을 상대하는 것이 쉽지만은 않았다. 응? 저 아이도 나와 같이 면담을 하러 온 모양이로군.'

복도를 나서 어머니가 계신 곳으로 가려고 하는데 누군가 앉아 있는 것이 보였다.

나와 비슷한 나이의 동양인 소년이다. 짐작이기는 하지만 어쩐지 한국인 같았다. 은테 안경에 날카로운 눈동자를 보니 범상치 않아 보이는 아이였다.

특히나 아이의 몸에서 흘러나오는 기운이 흥미를 가지게 만들었다.

지금 세상에서는 보기 드문 기운을 가진 아이였다. 삼묘족의 정신 능력을 상회하는 힘을 가진 아이라니 관심이 가지 않을 수 없었다.

면담실에서 나온 사람이 안내를 하는 것을 보니 내 경우와 같이 입학 때문에 면담이 있는 것이 분명했다.

입학한다면 한번 사귀어보고 싶었다. 내 흥미를 끄는 기운도 기운이지만 눈 속에 담긴 알 수 없는 슬픔이 나를 자극하고 있었던 것이다.

'학교에 다니다 보면 만나게 되겠지.'

같은 학교에 다닐 것이 분명하니 만나게 될 것이라는 생각에 어머니가 계신 곳으로 갔다.

면담이 끝난 것은 거의 12시가 다 된 시간이었다. 이모와 점심 식사를 약속했기에 서둘러야 했다.

입학은 순조롭게 진행됐다. 변경된 것이 있다면 이모를 설득해 기숙사에 들어갔다는 것이다.

어머니가 아시면 난리를 칠 일이었지만 학교 생활을 한 번도 해본 적이 없는 나로서는 기숙사에서 생활하는 것이 훨씬 좋다고 이모를 설득했다.

이모는 어머니와 달리 자식들에게 매우 개방적인 분이시다.

스스로 자율적으로 공부하는 것을 선호하시는 스타일이다.

이모는 어머니에게 비밀로 하는 조건으로 허락을 했고, 나는 기숙사에 들어갈 수 있었다.

사실 이모부와 함께 MIT에 교수로 계시는 이모도 나를 보살필 여건이 되지 못하기에 기숙사가 더 낫다고 생각하신 것이 틀림없었다.

그렇게 열다섯의 나이에 미국 유수의 대학 중 하나인 MIT에 들어간 사실은 주위의 관심을 불러일으켰다.

학교의 배려로 혼자 기숙사를 쓰게 됐지만 강의실에서나 교정에서 늘 관심의 대상이었다. 그것이 좋은 쪽이거나 나쁜 쪽이거나 언제나 말이다.

사람이 자신이 하지 못하는 것에 대해서 반응하는 방식은 세 가지로 요약될 수 있다.

학교를 같이 다니는 사람들의 나에 대한 반응은 대체로 이런 반응들이었다. 경외심을 가지거나, 노력하면 할 수 있다고 생각하거나, 아미면 짓밟아 버리려고 말이다.

제일 먼저 관심을 가지 이들은 여자들이었다.

열다섯 살이라고는 하지만 170센티미터가 넘는 키에 어느 정도 덩치도 있고 생긴 것도 그리 나쁘지 않으니 관심을 보였다.

대부분 동생으로 대하며 관심을 두었지만 몇몇은 그렇지 않은 여자들도 있었다. 성적으로 개방된 나라라서 그런지 나를 어떻게 해보려는 여자들도 있었다.

두 번째 관심을 둔 부류는 스터디 그룹들이었다.

나에 대한 소식이 알려진 모양인지 자신들의 스터디 그룹에 가입을 권유하는 사람들이 나를 찾아왔던 것이다.

처음부터 그런 것에는 관심을 가지지 않은 탓에 한 스터디 그룹만 빼고 대부분 거절했다.

마음에 드는 스터디 그룹이 있었던 것이다.

내가 마음에 든 스터디 그룹은 골든 마인드라는 이름을 가진 그룹이다.

알려진 바로는 그들 대부분은 머리도 좋을 뿐더러 상당한 노력파이기도 했다.

내가 마음이 든 것은 다른 그룹들이 같이 공부하자는 것과 달리 골든 마인드는 다른 제안을 했기 때문이다.

아무리 천재라고는 해도 MIT에서 생활하는 것이 그리 쉽지만은 않을 것이라며, 공부보다는 학교생활을 하는 데 도움을 주겠다면서 가입을 권유했던 것이다.

그들은 천재라는 사람들을 싫어하는 편이었지만 어린 나를 배려하는 차원에서 그런 제안을 했다는 것을 알 수 있었다.

그렇지만 골든 마인드에 가입은 하지 않았다.

마음에는 들지만 시간을 조금 달라고 하며 가입은 나중으로 미루기로 했다.

어째서냐는 질문에 당분간 혼자 공부하고 싶은 것이 있다고 설명한 후, 나중에 가입하겠다고 말했다. 내말이 진심이라는 것을 알았는지 그들도 흔쾌히 수락을 했다.

내 공부가 끝날 때까지는 방해하지 않을 테니 한 달에 한 번 있는 정모에만 참석하면 된다고 임시 회원 자격을 부여하면서 말이다.

좋은 사람들이라는 것을 알 수 있었기에 제의를 수락했다. 앞으로 좋은 인연이 될 것 같았기 때문이다.

가입하고 싶었지만 거절한 이유는 다른 것이 아니다.

바로 호령무 때문이다.

어느새 첫 번째 단계를 넘어선 호령무로 인해 강의를 제외하고 별도의 시간을 낼 수 없었기 때문이다.

첫 학기가 지나기 전 세 번째 단계까지 올려놓아야 했다. 일 단계에서 삼 단계까지는 호령무의 기본이고 연이어 수련을 해야 하는 까닭에 어쩔 수 없이 거절을 한 것이었다.

전신타격기인 호령무는 처음 세 단계가 동시에 진행된다. 그것을 제대로 완성하지 않으면 절대로 끝까지 익힐 수 없기에 수련이 필요했던 것이다.

호령무(虎靈舞)!

한마디로 호랑이 귀신의 춤이다.

밀림의 제왕인 호랑이를 본떠서 만들어진 무예다. 그것도 호랑이 귀신을 말이다.

좌령(坐靈)과 제령(製靈), 그리고 입령(立靈)이 제일 중요한 초기 삼단계다.

좌령은 수많은 폭풍부족 전사들의 영혼을 내 안에 들어오게 하는 것이다.

잠재의식 속에 각인된 전사들의 영혼을 불러들여 그들의 무예를 배운다. 동작을 배우는 것이 아니다. 잠재의식 속에 있는 것을 의식 속에 불러들여 알게 되는 것이다.

그다음이 제령이다. 의식 속에 불러들인다고 내 것이 되는 것이 아니다.

폭풍부족의 전사들은 자신의 신체에 맞게 무예를 익혔고, 그것이 내게 그대로 적용될 수는 없기에 나에게 맞게 변형시키는 것이 바로 제령이다.

바로 폭풍 전사들의 경험을 내게 맞게 변화시키는 단계다.

폭풍 전사들과는 의식과 잠재의식을 넘나들며 꿈속에서 싸우게 된다. 한마디로 귀신들에게서 무예를 배운다는 것이다.

이때가 조금 힘들다. 비록 꿈속이지만 상당한 정신적 충격을 받게 되기 때문이다.

그렇게 나는 꿈속에서 그들과 똑같은 기술로 싸우며 나에게 맞게 기술을 변화시킨다.

그렇게 제령이 완성되어 내 몸에 안착되면 곧바로 입령이 시작된다. 안착시킨 무예들을 신경과 근육에 각인시키는 작업이 필요한 것이다.

내게 맞게 변화를 주었지만 변화된 것만으로는 사용할 수 없기에 언제든지 곧바로 사용할 수 있도록 하는 작업이 입령인 것이다.

잠을 자는 동안 진행된 좌령은 며칠 전에 끝이 났다.

꿈속에서 폭풍부족의 전사들을 만나는 것도 쉽지만은 않은 일이었다. 어두움 밀림에서, 칠흑 같은 어둠 속에서 나타난 영혼의 전사들로 인해 등골에 식은땀이 날 지경이었다.

여름철 납량 특집으로 보여주는 공포영화도 아니고, 나타나는 모습이 꼭 귀신 형용이니 말이다.

그들은 귀신처럼 나타나 자신들이 익힌 것들을 설명하고 동작을 보여주었다.

잠재의식 속에 각인된 것을 다시 의식 속으로 끌어들여 재각인하는 탓에 아주 빠른 속도로 배울 수 있었다.

많을 때는 하루에 열 명이 넘을 정도였다.

담력을 기르려는 것인지 무예를 배우는 것인지 모를 좌령은 금방 끝이 났다.

좌령이 끝났으니 이제부터는 제령이 시작된다.

마찬가지로 잠을 자는 것은 맞지만 제령은 마치 몽유병 환자처럼 자고 있는 상태에서 움직여야 한다.

수많은 폭풍 전사들이 수련했을 무예의 동작들을 그대로 시전하며 내 몸에 맞게 변화시키는 작업이기 때문이다.

자칫 남에게 들킨다면 기겁을 할 일이었기에 혼자 기숙사 방을 쓰는 것이 얼마나 다행인지 모를 일이다.

제령이 이루어지는 동안 정말이지 신나게 싸웠다.

지금 시기로 오기 전에 나 또한 한가락 한다고 자부했지만 막상 영혼의 전사들과 싸우는 것은 쉽지가 않았다.

내가 가지고 있는 특기가 아니라 그들이 익혀왔던 무예로 제압을 해야 했기 때문이다.

의식으로 끌어내기는 했지만 완성 면에서는 떨어지기에 좌령을 할 때 보다 시간이 더 많이 필요했다.

하지만 초기에만 힘이 들었을 뿐 시간이 흐르자 점차 쉬워졌다. 그들이 시전하는 무예의 근간이 호령무였기 때문이다.

영혼의 전사들은 내게 패배하면 내게 스며들었다. 의식과 잠재의식이 연결되어 하나가 되고 내게 모든 것을 전한 탓이었다.

그렇게 공부를 병행하며 제령을 완성시킨 것은 방학이 시작되기 전이었다.

아침이면 난장판이 된 방 안을 정리해야 하고, 조금 심한 날이면 옆방과 아랫방의 항의를 들어야 했지만 간신히 끝마칠 수 있었다. 초기를 제외하고는 중반으로 갈수록 소리를 내지 않을 수 있었다.

조금 별난 수련이기는 하지만 좌령과 제령이 완성된 이후에는 특별히 할일이 없었다.

입령은 방 안에서 수련할 수 있을 만한 것이 아니었기 때문이다.

의식과 잠재의식에 있는 영혼 전사들의 무예를 합일한 이상 반쯤 깨어 있는 상태에서 수련을 시작해야 하는 것이 입령이다.

입령은 꿈을 벗어나 현실에서 사용할 수 있도록 육체에 체화시켜야 하는 수련이다. 꿈속의 육체가 아닌 현실의 육체를 단련시키는 것이다.

사실 제령을 수련하는 꿈속에서는 공간적 제약이 없었다. 현실에서의 육체가 몽유병처럼 움직이기는 하지만 꿈속에서는 여러 가지 상황 속에서 영혼의 전사들과 싸우는 것이다.

그렇지만 입령의 단계에서는 공간의 제약이 생긴다.

현실에 적응하는 것이기에 좁은 방 안 같은 곳에서는 수련 자체가 안 되는 것이다.

그리고 자연의 기운을 끌어 쓰기 위해서라도 반드시 야외에서 수련해야 하기에 어차피 방학 기간 중에 수련을 해야 했던 것이다.

그래서 한 일이 내 몸에 맞게 최적의 상태로 변화했나 확인하는 것이었다. 하나하나가 아니라 잠을 자면서 의식적으로 폭풍의 전사들을 불러내어 한바탕 전투를 치렀다.

잠을 자는 상태였지만 확인은 충분히 가능했다. 의식 속에서 내가 이루어낸 변화들을 충분히 제어할 수 있었기 때문이다.

그렇게 며칠 동안 수련하면서 몹시 피곤한 일이지만 괜찮은 성과가 있었다.

본바탕이 호령무이기에 각 전사들의 기술을 하나의 궤도로 묶어 나갈 수 있었던 것이다.

방학 기간 중에 하게 될 입령의 수련에서는 이것을 활용할 생각이다.

영혼 전사들의 무예들을 하나하나 익히기도 하겠지만 그 기술들을 하나로 묶어 수련하는 것도 병행할 생각이었다.

*　　　*　　　*

오늘도 잠을 자면서 몽유병 환자처럼 미친 듯이 움직이다가 선 채로 눈을 떴다.

열 명을 불러내서 그런지 조금 과격했던 모양이다. 전신에 땀이 흥건하다.

휴일이라 일찍 깨어나지 않아도 되었지만 좋은 일이 있어 조금 일찍 수련을 마치고 눈을 떠버렸다.

"하하하, 오늘이지. 처음으로 놀아보는 것인가?"

얼마 안 있으면 방학이 시작되기에 골든 마인드의 정례 모임을 겸한 소풍이 있는 날이다.

학기말 시험도 끝이 났으니 여름방학 전에 다 같이 모여 즐거운 한때를 보내자는 회장의 제안으로 이루어진 모임이었다.

샤워를 끝내고 곧장 스터디 룸으로 갔다.

하나하나 스터디 룸에 모인 우리는 곧장 케임브리지에서 펜웨이파크로 향했다. 그곳에서 벌어지는 양키스와의 야구 경기를 구경하기 위해서다.

전통적인 라일벌인 두 팀의 야구 경기를 보며 스트레스를 날려 버리자는 회장의 계획이었다.

학교에서 찰스강을 건너면 펜웨이파크까지는 금방이었다. 야구장에 도착한 후, 두 팀의 경기를 관전했다.

엄청난 인원과 열정적인 응원. 역시 미국은 야구의 나라라는 말이 사실이었다.

펜웨이파크에 와서 놀란 점이 한두 가지가 아니다.

다른 사람들도 마찬가지였지만 골든 마인드의 회원들은 매우 열정적이었다.

하루 종일 공부에만 매달리는 사람들이 이토록 격정적인 열정을 가지고 있으리라고는 정말 짐작할 수 없을 만큼 회원들의 응원은 힘차고 재미있었다.

"우우!"

"와와와!!"

"두영! 재미없니?"

야유와 환호가 섞인 관중들의 함성 사이로 듣기 좋은 음성이 내 귀에 들어왔다. 골든 마인드의 부회장인 안젤라의 목소리다.

솔직히 별로 흥미 있는 것은 아니지만 금발의 안젤라를 실망시킬 수는 없는 일이다.

네 살 차이가 나는 엔젤라는 골든 마인드의 부회장이자 나를 제일 아껴주는 사람이기 때문이다.

"아니요. 재미있어요. 야구라는 운동을 처음 보는 것이긴 한데 상당히 머리싸움을 하는 것 같아요. 특히 투수와 포수, 그리고 타자 간에 말이죠."

속에도 없는 말을 잘도 내뱉는 나다.

"처음 보는데 그걸 알아?"

"어느 쪽으로 공이 들어올까 기다리는 타자를 향해 예측 불허의 공을 던지기 위해 포수와 투수가 머리를 굴리는 소리가 여기까지 들리는 걸요."

뻔히 보이는 수 싸움에 양측 모두 헛짓을 하는 것에 흥미를 잃었지만 안젤라가 좋아할 것 같기에 내가 본 것을 각색해 이야기했다.

"호호호, 재미있는 표현이네. 맞는 이야기야. 야구는 90퍼센트가 거기서 승패가 결정되니까."

안젤라는 웃는 모습이 눈부시게 아름다운 미녀다.

커다란 뿔테 안경을 끼고 있어 눈 부위를 가린 탓에 그 본모습을 보기가 쉽지는 않지만 말이다.

안경을 벗고 연하게 화장을 하면 백이면 백 안 넘어올 남자가 없을 것이다.

조금 고집이 세고, 아이큐 165의 천재라 자신보다 못한 남자에게는 별 관심을 두지 않기에 회원들도 잘 느끼지 못하지만, 가꾸기만 한다면 아마도 웬만한 남자들은 감당하지 못할 포스를 뿜어낼 수 있을 터였다.

크크크!

거기다가 쭉 빠진 몸매까지!

머리 좋지, 몸매 죽이지, 그리고 감추어져 있지만 얼굴 예쁘지. 여자로서 갖출 것은 다 갖추었다는 이야기다.

이런 보석이 아직까지 진흙 속에 묻혀 있다니 정말 모를 일이다. 안젤라의 이야기로는 지금까지 단 한 번도 남자 친구를 사귀어보지 못했다니 말이다.

"이제 슬슬 경기가 끝날 때가 다 되어가는데 끝나면 어디로 갈 거예요?"

경기가 종반으로 치닫고 있었다. 거기다가 연고 팀인 보스턴 레드삭스가 이기고 있었다. 기분 좋은 경기를 관람한 후였기에 소풍의 끝이 야구장만은 아닐 것 같았다.

"글쎄? 호호호! 잘 모르겠는걸. 그거야 회장이 결정하겠지."

맑은 웃음소리와 함께 안젤라가 회장을 바라보았다.

'뭔가 꾸미는 것이 있구나.'

안젤라의 대답을 들은 것인지 부리부리한 눈에 짙은 눈썹, 건장한 체구를 가진 스페인계 남자가 나를 바라본다.

골든 마인드의 회장인 세르노 형이다.

세르노 형 역시 나에게 호감을 보여주는 사람이다.

스페인계답게 열정적인 사람이면서도 공적인 일에는 누구보다 냉철하고 이성적인 사람이다.

그의 눈에 장난기가 보이는 것을 보니 나를 대상으로 무엇인가 꾸미고 있는 것이 분명해 보였다.

딱!

두 사람을 바라보고 있는 와중에 경쾌한 타격음이 들렸다.

악!

비명 소리가 들려오자 나도 모르게 반사적으로 손을 뻗었다.

퍽!

손바닥에 불이 난다.

방망이에 맞은 야구공이 구멍이 뚫린 그물망을 통해 빠른 속도로 안젤라의 머리를 향해 날아오고 있었기에 손으로 막은 것이다.

"아이고, 되게 아프네."

속도를 줄이려 뻗어낸 손을 야구공의 속도에 맞추어 단계별로 줄였지만 워낙 빨라서 손바닥이 무척이나 아팠다.

입령을 수련했다면 아무렇지 않게 받아냈을 테지만 아직 그 정도는 아니었다.

"두영, 괜찮은 거야?"

자신을 향해 날아오는 야구공에 비명을 지르다 내가 막는 것을 보고 놀라던 안젤라가 걱정스러운 듯 물었다.

"얼얼하기는 하지만 괜찮은 것 같아요."

사실 무지하게 아프다.

"보통 사람이라면 이런 경우 뼈가 부러졌을 수도 있는데 정말 다행이다. 얼음으로 찜질 좀 해야겠다."

찜질을 해야겠다며 내 손을 잡고 어쩔 줄 몰라 하는 안젤라를 보니 참 귀엽다는 생각이 든다.

에휴! 이럴 줄 알았으면 예전에 여자 친구라도 만들어볼 걸 하는 생각이 스치듯 지나간다.

뭐가 그리 조급해 아무것도 돌아보지 않고 출세를 위해 그

토록 매달렸는지 지금에 와서 생각하면 참 어리석은 일이 아
닐 수 없다.

"여기 있다. 이걸로 찜질 좀 해라. 혹시 뼈에 금이 갔을지도
모르니 병원에 가도록 하고."

어디서 구해왔는지 얼음을 담은 비닐봉지를 세르노 형이 건
넸다. 쉽지 않았을 텐데 참 재주가 좋은 사람이다.

"고마워요, 형."

"녀석, 네 덕분에 큰 사고를 면했다. 잘못했으면 안젤라가
크게 다칠 뻔 했으니까. 오히려 내가 고마워해야지."

진심으로 회원을 위하는 것을 보니 회장은 회장인가 보다.

"그냥 반사적으로 손을 뻗었을 뿐이에요."

"아니, 정말 고마워, 두영. 전에 야구장에 왔을 때 타구에 맞
아 이가 부러진 사람도 봤는걸. 네가 아니었으면 정말 큰일 났
을 거야."

쪽!

안젤라 고마운지 뺨에 뽀뽀를 해주었다.

카아!

이 말랑말랑한 감촉!

이래서 여자 친구를 사귀는 것인지 모르겠다.

하지만 귀여워서 해주는 것인지, 고마워서 해주는 것인지
아리송해 보이는 표정이다.

에고! 남자 친구에게 해주는 애정 표현이면 무척이나 좋았
을 텐데······.

앞으로 안젤라와 엮어질지도 모른다는 예감이 강하게 든다.

안젤라 같은 여자는 이곳으로 오기 전, 내가 이상형으로 꿈꾸었던 스타일이기 때문이다.

그나저나 어머니가 외국인 며느리를 어떻게 생각하실지 모르겠다.

무척이나 한국적인 분이시니 말이다.

이거!!

심각하게 고려해 봐야 할 사항인가?

쩝!!

김칫국부터 마시지 말자, 백두영!

연상인 안젤라가 너에게 눈이나 돌리겠냐?

그저 가는 대로 두는 거야.

훗날 인연이 되면 더 좋고!

안젤라에 대해서는 나중에 생각하기로 했다.

중요한 수련을 앞두고 안젤라에 대한 생각을 접은 것이다.

앞으로 수련에 방해가 될 수도 있기 때문이다.

『타임 슬라이스』 2권에 계속…

눈매 퓨전 판타지 소설

the Mask of Leon

가면의 레온

중원을 공포로 떨게 만든 희대의 악마, 혈마존.
그의 영혼이 기억을 잃은 채 차원 이동을 한다.

한 소년과 몸이 바뀐 후 깨어난 혈마존.
기억은 지워지고 싸가지없는 본성만 남았다!
욱할 때마다 튀어나오는 살벌한 말투와 그의 독자 무공.

'아, 나는 왜 이렇게 성격이 더러운가?
어째서 이리도 잔인한 기술을 알고 있는 것인가? 착하게 살고 싶다.'

살인광이었던 그가 전혀 어울리지 않는 대신관이 되기로 결심한다.
하지만 그 본성이 어디 가나……

"이런 빌어 처먹을 놈들, 신전에서 봉사 활동 안 할래?"

Book Publishing CHUNGEORAM

임준욱 장편 소설

무적자

WITHOUT MERCY

그의 이름은 임화평(林和平)이다.
이름처럼 살기를 소망했고 그렇게 살아왔다.
그를 건드리지 말았어야 했다.
조용히 살게 놔두었어야 했다.

"너희들 실수한 거야.
내 세상의 중심,
내 평안의 근거를 깨뜨린 거다.
세상 전부와도 바꿀 수 없는…….
알게 해주마, 너희들이 누구를 건드린 건지."

그의 고독한 여정이 시작되었다.

—오, 바라타족의 아들이여. 언제든지 정의가 무너지고 정의가 아닌 것이
판을 치는 때가 되면 나는 곧 나 자신을 나타내느니라.
올바른 자를 보호하기 위하여, 악한 자를 멸하기 위하여, 그리하여 정의를
다시 세우기 위하여, 나는 시대에서 시대로 태어난다.

〈바가바드기타 중에서〉

유행이 아닌 자유추구—
WWW.chungeoram.com
Book Publishing CHUNGEORAM